AF185129

Haifische am Strelasund

Burkhard Wetekam

HAIFISCHE
am Strelasund

HINSTORFF

VORAB

»Haifische am Strelasund« ist eine fiktive Geschichte. Ähnlichkeiten zu real existierenden Personen, Gegebenheiten und Institutionen sind rein zufällig und nicht beabsichtigt.

Prolog

Selten standen die Heringe so dicht wie an diesem eisig kalten Frühjahrsmorgen im Jahr 1991. Die Angler auf der Hafenmole von Stralsund und auf dem Rügendamm zogen ihre Ruten mit ruckelnden Bewegungen aus dem graublauen Wasser. Staunend sahen sie zu, wie an ihren Paternostern bis zu fünf zappelnde Fische auf einmal in die Höhe stiegen. Die Heringe bissen auf alles, was sie trafen, auch auf den blanken Haken.

Es war erst acht Uhr morgens, aber es hatte sich herumgesprochen, dass dieser Tag einer der besten der Saison zu werden versprach. Schon zwei Dutzend Angler standen allein an der westlichen Mauer der Mole, neben sich Eimer und Taschen, manche hatten auch kleine Handwagen dabei. In ihrem Rücken die Kulisse der Altstadt von Stralsund: Die gewichtigen Speicherhäuser und die Türme der großen Kirchen hoben sich gegen einen hellblauen Himmel ab. Keiner der Angler hatte einen Sinn für die ehrwürdige Stadt, deren ehemals großer Reichtum doch auf nichts anderem beruhte als auf den silbern glänzenden Fischen, die jedes Jahr aufs Neue ihren Weg durch den Strelasund finden, um in den flachen Gewässern des Greifswalder Boddens ihren Laich abzulegen. Früher, so hieß es, soll das Gedränge im Wasser noch viel größer gewesen sein, sodass man vom Heringsleuchten sprach, wenn der Sund im Mondschein von den dicht unter der Wasseroberfläche wimmelnden Fischen glitzerte wie flüssiges Silber. Aber wer will das heute noch wissen? Im Jahr 1991 genügte den Anglern ihr kleines Glück, wenn sie mit einem bis zum Rand gefüllten Eimer nach Hause gehen konnten.

Einige dachten wohl schon daran, wie sie Freunden und Angehörigen von den reichen Fängen erzählen würden, als ein wütender Ausruf die geschäftige Angelei störte. Einige eilten dem zur Hilfe, dessen Angelhaken sich an einem schweren Gegenstand verfangen hatten, einem Objekt, das sich kaum rührte, aber doch auch nicht vollkommen starr zu sein schien und wie ein morscher Baumstumpf dicht unter der Oberfläche trieb. Mehrere Männer scharten sich um den verzweifelten Angler, der wohl schon ahnte, dass es bald nicht mehr nur um den Verlust seines Köders gehen würde. Zwei Männer, die in der Nähe von einem Boot aus angelten, kamen den Molen-Anglern zur Hilfe und tasteten mit ihrem Bootshaken unter Wasser herum wie in den Eingeweiden eines Ungetüms. Mit vereinten Kräften zogen sie an dem trägen Gegenstand. Und dann schienen die Strahlen der tiefstehenden Sonne auf den leblosen Körper eines einstmals kräftigen Mannes, an dessen linker Schläfe eine Wunde klaffte. Wie sich später herausstellte, war es ein Braunschweiger Autohändler, der selbst auch zum Angeln nach Stralsund gekommen war, einige Tage zuvor und ohne zu ahnen, dass er am Ende seiner Reise nun selbst an einem Haken hängend aus dem Wasser gezogen würde.

Sein offenes Boot wurde wenig später weiter nördlich an der Sundpromenade gefunden. Es hieß, der Mann sei in der Nacht trotz stürmischer Winde hinausgefahren, sei an Bord gestürzt, mit dem Kopf aufgeschlagen und bewusstlos ins Wasser gefallen. Aber von Anfang an gab es auch Zweifel an dieser Version, denn niemand konnte erklären, warum die Leiche des Autohändlers viel weiter südlich angespült wurde als das Boot. Einige behaupteten, es seien die Heringe gewesen, die den toten Körper bis vor die Hafenmole von Stralsund getragen hätten.

1

Sonntag

»Du musst Rocco unbedingt kennenlernen! Das wird witzig.«

»Könntest du die Vorleine nehmen?« Tom stand am Steuer seiner betagten Barkasse MATHILDA, die sich langsam durch den alten Marinehafen auf dem Dänholm schob. Es war windstill, etwas schwül und er schwitzte.

»Mein Gott, ich weiß gar nicht, wann ich ihn zuletzt gesehen habe«, rief Clara vom Bug nach hinten, »wahrscheinlich sind es schon zwanzig Jahre. Und dann ruft er gestern einfach so an.«

Zwischen den Stegen war nur wenig Platz zum Manövrieren. Fast alle Bootsparkplätze waren belegt, viele davon mit älteren Fahrzeugen, die verlassen wirkten.

»Ich meinte die andere Vorleine, Clara. Backbord – links. Ich kann das Boot nicht steuern, wenn wir …«

»Wir haben eine halbe Stunde lang am Telefon rumgealbert. Und das Lustigste war: Eigentlich wollte Rocco gar nicht mit mir sprechen, sondern mit dir.«

»Clara – die Vorleine!« Die Spitze der MATHILDA erreichte den Steg. Es gab keine Holzpfähle, an denen man das Bootsheck hätte festmachen können. Nur eine kleine Kunststoffboje, aber Tom schaffte es nicht, die Heckleine dort einzufädeln. Als sich die Barkasse unkontrolliert zu drehen begann, wurde ihm klar, dass es besser gewesen wäre, rückwärts in die Box hineinzufahren.

Clara stieg mit bemerkenswerter Ruhe auf den Steg und zog die Vorleine hinter sich her. In diesem Moment kam ein zotteliger, beigebrauner Hund angetrabt. Sie strich ihm liebevoll über den Kopf. Die MATHILDA rumpelte sanft gegen ein Ruderboot, das Tom übersehen hatte.

»Kannst du jetzt bitte erst mal die Vorleine festmachen!?«

»Schrei doch nicht so! Ich mache ja schon.«

Langsam, sehr langsam schob sich die MATHILDA dahin, wo sie eigentlich von Anfang an hatte stehen sollen. Im Grunde genommen war es vollkommen egal, wie unprofessionell das Anlegemanöver aussah. Kein Mensch war Zeuge in diesem abgelegenen Teil des Hafens, es gab keinen Wind, der die Barkasse hätte wegtreiben können. Und Tom war so langsam gefahren, dass selbst das deplatzierte Ruderboot durch den Stoß nur verträumt vor sich hin schaukelte. Trotzdem ärgerte er sich. Er fühlte sich nicht ernst genommen, wenn ein ungepflegter Hund wichtiger war als das Anlegemanöver der MATHILDA. Er schluckte seinen Ärger runter und warf Clara unsanft die Heckleine zu. »Sagtest du, dass dieser Rocco mit mir sprechen wollte? Wieso denn nur?«

Clara entwirrte mit einem geschickten Handgriff die Leine und zuckte mit den Schultern. »Keine Ahnung. Hab vergessen, ihn zu fragen. Aber das kann er dir nachher ja selber sagen.«

»Und du kennst ihn aus der Grundschule?«

»Er war so etwas wie der Klassen-Clown. Einen Kopf kleiner als ich und irgendwie total süß. Wir haben ihn alle geliebt, weil er so irre komische Sprüche gemacht hat und überhaupt keinen Respekt vor unserer Lehrerin hatte. Und das will schon was heißen. Frau Tröger war ein richtiger Besen. Alter Kader und so.«

Tom wischte sich den Schweiß von der Stirn. Das langgezogene Hafenbecken lag in einem Einschnitt und war ringsum von Bäumen und Sträuchern umgeben. Die Luft stand so still, als hätte noch nie ein Windhauch diesen abgelegenen Ort erreicht. »Rocco – ist das sein richtiger Name?«

»Ich kenne jedenfalls keinen anderen. Seine Mutter war Italienerin, glaube ich.«

»Weißt du, was er beruflich macht?«

»Er betreibt neuerdings einen Fischbrötchenhandel, früher hat er Uhren repariert und verstopfte Rohre gereinigt und bis vor Kurzem hatte er einen Imbissstand in Rostock. Und dann hat er noch zwei oder drei andere Sachen genannt, aber das konnte ich mir nicht merken. Wahrscheinlich ist er der lustigste Fischbrötchenhändler in ganz Vorpommern.«

»Na, das kann ja was werden.«

Der alte Marinehafen lag an einem Kanal, der die Insel Dänholm in zwei ungleiche Hälften teilte. Sie wurden in geradezu zwingender Logik als Großer und Kleiner Dänholm bezeichnet. Etwas weniger klar war, woher der Name »Dänholm« stammte: Vielleicht hatte er mit einer Seeschlacht gegen die Dänen zu tun, vielleicht rührte er auch einfach nur daher, dass in früheren Jahrhunderten rund um die Insel häufig dänische Schiffe ankerten.

Zwischen Rügen und der wohlhabenden Stadt Stralsund gelegen, war die Insel seit jeher ein strategisch wichtiger Ort. Sie wurde jahrhundertelang militärisch genutzt. Schweden, Franzosen, Brandenburger – alle hatten den Dänholm irgendwann mal erobert und alle waren auch irgendwann wieder vertrieben worden. Alte Wallanlagen und überwucherte Reste von Schanzen bezeugten, was in den Geschichtsbüchern stand. Die deutsche Bundesmarine hatte nach dem Mauerfall das Interesse an dem Areal verloren, sodass sich seit den frühen 1990er-Jahren eine bunte Mischung aus Museen, Behörden, sozialen Einrichtungen, Wassersportfreunden und Künstlern in den verstreut liegenden Gebäuden angesiedelt hatte. Tom mochte dieses eigenwillige Nebeneinander, und es gefiel ihm, dass das Inselchen trotz seiner interessanten Lage und dem vielen Grün noch immer in einem Dornröschenschlaf zu liegen schien.

Die beiden Inselteile waren durch eine schmale Brücke verbunden, die zugleich den Freizeithafen von den Kaianlagen der Wasserstraßen- und Schifffahrtsverwaltung abgrenzte. Dort lagerten rote und grüne Tonnen und andere Gerätschaften, die die Wasserbehörde für ihre Einsätze auf der Ostsee und in den Boddengewässern benötigte. Diesseits der Brücke saßen hier und da Leute auf ihren Booten, ein leises Gluckern und Vogelgezwitscher waren zu hören, dazu von fern das dumpfe Rumpeln irgendwelcher Baumaschinen. Hin und wieder rauschte ein Personenzug über den Rügendamm. Im angrenzenden Backsteingebäude, wo sich eine kleine Werft niedergelassen hatte, betätigte jemand eine Schleifmaschine.

Sie lagen an einem Steg, der zu einer Segelschule gehörte. Tom wusste, dass die – wenn überhaupt – nur eine geringe Gebühr verlangten. Immerhin sollte die MATHILDA eine Woche hier liegen bleiben. Da lohnte es sich, auf den Preis zu achten. Er befestigte die übrigen Leinen, trank einen Schluck Wasser und ließ die Hafenatmosphäre auf sich wirken. Die meisten Boote, die hier lagen, waren kleiner als die MATHILDA, aber viele in einem ähnlich fortgeschrittenen Alter. Er hatte das Gefühl, in einem vergessenen Idyll angekommen zu sein.

Der zottelige Hund stand schon wieder am Boot und betrachtete Tom, als wolle er ihn an irgendetwas erinnern. »Bist du der Hafenmeister?«, fragte er den Hund. Das Tier zwinkerte mit seinen schwarz-glänzenden Augen, wandte sich ab und trottete davon. Tom schaute ihm hinterher und beobachtete, wie der Hund bei einer betagten Motorjacht stehen blieb. Und auf eben dieser Jacht entdeckte er einen Menschen. Tom ging hin und sah vor sich einen Mann, etwa fünfzig Jahre alt, der auf dem Holzdeck hockte und sich über eine Kunststoffschale mit toten Fischen beugte. Er trug Jeans und ein kariertes Hemd, das schon lange keine Waschmaschine von innen gesehen hatte. Seine spärlichen Haare waren genauso wenig frisiert wie das Fell des Hundes.

»Gibt es hier einen Hafenmeister?«, fragte Tom.

Der Typ ließ den Fisch, den er gerade ausnehmen wollte, in die Schüssel fallen und kam mit einem blutigen Küchenmesser in der Hand auf ihn zu. »Wo liegste denn? Hm, da drüben? Mehr als zehn Meter Bootslänge?« Er schien angestrengt zu rechnen. Dann erinnerte er sich an Toms Frage. »Ach so, ich mache hier den Hafenmeister. Ich wohne auch hier.« Er zeigte auf das ausgeblichene Holzdeck seiner Jacht, das mit Gerümpel, Kräuterschalen und Blumenkästen vollgestellt war. Vermutlich hatte sich das Boot seit Jahren nicht mehr aus dem Hafen bewegt. »Zehn Euro«, sagte der selbsternannte Hafenmeister.

»Pro Woche?«

»Am Tag natürlich.«

»Zehn Euro kannste vergessen«, mischte sich Clara ein, die von einem ersten kurzen Landgang zurückkehrte. »Das einzige Klo ist total dreckig. Und ob ich mich im nüchternen Zustand in die Dusche traue, weiß ich auch noch nicht.«

Der Mann fuhr sich mit dem Handrücken über die Stirn und führte das blutige Messer in einem weiten Bogen durch die Luft. »Na ja, ist halt nicht Saint Tropez hier. Sagen wir fünfzig für die Woche.«

»Dreißig, höchstens. Und nur, wenn du das Klo putzt.«

»Vierzig. Mein letztes Angebot.«

»Dreißig.«

»Verbrecher seid ihr, wisst ihr das? Echte Verbrecher. Fünfunddreißig.«

Tom biss die Zähne zusammen, um nicht zu lachen.

Clara blieb eiskalt. »Zweiunddreißig.«

Der Messermann grunzte. Clara überließ es Tom, das Geschäft an Ort und Stelle abzuwickeln. Sie wandten sich zum Gehen.

»Ich heiße übrigens Detlef«, sagte der Hafenmeister kleinlaut.

»Schön«, sagte Tom, ohne sich noch einmal umzudrehen. »Wir sind Bonnie und Clyde.«

2

»Das wäre doch genial, wenn du in den nächsten Tagen für Rocco arbeiten könntest, während ich im Museum mit den Kindern Fische male.«

Tom antwortete nicht. Eigentlich war der große Platz auf der Stralsunder Hafeninsel ein Ort nach seinem Geschmack. Der weite unbebaute Raum, eingefasst von den Backsteinmauern der mächtigen Speicherhäuser und dem weißen Schiffskörper der GORCH FOCK I, lud zum Schlendern und Träumen ein. Dazwischen die eigenwillig moderne Architektur des Ozeaneums, mehrere weiße Baukörper, die Körperformen eines Wales imitierend. Tom fand es mutig und richtig, gerade hier nicht nur die Illusion einer guten alten Zeit zu erzeugen, sondern auch moderne Akzente zu setzen. So gegensätzlich diese Gebäude sich auch inszenierten, sie erzählten alle davon, worum es in dieser Stadt seit Jahrhunderten ging: das Meer und was man in ihm, auf ihm und mit ihm machen konnte. Der Reichtum des Meeres war auch der Reichtum der Stadt. Und wer daran zweifelte, wurde von kernigen Windböen ermahnt, die über das Pflaster hinwegfegten, den Geruch nach Salz, Fisch und Schlamm mit sich trugen. Kleine garstige Wellen klatschten gegen die Kaimauer, weiter draußen kräuselte sich das blaugraue Wasser im Hafenbecken. Tom fand es erstaunlich, dass man hier eine vollkommen andere Luft atmen konnte als auf dem Dänholm, der in einer halben Stunde Fußweg zu erreichen war. »Eigentlich könnte ich mir auch vorstellen, mal eine Woche auf Tourismus zu machen«, sagte er.

»Ach komm, das erledigst du nebenbei.«

Sie warteten mittlerweile seit zwanzig Minuten auf den Fischbrötchenhändler, der sich verspätet hatte und auch telefonisch nicht erreichbar war. Clara blickte sich immer wieder suchend um und versuchte, zwischen den zahlreichen Touristen ihren früheren Mitschüler zu entdecken. »Rocco hatte damals wunderschöne, lockige Haare.«

»So so.«

»Und braune Augen. Ich weiß noch genau, wie seine Augen aussahen.«

»Tatsächlich?«

»Sie waren so rundlich. Richtige Kulleraugen. Mensch, ist das lange her. Sag mal, nerve ich dich mit meinen Erzählungen?«

»Na ja …«

»Rocco hat damals die ganze Klasse verrückt gemacht – und unsere Lehrerin dazu. Das war halt so kurz nach der Wende, da waren hier oben in Vorpommern nicht so viele Halbitaliener unterwegs.«

Tom hatte keine große Lust, für Rocco zu arbeiten. Er hatte grundsätzlich keine Lust auf Rocco.

Clara trat von einem Fuß auf den anderen und blickte auf ihre Uhr. »Ist ja blöd, dass er nicht kommt. Ich wollte euch doch wenigstens miteinander bekannt machen, bevor ich zur Vorbesprechung mit der Museumspädagogin und den Kindern gehe.«

»Allein auf der Basis deiner Kindheitserinnerungen werde ich den Mann jedenfalls nicht erkennen.«

Clara hatte ihm eine Reihe von Anekdoten aus dem Leben ihres Grundschulkameraden erzählt und damit seine Stimmung langsam, aber stetig absinken lassen. Tom hatte nie Spaghetti um Türklinken gewickelt oder mit einem brennenden Papierflieger dem Lehrerzimmer den Krieg erklärt. Er hatte auch nie auf dem Dach der Turnhalle Handstand gemacht und anschließend in einer Strickmütze Geld gesammelt. Dieser Rocco musste schon in der dritten Klasse ein Held gewesen sein. Wenn sich die Entwicklung des kleinen Halbitalieners so fortgesetzt hatte, dann würde er inzwischen zu einer Kreuzung aus Superman und Jeanne d'Arc gereift sein.

Tom war genervt – weniger von Clara als von sich selbst. War er etwa eifersüchtig auf diesen Rocco Schulze? Er sog die Hafenluft ein und versuchte, sich von diesem unerfreulichen, klebrigen Gefühl zu befreien. Zwischen Familien, Schulklassen und älteren Ehepaaren blieb sein Blick an einem Mann im gelben Hemd und einer weiten, karierten Hose hängen, der über den Kai schlenderte, als würde ihm die gesamte Hafeninsel gehören – gelassen, gleichgültig, selbstbewusst. Er wirkte wie der Spross einer weitverzweigten und einflussreichen Clownsfamilie.

Als der Flaneur Clara erblickte, richtete sich sein schmächtiger Körper auf. Er änderte seinen Kurs und steuerte zügig auf sie zu. »Clara-Schatzi!«, rief er so laut, dass sich einige der umstehenden Hafenbesucher umdrehten. Die beiden umarmten sich herzlich.

Tom reichte Rocco die Hand. »Habe schon viel von Ihnen gehört«, sagte er und bemühte sich dabei um einen freundlichen Ton.

»Lass uns Du sagen«, rief Rocco und klopfte mit der Linken auf Toms Schulter, während er seine Rechte mit einem festen Griff umschloss. »Du bist also ein Meisterdetektiv!?«

»Ich bin …«

»Er nennt sich lieber ›Privatermittler‹«, erklärte Clara, »und hat schon einige brisante Fälle gelöst.«

Tom war die Schmeichelei unangenehm. »Es kommt immer drauf an, worum es geht – die meisten Probleme auf der Welt sind größer, als dass ich sie auch nur ansatzweise lösen könnte.«

Rocco lächelte süßlich und legte Clara die Hand auf den Arm. »Bescheiden, intelligent – was hast du da für einen interessanten Mann«, säuselte er.

Clara lachte und betrachtete Rocco von seinem Lockenkopf bis zu den spitzen Lederschuhen. »Du bist noch immer so ein Possenreißer, genau wie damals, oder? Ich hätte nie gedacht, dass du mal Fischbrötchen verkaufst. Warum nicht Pizza?«

Er hob die Hand. »Claralein, das sind doch Klischees. Aus Italien kommt nicht nur Pizza, es kommen auch elegante Autos, feine Mode, raffinierte Dessous.« Er blickte ihr unverhohlen in den Ausschnitt, was Clara aber diskret übersah.

Tom räusperte sich. »Vielleicht könntest du mal erzählen, was du von mir erwartest – dann kann ich dir eine Einschätzung geben, ob eine Zusammenarbeit überhaupt sinnvoll ist.«

Rocco grinste. »Oh, ich glaube, es wird ernst.«

»Das solltet ihr beide in Ruhe besprechen«, sagte Clara und wandte sich wieder Rocco zu. »Ich find's toll, dass das jetzt noch geklappt hat. Wir haben uns bestimmt viel zu erzählen. Kommst du heute Abend auf unser Boot? Liegt drüben auf dem Dänholm.«

»Euer Boot? Sono entusiasta! Ich bringe eine Flasche Wein mit, okay?«

»Sehr okay.« Sie sah auf ihre Armbanduhr. »Ich muss jetzt aber unbedingt los.«

Rocco schickte ihr eine Kusshand hinterher.

Als Clara verschwunden war, blickten sich Tom und Rocco einen Augenblick lang abwartend an. Rocco hatte ein braungebranntes Gesicht mit breiten Ringen unter den Augen und einer markanten Nase. Seine Lippen waren schmal und Tom fand, dass er bei näherem Hinsehen nicht mehr wirkte wie ein heiterer Clown, sondern eher wie ein müder Komiker, der aus seiner Rolle gefallen war und nicht mehr zurückfand.

»Tja«, sagte Rocco, »dann will ich dir mal mein neues Geschäft zeigen.«

Sie umrundeten das Café Gumpfer und erreichten Roccos »Geschäft« nach wenigen Minuten Fußweg. Es erhob sich etwa vier Meter hoch aus dem Kanal, der die Hafeninsel von der übrigen Altstadt trennte, war aus leuchtend blau lackierten Planken gefertigt und schon aus der Ferne verriet der Geruch nach Fett und Rauch seinen Zweck. Der Kutter hing etwas schief im Wasser und trug am Bug den Namen Turin, wohl eine Referenz an die Herkunft des Besitzers. Rocco blieb in zehn Metern Entfernung stehen und verfiel in den Tonfall eines Stadtführers. »Wie du siehst, räuchern wir direkt an Bord, wir haben natürlich auch verschiedene Sorten eingelegter Heringe im Angebot. Du kannst Bratkartoffeln oder Pommes bekommen, fünf verschiedene Salate dazu. Die Dips zum Bratfisch werden von mir persönlich entwickelt, die Angebote wechseln täglich. Mein momentaner Favorit ist eine Mischung aus Senf, Honig und Minze.«

»Schön – und wo ist das Problem?«

Rocco deutete erst nach rechts, dann nach links. »Das eine Problem liegt hier, das andere Problem dort drüben.«

Tatsächlich boten in Sichtweite zwei weitere Kutter Fischbrötchen feil. Sie nahmen die TURIN regelrecht in die Zange. Bei der Konkurrenz luden zudem einige Tische, über denen große Sonnenschirme aufgespannt waren, zum Verweilen ein. Roccos Stimme klang plötzlich dünn und klagend.

»Die haben mich verarscht. Erst die Lizenzgebühren, zack, nach oben – explodiert. Dann haben sich diese miesen Kutter an meinen rangeschlichen, jede Woche ein Stück weiter. Außerdem hat mir niemand gesagt, dass wir auch Sitzgelegenheiten anbieten dürfen. Das ist ein einziger, mieser Betrug.«

»Wer entscheidet das denn alles?«

»Ich sehe, du stellst die richtigen Fragen. Das läuft über eine neu eingerichtete Stelle beim Ordnungsamt.«

Sie gingen zu Roccos Fischbrötchenkutter. Er begrüßte die Verkäuferin mit Handschlag. »Such dir was aus – geht alles aufs Haus!«

Tom wählte und musste zugeben, dass Rocco nicht zu viel versprochen hatte: Ein knuspriges Brötchen beherbergte ein köstlich mariniertes Heringsfilet, dazu etwas Zwiebel und ein Blatt Salat. So ein Fischbrötchen hatte es nicht nötig, mit irgendwelchen Saucen darüber hinwegzutäuschen, dass der Fisch nicht wirklich frisch war. »Kannst du mit denen vom Ordnungsamt nicht noch mal verhandeln?«, fragte Tom.

»Zu spät. Und das Schlimme ist: Die Ausschreibung gilt für zwei Jahre. – Das ist aber noch nicht alles.« Er sah sich um, als hätte er Angst, belauscht oder beobachtet zu werden. »Diese beiden Dreckskutter da: Offiziell sind das zwei verschiedene Unternehmen. Aber dahinter steckt eine einzige Familie. Porca miseria – wenn die sich nicht absprechen, soll mich der Teufel holen. Morgens, wenn die Leute zum Hafen pilgern, dann senken sie manchmal plötzlich die Preise. Beide gleichzeitig. Mittags gehen die Leute dann natürlich dahin, wo sie schon morgens die günstigen Preise gesehen haben. Die wollen hier kein Geld verdienen, die wollen mich fertig machen. Am Ende schaffen die das auch. Und sobald ich aufgebe, ziehen sie die Preise rauf bis zum Abwinken.« Rocco hatte seine lässige Pose gegen eine opernhafte Empörung getauscht. »Ich habe versucht, mit dem entscheidenden Mann vom Ordnungsamt zu sprechen«, sagte er, »der ist ganz neu im Geschäft und hat überhaupt keinen Stil, kein Feingefühl. Ein Stein ist das, ein Mensch ohne Herz, will nicht einen Millimeter weg von dem, was in der Ausschreibung stand. Jeder vernünftige Mensch muss doch sehen, dass das so hier nicht geht, oder?« Er sah Tom aus seinen großen braunen Augen an.

»Ich kenne die Gepflogenheiten nicht, aber streng genommen kann er die Bedingungen der Ausschreibung ja nicht nachträglich ändern, …«

Rocco klatschte vor Verzweiflung in die Hände und blickte in den Himmel. »Klar, dass du das auch so siehst. Bist ja ein guter Deutscher. Aber man kann doch wenigstens reden. Nicht mehr – nur ein freundliches Gespräch führen.« Roccos Anklage mündete in einem Jammerlaut.

Tom musste tief einatmen, um nicht zu lachen. Er war beinahe soweit, mit Claras Schulfreund Mitleid zu bekommen.

Der griff nach Toms Oberarm und sprach mit der Stimme eines Verschwörers weiter. »Wenigstens etwas habe ich erreicht: Wir treffen uns heute Abend. Er hat in irgendeiner Kneipe seine Skatrunde, will aber auf keinen Fall, dass ich zwischen den Skatbrüdern auftauche. Also haben wir uns an einer sehr einsamen und zugigen Stelle verabredet. Ich verspreche mir wenig von diesem Gespräch mit hochgeklapptem Mantelkragen – aber ich lasse nichts unversucht.«

»Tja, jetzt weiß ich noch immer nicht, was ich eigentlich tun soll«, sagte Tom.

Rocco blickte ihn mit schief gelegtem Kopf an und schob seine Mütze zurecht. Dann rückte er so dicht an Tom heran, dass der Duft seines Rasierwassers das Fett-Rauch-Gemisch durchkreuzte. »Ich glaube«, sagte Rocco mit leiser Stimme, »dass hier nur noch der direkte Gegenangriff hilft. Ich muss mich verteidigen – das wird jeder verstehen, oder? Die anderen arbeiten mit unschönen Mitteln, also arbeite ich auch mit unschönen Mitteln. Hattest du schon mal mit Buttersäure zu tun?«

»Buttersäure?«

»Stinkt erbärmlich und verdirbt jedem die Lust am Essen. Wenn man die Einrichtung eines solchen Kutters gründlich mit dieser Substanz behandelt, dauert es viele Tage, bis der Gestank verschwunden ist.«

»Und du meinst, …?«

»Die Kutter sind mit einer Plane verschlossen. Du brauchst nur ein scharfes Messer. Heute Nacht um drei, wenn die letzten Hafenkneipen zugemacht haben, kommst du hierher, ein Schnitt, du verteilst einen Liter Säure und verschwindest. Eine Sache von zwei Minuten – so schnell hast du noch nie gutes Geld verdient. Säure und Atemschutz beschaffe ich.«

Tom blickte Rocco irritiert an. »Das ist ein Scherz, oder?«

»Meinst du?«

»Du willst testen, wie weit ich gehen würde.«

»Denkst du das?«

»Es wäre mir lieb, wenn du mir jetzt mitteilen würdest, was ich in Wirklichkeit machen soll!«

Roccos Augen verengten sich zu faltigen Schlitzen, während sich seine Mundwinkel einzudrehen schienen. Es sah aus, als hätte er gerade auf eine Zitrone gebissen. »Versteh doch! Ich kann es nicht selbst machen, weil ich sofort unter Verdacht gerate. Ich brauche ein verlässliches Alibi. Das ist alles schon arrangiert. Ab Mitternacht bin ich bei der Gabi in besten Händen.« Er zeigte ein schmutziges Grinsen und senkte seine Stimme ein weiteres Mal. »Heute Nacht wäre perfekt. Schlechtes Wetter ist angesagt, also sind auch keine Leute unterwegs. Die Hafenbeleuchtung taugt nichts.

Teure Designerleuchten, die kaputtgehen, wenn du sie scharf anguckst.«

»Das ... das ist absurd. Für was hältst du mich? Für einen Kleinkriminellen? Für einen Saboteur? Hat dir Clara nicht gesagt, dass ich ...«

»Gar nichts hat sie mir gesagt – ich habe damit gerechnet, dass ich auf einen einsatzfreudigen, mutigen Mann treffe.«

»Das ist nicht mutig, das ist unanständig.«

Rocco sah Tom mit blitzenden Augen an. »Mamma mia, um Anstand schert sich außer dir kein Mensch. Dich kennt hier keiner. Selbst wenn du beobachtet werden solltest, verschwindest du einfach wieder aus der Stadt und fertig. Kaum Risiko, aber gutes Geld. Für jeden vollen Tag, den diese Halunken nichts verkaufen können, zahle ich dir 200 Euro. Das wird ganz schnell eine Zahl mit drei Nullen.«

Tom starrte auf die Hand, die Rocco ihm unauffällig, aber doch fordernd entgegenstreckte. »Schlag ein – es ist das beste Angebot seit Langem für dich!«

3

Marten Oltdorp saß in einer Kneipe im Osten Berlins und kritzelte mit einem Bleistift auf der Rückseite einer Einladung zur Fraktionssitzung herum. Er schreckte hoch, als er dicht an seinem Ohr eine sonore Stimme vernahm.

»Interessante Skizze, was wird das?«

Als er in das glatte und braungebrannte Gesicht von Dr. Johann Wenderoth blickte, war er erleichtert. Trotzdem faltete er das Papier zusammen, bevor er dem schlanken und hochgewachsenen Mann die Hand reichte. »Sie haben mich ganz schön erschreckt.«

»Eine meiner wichtigsten Aufgaben – die Mitglieder Ihrer Fraktion und einige andere Tagträumer in dieser Republik durch notorische Verweise auf die Realität erschaudern zu lassen.«

Marten ging nicht auf die Stichelei ein und wartete, bis sich sein Gesprächspartner gesetzt hatte. Wenderoth war 35 Jahre alt, promovierter Betriebswirt und galt als ehrgeiziger Nachwuchspolitiker der Konservativen, ein Hoffnungsträger, ganz wie er selbst. Sie hatten für ihr Treffen eine Kneipe in Friedrichshain gewählt, die Marten noch aus seiner Zeit als Referent beim Naturschutzbund kannte. Hier mussten sie weder mit zufällig anwesenden Journalisten noch mit überraschend auftauchenden Fraktionskollegen rechnen.

Wenderoth nahm Platz und betrachtete Marten neugierig, aber auch irgendwie kühl. »Ich denke, Verschwörer wie wir könnten sich duzen.«

»Gerne«, sagte Marten.

»Und diese Skizze, was war das jetzt?«

Marten faltete das Papier wieder auseinander und hielt es Johann vor die Nase.

Der Konservative las mit gerümpfter Nase: »Naturschutzverband, Erneuerbare Energien, Meeresforschung, Ost-Europa-Gruppe, Mehrheitsfraktion im Folketing, zwei EU-Kommissare. Alle Achtung – ist das ein neues Netzwerk organisierter Kriminalität?«

Marten lächelte gequält. »Ich denke, du hast einen ganz ähnlichen Verbrecherring aktiviert. Unter etwas anderen Vorzeichen natürlich.«

Johann nickte. »Wie besprochen. Mir sind dabei zwei Dinge aufgefallen: Erstens war es nicht schwer, in der Sache eine breite Zustimmung zu bekommen. Es ist fast schon grotesk: Egal, wen du fragst – diese Gaspipeline durch die Ostsee will im Grunde genommen kein Mensch haben. Es gibt keinen einzigen zwingenden Grund für den Bau dieser Pipeline. Auch die Wirtschaft hält das Projekt für unnötig. Alle sagen das hinter vorgehaltener Hand, aber niemand traut sich, vorzutreten und die Stimme zu erheben. Zu den ökologischen Problemen muss ich dir ja nichts erzählen.«

»Und was war das Zweite, was dir aufgefallen ist?«

»Wir haben uns auf ein gefährliches Spiel eingelassen. Ein heimliches Bündnis zwischen Regierungspartei und Opposition – das kann, wenn es nicht klappt, für uns beide den politischen Tod bedeuten. Selbst dann, wenn wir in der Sache tausend Mal recht haben.«

»Aber wenn es klappt, wird es uns weit nach vorn katapultieren«, sagte Marten.

»Auch das ist meiner Meinung nach nicht ausgemacht. Wenn es gelingt, einen so großen Druck aufzubauen, dass das Projekt gestoppt wird, könnte das eine Kettenreaktion auslösen. Der Wirtschaftsminister wird zurücktreten müssen – aber er wird das nicht freiwillig tun. Am Ende könnte er die Fraktionen derartig verunsichern, dass es zu einem Misstrauensvotum oder Neuwahlen kommt.«

Marten spürte ein Kribbeln im Nacken. Rücktritt, Misstrauensvotum, Neuwahlen. Ihm war klar, dass ihre Kampagne eine Regierungskrise nach sich ziehen konnte, aber es war doch noch einmal etwas anderes, diese Worte aus dem Mund eines Politikers zu hören, der wusste, was er sagte. »Heißt das, du bekommst kurz vor dem Ziel kalte Füße?«

Wenderoth sog die Luft ein und blickte den Kollegen etwas hochnäsig an. »Natürlich nicht – was ich einmal angefangen habe, ziehe ich auch durch. Ich komme aus Ostwestfalen, da machen wir das so. Aber wir müssen uns maximal absichern.« Johanns Stimme hatte etwas von ihrem sonoren Klang verloren. Er schien zu schwitzen.

Trotzdem musste Marten lächeln. Er fand es interessant, dass ein rational abwägender Mensch wie Johann Wenderoth, wenn er existenzielle Entscheidungen zu treffen hatte, sich auf etwas Irrationales wie die Wesenszüge seines regionalen Volksstamms berief.

Der Konservative blickte ihn durchdringend an. »Das Zeitfenster wird sich bald schließen. Wenn die Klage vor dem Bundesverfassungsgericht abgewiesen ist – womit ich stark rechne –, dann fangen die noch am gleichen Tag mit den Baggerarbeiten an. Die politische Bereitschaft, dann noch eine Kehrtwende einzuleiten, wird massiv sinken. Ein nachträglicher Ausstieg wird zu unkalkulierbaren Schadenersatzforderungen führen. Das bedeutet: Wir brauchen in den nächsten Tagen das Startsignal – oder wir müssen das Ganze abblasen.«

Marten fuhr sich mit der Hand durchs Haar. »Ich sehe das genauso.«

»Was ist mit deinem ominösen Informanten? Kann der liefern? Und ist dem eigentlich klar, was alles an ihm hängt?«

»Ich fahre noch heute Nachmittag nach Stralsund und werde mich morgen mit ihm treffen. Er hat mir zugesichert, dass er bis dahin harte Fakten liefert, die das gesamte Genehmigungsverfahren infrage stellen.«

»Ein allgemeiner Hinweis wird nicht ausreichen.«

»Ich sagte doch: harte Fakten.«

»Und dieser Informationsbeschaffer ist verlässlich?«

Marten nickte. »Absolut. Ich nenne ihn mal Mr. X. Damit hast du sicher kein Problem, oder?«

Johann schüttelte den Kopf. Es war für ihn das Beste, offiziell nie von dem Mann gehört zu haben, der in die Schlammgrube gestiegen war.

»Mr. X ist kein Öko-Romantiker, sondern ein harter Hund. Der hat schon vor Alaska bei Windstärke 11 norwegische Walfänger attackiert. Später ist er Jurist geworden. Er weiß, was er liefern muss.«

Johann Wenderoth lehnte sich zurück und nippte an dem Bier, das seit Beginn ihres Gesprächs unangetastet vor ihm stand. »Na schön. Das wird dann der erste Schritt, auf den meine Unterstützer warten: eine Skandal-Meldung über das Genehmigungsverfahren. Dann folgt der Eilantrag beim BVG, dem sie stattgeben müssen. Vorläufiger Baustopp. Die Presse wird weitere Details aus der Provinzbehörde ausgraben, die mit dem öffentlichen Sturm überfordert ist. Die Stimmung im Land kippt, sofern es überhaupt je eine Stimmung für diese Pipeline gegeben hat. Wir starten ein buntes Konzert kritischer Statements aus allen Ecken und in allen Tonlagen. Es kann klappen, wenn es so läuft. Morgen Abend werde ich alle meine Schäfchen beisammen haben. Mein letztes Gespräch führe ich mit dem Vorstandsvorsitzenden eines börsennotierten Versicherungskonzerns.«

Marten sah ihn erstaunt an. »Tatsächlich? Hätte ich nicht erwartet.«

»Versicherungen denken langfristig. Die wissen genau, dass der Klimawandel eines der größten Risiken für die Wirtschaft ist. Die Entscheidung für eine neue Gaspipeline zementiert unsere zögerliche Klimapolitik …«

»… das Wort ›zögerlich‹ klingt mir in diesem Zusammenhang etwas zu wohlwollend …«

»Lieber Kollege, wir gehören eben doch verschiedenen Lagern an – meine Partei steht seit jeher für eine maßvolle Sprache. Wie auch immer: Die Klimapolitik wird auf viele Jahre zementiert. Raus aus der Kohle und rein ins billige Erdgas, anstatt gleich das zu tun, was zehn Jahre später nicht mehr abzuwenden sein wird. Die Pipeline befreit die Politik vorübergehend von dem Druck, ernsthaft am Umbau des Energiesystems zu arbeiten. Sie werden mal wieder von ›Brückentechnologie‹ sprechen, aber in Wahrheit geht es um Macht und Geld, wie immer. Den russischen Bären politisch einhegen, indem man ihm noch mehr Gas abkauft. Wer für zehn Milliarden eine Leitung baut, der will auch, dass sich das Investment rentiert – bis es soweit ist, wird also sehr viel Gas nach Europa fließen müssen. Und das, obwohl es längst genug Transportkapazitäten gibt, wie sogar das Deutsche Wirtschaftsinstitut bestätigt hat. Wir werden überschwemmt mit billigem russischem Gas.«

»Alle Achtung – ist das aus dem Entwurf für deine Bundestagsrede?«

»Wenn es erst einmal so weit wäre«, sagte Johann seufzend. »Das Interessante mit Blick auf meine Partei ist ja, dass der Wunsch, die Pipeline loszuwerden, unsere schwach ausgeprägte Öko-Fraktion mit den Erzkonservativen vereint, die nachts noch immer vom bösen Russen träumen. Und die Atlantiker wissen schon lange nicht mehr, ob sie für oder gegen Fracking-Gas aus den Staaten votieren sollen.«

Marten war erleichtert, dass sein politischer Komplize so in Fahrt kam. Es war beinahe die gleiche Stimmung wie an dem Abend, als sie – vollkommen ungeplant – zum ersten Mal ins Gespräch gekommen waren. Erschöpft, aber auch aufgewühlt von einer zermürbenden Ausschusssitzung hatten sie nach zwei oder drei Bier zur beiderseitigen Überraschung festgestellt, dass sie in einigen Punkten exakt die gleichen Positionen vertraten. Dass sie dabei ganz unterschiedliche Argumente nutzten, hatte an diesem Abend keine Rolle gespielt.

Sie wussten beide, dass Wenderoth das größere Risiko einging. Ihm würde man eine inoffizielle Komplizenschaft mit Teilen der Opposition ausgesprochen übel nehmen. Marten hingegen würde den Deal mit dem jungen Konservativen in der Fraktion als strategische Meisterleistung verkaufen können. »Es ist schon verrückt, wie viel jetzt von unserem Informanten abhängt«, sagte er nachdenklich.

»Weißt du irgendetwas darüber, was Mr. X herausgefunden hat?«

Marten zuckte mit den Schultern. »Nicht wirklich.« Er hielt es für ratsam, Johann nichts davon zu erzählen, dass er seit Tagen vergeblich versuchte, Kontakt zu dem Mann aufzunehmen, den sie Mr. X nannten. So sehr er es auch verstehen konnte, dass der keine Kommunikationsspuren legen wollte, ließ die Situation Marten allmählich nervös werden. Und Johann wäre noch viel nervöser geworden, hätte er gewusst, wie die Sache stand.

Während er über das labile Verhältnis zu Wenderoth nachdachte, hatte Marten plötzlich das dringende Bedürfnis, sich umzudrehen. Es war wieder dieses Gefühl, beobachtet zu werden – ein Gefühl, das ihn seit Kurzem immer wieder überkam, zuletzt oft mehrmals am Tag.

Johann bemerkte Martens Unwohlsein. »Was ist los?«, fragte er und blickte sich nun ebenfalls um. »Stimmt was nicht?«

»Doch, alles gut«, sagte Marten gezwungen. »Ich hatte gerade … ich dachte, dass wir von dem Mann am Tisch neben der Tür beobachtet werden, aber es ist sicher nur eine Täuschung.«

Johann ließ seinen Blick beiläufig zur Tür schweifen. »Ein Ostberliner Frührentner und Pegeltrinker, würde ich sagen – da gibt es Tausende von.«

»Mir schien, dass ich ihn schon irgendwo gesehen habe.« Er musste plötzlich lachen. »Wahrscheinlich genau deshalb – weil es von seiner Sorte so viele gibt.«

Sie stießen die Bierkrüge gegeneinander und tranken aus. Marten spürte, dass seine Stimmung zu kippen drohte. Er wollte das Johann nicht spüren lassen und beeilte sich, das Treffen zu beenden.

Später ging er durch die Straßen von Friedrichshain. Die Luft war mild, es waren viele Leute unterwegs, Studenten, Hipster, Penner. Aber keine grauhaarigen Agenten, die ihn, den jungen Politiker, observieren oder gar bedrohen wollten. Er musste sich von diesen Wahnvorstellungen endlich befreien. Es war nichts anderes als ein Abbild seiner eigenen Zweifel, seiner Angst, dass alles ganz furchtbar schiefgehen konnte.

Es hätte ihm gut getan, zu Hause anzurufen, bei Stefanie und der kleinen Gil, aber er wusste, dass es klüger war, damit zu warten, bis er auf der Autobahn war. Er packte das Nötigste für ein paar Tage an der Küste ein und freute sich darauf, bald wieder in seine Heimat zu kommen.

4

»Das wird eine interessante Woche«, sagte Clara, in deren Stimme noch immer die Begeisterung mitschwang, die sie schon den ganzen Tag über versprühte. »Nur acht Kinder, aber alle recht aufgeweckt und interessiert.« Sie ließ sich mit einem Glas Wein in der Hand vorsichtig auf einen der beiden Liegestühle nieder, die Tom auf das Deck gewuchtet hatte. »Wir werden Schiffe, alte Häuser und Fische im Ozeaneum beobachten, ein bisschen fotografieren und verschiedene Maltechniken ausprobieren. Diese Stadt ist ein Geschenk für alle, die Natur und Kunst zusammenbringen wollen. Ich träume schon seit Tagen in Blau.«

Tom sah sie entgeistert an. »Du machst was?«

»Wenn ich träume, hat alles so einen meerblauen Schimmer, nicht sehr leuchtend, aber trotzdem irgendwie intensiv.«

»Das ist mir noch nie passiert. Ich glaube, ich träume meist in Schwarz-Weiß.«

Sie saßen an Deck der MATHILDA und genossen die friedliche Stimmung. Ein leichter Abendwind hatte die drückende Luft des Nachmittags vertrieben. Tom blickte in den Himmel, dessen mildes Blau sich mit dem orangen Licht der tief stehenden Sonne verband.

»Was ist jetzt eigentlich bei deinem Gespräch mit Rocco herausgekommen? Seid ihr euch einig geworden?«

»Sozusagen.« Tom dachte an den lautstarken Wortwechsel, der das Treffen mit Rocco beendet hatte. Nicht mal das Fischbrötchen hatte er aufgegessen, obwohl es wirklich lecker gewesen war, wie er gerne zugab.

»Und was hast du vor? Ich hatte das Gefühl, dass Rocco echte Probleme hat.«

»Ja, so könnte man das nennen.« Tom gähnte demonstrativ. Er hatte keine Lust, die friedliche Stimmung zu zerstören, aber die Chancen standen nicht gut, dass sich das vermeiden ließ.

Clara richtete sich aus ihrem Liegestuhl auf. »Jetzt erzähl doch mal! Was habt ihr besprochen?«

»Wir waren uns einig darüber, dass es besser wäre, wenn ich nicht für Rocco arbeite.«

»Was!? Wieso nicht?«

»Was er vorhat, verstößt gegen meine Prinzipien.«

Clara schüttelte irritiert den Kopf. »Seit wann hast du Prinzipien?«

»Oh, ich habe eine Menge Prinzipien. Ich schlage keine Kinder, ich vermeide Autofahrten, wenn ich auch auf einer Wasserstraße ans Ziel komme. Ich scheue Konflikte, wenn sie mit Messern oder Schusswaffen gelöst werden, und ich weigere mich, Leuten, die ich gar nicht kenne, nachts Buttersäure in ihren Kutter zu kippen.«

Für einen Augenblick war Clara sprachlos. Sie blickte Tom mit offenem Mund an. »Das heißt, …«

»Genau. Er will seine Konkurrenten durch Sabotageakte ausschalten, wenn sein heutiges Gespräch mit dem zuständigen Menschen vom Ordnungsamt zu keinem Erfolg führt. Und um nicht selbst in Verdacht zu geraten, hatte er die wunderbare Idee, mich für die Drecksarbeit einzuspannen.«

»Das war bestimmt ein Scherz, oder?«

»Keineswegs. Dieser Rocco tritt auf wie ein Harlekin, aber in Wirklichkeit ist er ein Halunke.«

»Das glaube ich nicht.« Clara ließ sich wieder in den Liegestuhl fallen und blickte kopfschüttelnd auf eine kleine Segeljacht, die von einem grauhaarigen Mann in gelber Regenjacke in den Hafen gesteuert wurde. »Wenn er so etwas wirklich vorhat, dann muss er ja richtig in Schwierigkeiten stecken. Er hat sich da bestimmt in etwas verrannt.«

»Ich kann dir sagen, was sein Problem ist: Er hat einfach nicht kapiert, dass er hier in Stralsund mit seinem Fischbrötchenverkauf keinen Erfolg haben wird. Er hat sich verkalkuliert und unterschätzt, dass die Konkurrenz hier mit zweifelhaften Methoden arbeitet. Das ist aber schon seit Jahren so, wenn ich das richtig in Erinnerung habe. Das lief damals unter dem Stichwort ›Fischbrötchenkrieg‹.«

»Hast du wenigstens versucht, ihn von diesen Dingen abzuhalten?«

Tom zuckte mit den Schultern. »Rocco ist erwachsen.«

»Er scheint ein Riesenproblem zu haben.« Clara schlug nach einer Mücke, die auf ihrem Oberarm zum Einstich ansetzte. »Du hättest ihm vorschlagen können, Alternativen zu entwickeln, mit der Konkurrenz verhandeln, das Angebot verbessern, die Preise flexibler gestalten, was weiß ich. Du bist doch sonst kreativer.«

»Ich bin Privatermittler, kein Unternehmensberater.«

»Und ganz schön arrogant. Ich habe das Gefühl, dass du Rocco nur deshalb auflaufen lässt, weil er ein alter Freund von mir ist.«

»Und ich habe das Gefühl, dass du ein Bild von Rocco mit dir herumträgst, das nicht mehr stimmt. Du erinnerst dich an ein lustiges Kerlchen aus der Grundschule und denkst, dass er heute noch immer so wäre, nur ein paar Zentimeter größer.«

»Ich bin nicht naiv. Aber was ist mit dir? Du kennst ihn seit vier Stunden und glaubst, ihn besser einschätzen zu können als ich.«

Tom sog die Abendluft ein. Er wollte den Disput nicht zum Streit ausufern lassen.

»Pass auf«, sagte Clara, »wenn Rocco gleich kommt, dann überlässt du es mir, diese Sache mit ihm zu besprechen, ja? Ich möchte hier keine Hahnenkämpfe oder so etwas.«

»Das würde ich gerne tun.«

»Was meinst du mit ›würde‹«?

»Rocco wird nicht kommen.«

»Was?!« Clara warf sich zur Seite, sodass sie beinahe aus dem Liegestuhl fiel.

»Na ja, ich war am Ende unseres Gespräches der Meinung, dass es unter den gegebenen Umständen keine so gute Idee ist, wenn er heute Abend hier aufs Boot kommt.«

»Du hast ihn ausgeladen, nachdem ich ihn eingeladen hatte?«

»So würde ich das nicht nennen, ich habe nur den Gedanken geäußert, dass wir beide, also er und ich, den Abend vermutlich nicht genießen würden, wenn wir ihn, also den Abend, gemeinsam auf diesem Boot verbrächten.«

Clara presste sich die Handballen gegen die Schläfen. »Oh, Tom, das ist doch nicht wahr! Warum hast du mich nicht wenigstens gefragt, bevor du das tust? Wir hätten das doch noch mal besprechen können. Ich glaube, Rocco ist in einer schwierigen Situation. Er braucht Hilfe – und nicht eine derartig derbe Zurückweisung.«

Tom schob die Unterlippe vor. »Klar, du freust dich ja schon den ganzen Tag über nichts anderes als über diesen merkwürdigen Fischbrötchendealer, diesen Hanswurst vom Apennin, diesen …«

»Ey, halt den Mund! Was ist eigentlich los? Du warst schon heute Mittag so unfreundlich zu Rocco – da gab es doch noch gar keinen Grund.«

»Ich mag ihn halt nicht.«

»Und ich mag es nicht, wenn du mir eine alte Bekanntschaft so mies machst. Kann es sein, dass du … Bist du etwa eifersüchtig?« Sie sah ihn mit schief gelegtem Kopf an.

Tom zog es vor, nicht zu antworten. Er blickte stur vor sich hin und warf ein kleines Steinchen, das er aus einer Ritze gekratzt hatte, in das Hafenbecken, wo es mit einem leisen »Plitsch« versank.

»Ich fasse es nicht! Rocco ist ein Freund aus der Grundschulzeit, den ich seit über zwanzig Jahren nicht gesehen habe. Ich fand ihn lustig damals. Er ist ein Stück Erinnerung. Es gibt keinen Grund, eifersüchtig zu sein. Glaubst du wirklich, dass ich mit so einem wie ihm … also so einem Fischbrötchenhändler …«

»Es gab seit heute Morgen kein anderes Thema. Rocco hier, Rocco da. Er ist der strahlende Held deiner Kindheit – okay – aber wir leben ja hier und jetzt.«

Clara nickte. Mit plötzlicher Entschlossenheit stand sie auf. »Da hast du allerdings recht. Wann hat er sich mit diesem Typen von der Stadtverwaltung verabredet?«

»Erst sehr spät, um elf, glaube ich. Merkwürdig, wie die hier Geschäftliches besprechen.«

»Okay. Ich werde Rocco jetzt anrufen und sehen, ob ich ihn vorher noch treffen kann. Und dann werde ich ihm ein paar Tipps geben, wie er sich gegenüber dem Stadtfuzzi verhalten soll. Ich glaube nämlich, dass er in solchen Situationen ungeschickt ist. Vielleicht begleite ich ihn sogar bei dem Gespräch. Das hättest du übrigens auch anbieten können. Und wahrscheinlich würdest du es sogar besser hinbekommen als ich. Aber das scheint dir ja egal zu sein. Alles muss man selber machen!«

Tom sah zu, wie Clara unten in der Barkasse verschwand. Er hörte sie rumoren und kurz telefonieren. Als sie wiederkam, hatte sie einen Pullover übergezogen und einen Rucksack auf dem Rücken, in dem ein länglicher Gegenstand steckte. »Du musst nicht auf mich warten«, rief sie ihm zu, bevor sie auf den morschen Steg sprang. Der zottelige Hund des Stegwarts stand auf dem Boot seines Herrchens und beobachtete neugierig, wie sie mit schnellen Schritten dem Land zustrebte.

5

Montag

Morgens war es besonders schlimm. Der Schmerz ging von der Körpermitte aus, knapp über dem Becken, strahlte ins linke Bein aus, zog sich auch den Rücken hinauf und ließ jede Bewegung zur Tortur werden. Fichtner stöhnte vor Schmerz, als er es endlich geschafft hatte, sich nach einer nahezu schlaflosen Nacht im Bett aufzusetzen.

Er humpelte in die Küche und setzte die Kaffeemaschine in Gang. In der Wohnung kam er ohne Gehstock aus, aber draußen fühlte er sich sicherer, wenn er sich auf seinem dritten Bein abstützen konnte.

Noch während die Kaffeemaschine vor sich hin gurgelte, ging er rüber ins Wohnzimmer. Für einen richtigen Schreibtisch hatte der Platz neben der Balkontür nicht gereicht. Aber vor ein paar Jahren hatte er im Sozialkaufhaus einen altertümlichen Sekretär entdeckt, zerkratzt und etwas wacklig. Das hatte ihn nicht gestört. Er wusste sofort, dass er diesen Sekretär haben musste. Er gab ihm das Gefühl, klüger zu sein, als er war.

Über dem ehrwürdigen Möbelstück hing eine Pinnwand mit Postkarten. Die meisten hatte Fichtner sich selbst geschrieben. Usedom, Spreewald, Müritz. Einmal hatte er eine Flusskreuzfahrt gemacht. Daneben die Zeitungsartikel über den Unfall: *Fahrerflucht – 56-Jähriger lebensgefährlich verletzt.* Das Papier war schon ganz vergilbt, die Druckerschwärze ausgebleicht.

Im Sommer kam die Sonne abends so weit herum, dass sie auf diese Stelle an der Wand schien.

Die Zeitungsberichte über den Unfall hatte seine Nachbarin damals ausgeschnitten und drei Monate lang für ihn aufgehoben, so lange, bis er aus dem Krankenhaus und der Reha zurück war. Eigentlich war sie eine Hexe, fand er, aber das mit den Zeitungsartikeln hatte sie wohl gut gemeint. Wenn es ganz schlimm kommt, werden die Leute anders. Dann erwacht etwas in ihnen, etwas Gutes. Aber warum muss es immer erst so schlimm kommen?

An diesem Morgen nahm Fichtner die Zeitungsberichte von der Pinnwand ab und warf sie in den Papierkorb. Es war jetzt sieben Jahre her. Nun war es gut. Er wollte nicht mehr jeden Morgen und jeden Abend daran denken.

6

»Tom, bist du noch in der Nähe? Du musst sofort herkommen!« Claras Stimme klang zittrig und zugleich überdreht.

Es war Montagmorgen und Tom hatte sich erst wenige Minuten zuvor am Eingang des Ozeaneums von Clara verabschiedet. Eigentlich hatte er schon auf dem Weg in die Altstadt sein wollen, aber im Moment trieb er sich noch am alten Lotsenhaus herum, einem verwinkelt konstruierten, zierlichen und doch stolz aufragenden Backsteinbau, der selbstbewusst auf der freien Fläche vor der eigentlichen Hafenbebauung posierte. »Ich bin noch auf der Hafeninsel. Kann in dreißig Sekunden bei dir sein.« Er war schon auf dem Weg, als er das sagte.

Erinnerungsfetzen an den frühen Morgen gingen ihm durch den Kopf. Beim Frühstück auf dem Boot hatten sie wenig geredet, die Stimmung war etwas verhangen gewesen. Clara hatte kein Wort mehr über Rocco verloren und Tom hatte es vorgezogen, dieses heiße Eisen ebenfalls nicht anzufassen. Zu Fuß waren sie vom Dänholm bis zum Ozeaneum gelaufen, eigentlich ein schöner Weg. Es hatte in der Nacht etwas geregnet, aber nun war die Luft klar und der Himmel mit weißen Schleierwolken verziert. Auf der Ziegelgrabenbrücke, hoch über dem Strelasund, hatten sie einen tollen Blick auf die Hafeninsel, die Speicherhäuser und die weißen Rundungen des Ozeaneums. Vor dem Museum hatte Clara die Kinder ihres Malkurses getroffen. Sie wollten, bevor sie hineingingen, zur GORCH FOCK I und zur nördlichen Spitze der Hafeninsel gehen, wollten die Atmosphäre des Morgens genießen und überlegen, wie man das Wasser, den Himmel und das mächtige Segelschiff malen konnte.

Tom erreichte die Gruppe im Laufschritt. Die acht Kinder standen im engen Halbkreis um Clara herum, fast wie eine Handballmannschaft, die von ihrer Trainerin auf einen schwierigen Gegner eingestimmt wird. Clara hatte den Arm um die Schulter eines Mädchens gelegt, das zu weinen schien. Als sie Tom bemerkte, kam sie ihm ein paar Schritte entgegen. Ihre Stimme zitterte noch immer. »Zwei Kinder haben eben einen Toten entdeckt. Er liegt da drüben bei der großen Mülltonne.« Sie wies ein Stück nach draußen, den Kai entlang.

»Ach du … Hast du die Polizei gerufen?«

»Nein, ich wollte erst mal … Ich … ich habe ein ganz blödes Gefühl.«

Tom verstand nicht, was sie meinte. Es war doch eigentlich klar, dass man in so einem Fall die Polizei verständigen musste.

»Kannst du mal nachsehen?«, fragte Clara flehend. »Ich muss die Kinder beruhigen und dann die Eltern anrufen. Ich glaube, ich kann mit dem Malkurs jetzt nicht einfach so weitermachen. So ein Mist!«

Tom legte Clara die Hand auf die Schulter. Er hatte keine Ahnung, warum sie sich so merkwürdig verhielt. Aber es war nicht der richtige Moment, um sie mit Fragen komplett aus dem Konzept zu bringen. »Ich sehe mir das mal an und dann rufe ich die Polizei, okay?«

Clara nickte und wandte sich wieder den Kindern zu.

Die Mülltonne, von der Clara gesprochen hatte, war ein grüner Container, der neben einem flachen, länglichen Backsteinbau stand. Dieser erstreckte sich auf einer Länge von etwa fünfzig Metern über den Kai, an dem auch die GORCH FOCK I lag. Der Bau beherbergte den Goldenen Anker und draußen, mit herrlichem Blick auf den Sund, ein rustikales Café, in dem Tom schon einmal gesessen hatte, als er auf eine Fähre nach Hiddensee gewartet hatte. Er mochte diesen Ort, der irgendwie unaufgeräumt wirkte und an drei Seiten von Wasser umgeben war, dem Meer näher als der Stadt. Aber jetzt war das alles unheimlich. Er fröstelte. Es war kurz nach acht, kaum ein Mensch unterwegs.

Die reglose Gestalt lag lang ausgestreckt auf den groben Pflastersteinen, das Gesicht nach unten, zum größten Teil hinter dem Container verborgen. Man musste schon sehr aufmerksam sein, um den Toten beim Vorbeigehen zu entdecken. Andererseits hatten der oder die Täter sich nicht wirklich große Mühe gegeben, ihn zu verstecken. Als Tom nähertrat, schlug sein Herz bis zum Hals. Der Mann trug Turnschuhe, Jeans und einen schwarzblauen Blazer. Sein Haar war nussbraun und sah feucht aus. Intuitiv legte sich Tom ein Taschentuch um die Finger, bevor er vorsichtig versuchte, den Mann umzudrehen. Es kam ihm vor, als wäre die Gestalt aus Blei. Das Gesicht sah schlimm aus, verquollen, blutverschmiert. An der linken Schläfe schien der Schädel geborsten zu sein, ein Gemisch aus Dreck, Blut und Haaren zog sich über die gesamte Kopfseite bis zum Hals. Tom konnte nicht hinsehen, aber auch nicht wegsehen. Er wollte zurück, doch Claras sonderbare Andeutung spukte durch seinen Kopf. Kannte sie den Mann? Er spürte den nahenden Aufstand seines Magens. Mit zusammengebissenen Lippen tastete er den Mantel des Toten ab und fühlte auf Bauchhöhe einen klumpigen Gegenstand. Er griff in die Innentasche. Es war leichtsinnig und dumm, das wusste er, zumal er nun nicht mehr verhindern konnte, Fingerabdrücke zu hinterlassen. Wenn sie es darauf anlegten, würden sie ohnehin seine DNA-Spuren finden. Das Portemonnaie enthielt nur Kleingeld, keine Scheine. Ausweis- und Bankkarten waren ebenfalls vorhanden. Tom sah sich den Personalausweis an. Der Mann wohnte in Stralsund und hieß Marko Heinen, ein Name, den er noch nie gehört hatte. Er prägte sich die Adresse ein und steckte alles wieder dahin, wo er es hergenommen hatte. Bevor er den Toten zurück in seine Ausgangsposition drehte, machte er mit dem Telefon ein Foto des Gesichts. Dabei kam er sich schmutzig und pietätlos vor. Aber mittlerweile hatten ihn die ersten Ausläufer eines eigenartigen Fiebers ergriffen. Es interessierte ihn, wer dieser Mann war und warum er heute und hier mit einem zerschmetterten Schädel auf der Stralsunder Hafeninsel lag.

Die Begegnung mit dem Toten hatte wohl kaum länger als eine Minute gedauert, aber Tom kam es vor wie eine halbe Stunde. Es erstaunte ihn, dass ringsherum noch immer kein Mensch zu sehen war. Keine fünfzig Meter weiter ragte der weiße Rumpf der GORCH FOCK I auf, das einstige Segelschulschiff, das viele Jahre lang von der sowjetischen Marine betrieben worden war und nun seit einigen Jahren in Stralsund besichtigt werden konnte.

Clara hatte sich mit den Kindern inzwischen auf den Weg zum Ozeaneum gemacht. Das war sicher eine kluge Entscheidung. Ins Warme gehen, die Eltern benachrichtigen, die Kinder ablenken.

Tom holte einmal tief Luft und wählte den Notruf. Nachdem er die notwendigen Angaben gemacht und versprochen hatte, sich nicht vom Fundort zu entfernen, steckte er das Telefon in die Tasche und blickte sich um. Eigentlich war es ein schöner Morgen. Das Wasser draußen im Sund leuchtete tiefblau und ließ sich von einem leichten Wind kraulen. Hatte Clara nicht davon gesprochen, dass sie in Blau träumte? Jetzt hatte er das Gefühl, diesen Satz zu verstehen. Das alles war so real und physisch, dachte er, und gleichzeitig irreal und falsch. Da lag ein Mensch auf dem steinernen Untergrund, der vor wenigen Stunden noch gelebt, gehofft, gearbeitet, geliebt und gelacht hatte. Er schüttelte sich, um einen klaren Kopf zurückzugewinnen. Es war jetzt wichtig, mit Clara zu sprechen – und zwar, bevor die polizeiliche Maschinerie anlief.

Aber er hatte das Tempo dieser Maschinerie unterschätzt. Auf halber Strecke zum Ozeaneum sah er zwei Polizeiwagen auf sich zu rasen. Einer umkurvte ihn und fuhr dann weiter, der andere stoppte knapp neben ihm. Zwei Beamte, ein Mann und eine Frau, sprangen heraus. »Haben Sie eben den Notruf wegen der Leiche abgesetzt?«, rief ihm der Mann zu, als stünde Tom bereits als Mörder fest.

»Korrekt.«

»Dann begleiten Sie uns jetzt bitte zum Fundort!«

»Sie finden den Toten gleich neben dem leuchtend grünen Müllcontainer. Ich bin in drei Minuten auch da.«

»Sie kommen bitte jetzt mit!«

Tom setzte seinen Weg in Richtung des Ozeaneums fort und wandte sich dabei den Polizisten zu. »Sie werden die Leiche schon finden – und ich sorge dafür, dass Sie auch die Personen sprechen können, die den Toten gefunden haben. Ist das ein Deal?«

»Wer sind diese Personen?«, rief ihm die Frau in scharfem Ton zu.

»Das erfahren Sie in wenigen Augenblicken.«

Die beiden tauschten grimmige Blicke. Sein Ton passte ihnen nicht, das war klar, und es interessierte sie wohl nicht, dass das auf Gegenseitigkeit beruhte. Gerade rauschten die nächsten Fahrzeuge heran, ein Zivilfahrzeug mit aufgestecktem Blaulicht und ein Notarztwagen. Die Einsatzkräfte mussten sich erst einmal koordinieren und Tom schaffte es, unbehelligt bis zum Ozeaneum zu gelangen.

Eine Museumspädagogin hatte die Tür zum Bistro aufgeschlossen, das noch nicht geöffnet hatte. Tom ging durch bis ins Museumsfoyer.

Clara, die gerade telefonierte, kam wenig später hinterher. Sie war noch immer bleich, wirkte aber nicht mehr so verwirrt wie kurz zuvor auf dem Kai. »Wir haben jetzt die meisten Eltern erreicht«, sagte sie. »Sie werden demnächst hier eintreffen und dann beraten wir zusammen, wie es weitergehen soll.« Sie blickte Tom ängstlich an. »Hast du den Mann da draußen … Ich meine …«

Tom hielt es für unnötig, den Zustand des Opfers zu beschreiben. »Er heißt Marko Heinen – sagt dir das etwas?«

Clara schloss die Augen und atmete tief ein. »Ich habe es befürchtet.«

»Wer ist der Mann? Ist es etwa der, den Rocco gestern Abend …?«

»Genau der. Sie waren da draußen auf dem Kai verabredet. Um 23 Uhr.«

»Dann könnte es sein, dass Rocco jetzt noch größere Probleme bekommt, als er ohnehin schon hat«, sagte Tom.

Clara ergriff seine Hände. »Hör zu!«, sagte sie. »Ich weiß, dass das gestern alles ziemlich blöd gelaufen ist. Und ich bin mir sicher, dass Rocco mit so etwas nichts zu tun hat. Ich hatte ein gutes Gespräch mit ihm und ich glaube, dass er sich Heinen gegenüber sehr konstruktiv verhalten hat. Er kann damit nichts zu tun haben.«

Tom nickte. Er wusste im Augenblick nicht, worüber er mehr staunte: über Claras plötzlich zurückgekehrte Souveränität oder über ihren unerschütterlichen Glauben an Rocco Schulze.

Mit einem Kuss auf seine zusammengelegten Hände schien sie diesen Glauben auf ihn übertragen zu wollen. »Ich kann jetzt hier nicht weg«, sagte sie, »die Polizei wird sicher bald bei Rocco anklopfen. Ich kann es vielleicht etwas verzögern, aber es ist vermutlich nicht sehr klug, wenn ich denen verschweige, was ich über das Treffen zwischen Rocco und Heinen weiß, oder?«

Tom schüttelte den Kopf. »Damit würdest du Rocco langfristig wohl keinen Gefallen tun.«

Clara nickte. Sie blickte zu Boden.

Tom sah durch die Glasscheiben, dass sich die beiden Polizisten, die ihn eigentlich hatten mitnehmen wollen, dem Museum näherten. Er sprach leise und schnell. »Ich weiß, was du als Nächstes sagen wirst. Machen wir es kurz: Ich versuche, Rocco zu erreichen und ihm zu helfen – wie auch immer das funktionieren soll. Das kann ich aber nur, wenn ich schnell hier wegkomme und nicht stundenlang Polizeifragen beantworten muss. Gibt es einen Hinterausgang?«

Clara hielt noch immer seine Hände und drückte sie jetzt fest zusammen. »Du bist ein Schatz. Ich werde denen schon irgendwie erklären, warum du nicht mehr zur Verfügung stehst.«

Die beiden Polizisten pressten inzwischen ihre Gesichter an eine Glasscheibe und versuchten zu erkennen, was sich im Innern des Museums abspielte. Da die Lichter nicht eingeschaltet waren, fiel ihnen das nicht leicht. Einige Kinder winkten ihnen schüchtern zu, die Polizistin deutete auf die verschlossene Tür und machte eine Bewegung, als wolle sie eine Konservendose öffnen.

Clara zog Tom weiter ins Innere des Foyers, bis sie außer Sichtweite waren. »Warte hier einen Moment! Und dann melde dich, sobald du etwas weißt!«

Wenig später erschien die Museumspädagogin, eine schlanke Frau mit langen braunen Haaren und einem strengen Blick. »Ihre – Lebensgefährtin bat mich, Ihnen einen zweiten Ausgang zu zeigen«, sagte sie etwas säuerlich. Es war ihr anzumerken, dass sie diese Bitte nicht von ganzem Herzen unterstützte.

»Das wäre supernett«, säuselte Tom.

»Bitte folgen Sie mir!«

Eine Minute später stand er auf der rückwärtigen Seite des weitläufigen Museumsbaus im Freien und atmete tief durch. Aber es blieb keine Zeit zum Verschnaufen. Mit übergezogener Kapuze überquerte Tom die Brücke über den Semlower Kanal. Vor ihm lag die Altstadt von Stralsund. Deren Besichtigung hatte er sich etwas anders vorgestellt.

7

Die meisten Eltern trafen bis neun Uhr im Ozeaneum ein. Sie waren in Sorge um ihre Kinder, aber schon bald setzte sich die Meinung durch, dass Clara den Malkurs nicht vollständig abbrechen sollte. Sie war erleichtert darüber – die Vorstellung, dass sie mit den Kindern in dieser Woche nichts erreicht hatte, als einen Toten zu finden, war allzu deprimierend. Ganz abgesehen davon konnte sie das Honorar für den Kurs gut gebrauchen.

Mit Kasper und Anna, den beiden Kindern, die die schreckliche Entdeckung gemacht hatten, führte Clara in Gegenwart der Mütter ein ausführliches Gespräch. Die beiden schienen das Erlebnis ganz gut wegstecken zu können. Sie sprachen von einem unheimlichen Moment, aber sie waren auch beruhigt, dass die Polizei sich um die Sache kümmern und alles aufklären werde. So wurde man sich einig, dass der Malkurs am nächsten Morgen fortgesetzt werden sollte.

Gegen halb zehn verließ Clara das Museums-Bistro und trat ins Freie. Der Bereich rund um den Fundort der Leiche war inzwischen abgesperrt. Die Ermittler hatten ein Schutzzelt errichtet, Beamte in weißen Overalls suchten die Umgebung ab. Vor den Absperrbändern standen zahlreiche Menschen, ein Kamerateam berichtete für das regionale Fernsehen.

Clara hatte mittlerweile das Gefühl, dass ihre anfängliche Panik nicht angebracht war. Alles würde sich aufklären und auch Rocco würde aus der Sache irgendwie herauskommen.

Sie wollte gerade versuchen, Tom anzurufen, als eine junge Frau in einem dunkelblauen Anorak sie bat, mit ihr zu kommen. Sie stellte sich als Dana Reuter vor, Mitarbeiterin der Kriminalpolizei. Clara hatte das erwartet. Die Ermittler hatten schon vorher mit ihr sprechen wollen, hatten die Befragung dann aber verschoben, bis alle Kinder wieder an ihre Eltern übergeben worden waren. Nun gab es keine Ausflüchte mehr.

Sie gingen in den abgesperrten Bereich bis zu einem Kleinbus mit verdunkelten Schreiben. Als sie davorstanden, öffnete sich die Schiebetür und eine Frau, die Clara bestens bekannt war, stieg aus dem Bus.

»Sylke? Du bist jetzt hier bei der Polizei?«

Sylke Bartel trug die Haare kürzer als früher und wirkte so nicht nur jünger, sondern auch strenger. Sie zupfte ihre Jeansjacke zurecht, unter der eine Dienstwaffe hervorlugte. Es schien ihr unangenehm zu sein, dass sie von Clara so herzlich geduzt wurde. »Guten Morgen, Frau Lehnhoff.«

»Waren wir nicht … Ich meine … per du und so?«

»Privat gerne, aber ich finde das hier in diesem Rahmen unpassend.«

Dana Reuter, die Clara bis zum Polizeibus begleitet hatte, verfolgte den Wortwechsel neugierig. Sie schien mit in den Bus einsteigen zu wollen, aber Sylke hielt sie auf.

»Ich übernehme das hier, danke.«

Die rothaarige Polizistin sah Sylke irritiert an, widersprach aber nicht.

Sylke bat Clara, im Innern des Busses Platz zu nehmen. »Wir werden die Kinder erst morgen vernehmen, um sie nicht zu sehr zu belasten. Deshalb ist … Ihre Aussage jetzt besonders wichtig.«

Clara hatte Sylke nie gemocht. Sie waren sich durch Toms Aufträge schon mehrfach begegnet und hatten sich zuletzt irgendwie zusammengerauft. Sylke hatte sich bei ihrer letzten Ermittlung schwere Fehler geleistet und war für Monate auf einer Fortbildung verschwunden. Nun war sie also wieder da und kehrte die Chefin raus. Clara fragte sich, ob das alles war, was man bei einer polizeilichen Fortbildung lernte.

Sylke räusperte sich. »Sie bzw. die beiden Kinder Kasper und Anna haben heute Morgen also den Toten entdeckt. Ist Ihnen dabei irgendetwas Ungewöhnliches aufgefallen?«

»Sorry, aber die Nummer werde ich jetzt nicht mitmachen«, sagte Clara trotzig. »Du kannst hier gerne einen auf Chief of Alles machen, aber ich rede so, wie ich das für richtig halte. Okay?«

Sylke zuckte mit den Schultern und wartete ab.

»Es war ein schöner, recht kühler Morgen, so, wie es gut zu einem Morgen im Frühjahr passt. Mir ist aufgefallen, dass die Luft sehr klar war und die Farben sehr leuchtend: Himmel, Wasser, das gegenüberliegende Ufer, die Häuser, die von der noch tief stehenden Sonne beschienen wurden und …«

»Ich möchte keine Landschaftsbeschreibung, sondern Angaben zur Sache. Sind Ihnen irgendwelche Personen in der Nähe des Tatortes aufgefallen?«

»Es wäre schön gewesen, wenn einige Menschen diesen herrlichen Morgen genossen hätten.«

»Also nein. Sie oder eine andere Person haben den Toten nicht berührt oder seine Position verändert?«

Clara zögerte und schüttelte dann den Kopf. Sie wusste natürlich, dass Tom sich Heinens Ausweis angesehen hatte.

»Ja oder nein?«

»Nein.«

Sylke griff in eine Kiste hinter ihrem Sitz und zog einen länglichen Gegenstand heraus, der in eine Plastikfolie gehüllt war. »Ist Ihnen dieser Gegenstand bekannt?«

Clara musste schlucken. Und wie sie diesen Gegenstand kannte! Sie hatte ihn am Vorabend Rocco gegeben. Es war ein Kunstwerk aus ihrer Werkstatt. Treibholz, ein dunkles, schweres Material, vermutlich ein Tropenholz, mit dem Stechbeitel geringfügig bearbeitet, geflämmt, gebeizt, ein paar kleine Muschelschalen aufgeklebt, als Andeutung von Schuppen. Noch immer als Bruchstück aus etwas Größerem, etwas Zerstörtem oder Verfallenem zu erkennen, aber doch auch zu etwas anderem mutiert, einem länglichen Fisch, einem Dorsch vielleicht, mit Einschnitten, die als Maul und Augen gedeutet werden konnten. Aber wie gesagt: vor allem Treibholz.

»Nun?«

Clara nickte.

»Jetzt lassen Sie sich doch nicht alles aus der Nase ziehen!«

Innerhalb eines Augenblicks war aus einem unangenehmen Gespräch eine Folter geworden. Clara brauchte keine Erklärung. An dem Treibholzfisch waren Flecken, die sie dort nie aufgebracht hatte, rotbraune Flecken, die keinen Sinn ergaben, die wie eine hässliche Verschmutzung wirkten. Sie gehörten da nicht hin. Und dieses Stück, das Clara mit ihren Händen bearbeitet hatte, hatte also dazu gedient, einen Menschen zu erschlagen, es war beschmutzt mit seinem Blut? Es war das Schlimmste, was Clara sich vorstellen konnte. Es war ein Albtraum. »Wo habt ihr … Ich meine, …«

»Ich kann nichts darüber sagen, wo wir dieses Objekt gefunden haben, aber die mutmaßlichen Blutflecken können Sie ja selbst erkennen. Ich möchte nun von Ihnen wissen, wie dieses Stück Holz an den Tatort gelangte.«

Clara spürte, wie ihr schlecht wurde. Ihre Gedanken rasten, sie rasten ihr davon. Sie hatte dieses kleine Kunstwerk Rocco gegeben, damit dieser es Marko Heinen weiterreichte, als Geste. Sie hatte ihm gesagt, was er Marko Heinen sagen sollte, eine richtige kleine Ansprache hatte sie gehalten: ›Wir hier in Stralsund‹, sollte Rocco sagen, ›müssen doch zusammenhalten. Wir leben alle von dem, was aus dem Wasser kommt – so wie dieser Holzfisch, ein kleines Geschenk einer guten Freundin für Sie. Er besteht aus Strandgut, das veredelt wurde. So machen wir das auch mit dem Fisch, und viele Besucher Stralsunds kommen vor allem auch deswegen, weil sie hier so viele und hochwertige Lebensmittel mit Fisch bekommen. Aber das Angebot bleibt nur dann so gut, wenn wir einen fairen Wettbewerb haben. Sonst wird es bald schon Qualitätsmängel und Wucherpreise geben. Die Beschwerden werden auf Ihrem Schreibtisch landen. Ich bitte darum, kurzfristig Tische und Stühle aufstellen zu dürfen, obwohl das in meinem Angebot nicht enthalten war, außerdem bitte ich darum, dass die Platzierung der Fischkutter im nächsten Jahr so verändert wird, dass alle ungefähr die gleichen Chancen auf Laufkundschaft haben. Mit anderen Worten: Ich erbitte etwas mehr Fairness, nicht mehr.‹

»Frau Lehnhoff, ist Ihnen nicht gut?«

Clara hörte Sylkes Stimme wie durch einen Vorhang, gedämpft und verzerrt. Und erstaunlicherweise sah die Kriminalpolizistin auch aus, als würde sie hinter einem Vorhang sitzen, ein garstiges, froschartiges Wesen mit kurzen, dunkelblonden Haaren, das Fragen stellte. Fragen, die Clara die Luft nahmen, die sie bedrängten und einengten. Sie war erleichtert, als das einzig Mögliche geschah, das sie aus dieser unerträglichen Umklammerung befreite. Sie versank in einer tiefschwarzen Ohnmacht.

8

»Clara? Alles in Ordnung? – Scheiße.« Sylke zupfte an Claras Ärmel, rüttelte an ihrer Schulter. Die mutmaßliche Herstellerin des Tatwerkzeugs war gegen die Seitenscheibe des Polizeibusses gesackt und hing auf dem Sitz, als hätte sie ein achtundvierzigstündiges Verhör hinter sich. Ihre Augen waren geschlossen und öffneten sich auch nicht, als Sylke sie versehentlich doch mit ihrem Vornamen anredete. Die Polizistin beschloss, Hilfe zu holen. Hektisch schob sie die Seitentür des Polizeifahrzeugs auf und stolperte ihrem Vorgesetzten, Kriminalhauptkommissar Udo Brehm, in die Arme.

»Frau Bartel, mit Ihnen muss ich ein paar Takte reden.«

»Ja, sicher, aber jetzt brauche ich Hilfe. Gibt es hier Sanitäter?«

»Ist jemand verletzt?«

»Clara, also Frau Lehnhoff, also die Zeugin, hat wohl einen Schwächeanfall.«

Brehm warf einen Blick auf Clara, winkte einen Streifenpolizisten heran und wies ihn an, sich um die schwächelnde Zeugin zu kümmern. »Kippen sie ihr mal ein Tässchen Wasser ins Gesicht – wenn das nichts hilft, dann rufen Sie einen Krankenwagen, ja?«

Er wandte sich wieder Sylke zu. »So, Frau Bartel, ich habe soeben erfahren, dass Sie die Dame da drin persönlich kennen.«

Sylke verfluchte innerlich die Kollegin Dana Reuter. Die hatte sie ja schneller angeschwärzt, als ihr Affenarsch brauchte, um einmal quer durch den großen Besprechungsraum zu wackeln. Die würde sich noch auf Gegenwind einstellen müssen. »Ich … ja, schon, aber nicht wirklich gut, und sie ist ja jetzt nicht irgendwie verdächtig oder so.«

Brehm wurde plötzlich rot im Gesicht. Ohne Vorwarnung und ohne jede Mühe verdoppelte er die Lautstärke seiner Stimme. »… nicht irgendwie verdächtig oder so?«, äffte er Sylke nach. »Ich weiß ja nicht, was Sie bei Ihrer Fortbildung gelernt haben, aber doch sicher nicht, gute Bekannte erst einmal für unverdächtig zu halten, oder was?! Wir in Stralsund arbeiten hier etwas anders. Wir arbeiten korrekt. Wir lassen hier nicht einmal den Hauch eines Verdachts aufkommen, dass wir bei unseren Ermittlungen voreingenommen wären. Habe ich mich deutlich ausgedrückt?«

»Sicher, klar.«

»Und das bedeutet, dass ich Sie mit augenblicklicher Wirkung von diesem Fall abziehe. Sie gehen jetzt …«

»Herr Brehm, das können Sie nicht machen! Ich habe doch …«

»Ich kann, ich werde und ich habe es bereits getan.«

»Wie wäre es, wenn ich mich von dieser Zeugin fernhalte und …«

»Papperlapapp. Sie hätten die Befragung der Kollegin Reuter überlassen können, die stand schon bereit, wurde aber von ihnen wegkomplimentiert. Ich rufe jetzt in der Barther Straße an und lasse Ihnen ein paar Altfälle raussuchen, mit denen Sie sich in den nächsten Wochen beschäftigen werden.«

Damit war das Gespräch beendet. Sylke stand noch einen Moment neben dem Polizeibus. Sie sah durch die halb offene Tür, dass Clara wieder zu sich kam, aber das interessierte sie im Augenblick nicht mehr. Wütend schlug sie mit der Faust durch die frische Stralsunder Hafenluft und ging zu ihrem Auto.

9

Clara schuf keine Kunstwerke, die bei Sotheby's versteigert oder in den internationalen Kunstmetropolen ausgestellt wurden. Die meisten ihrer Stücke verkaufte sie auf Museumsmärkten oder Hafenfesten für wenig Geld. Kleine Aquarelle, Radierungen, vor allem aber Skulpturen aus Materialien des Meeres: Sand, Muscheln, Seegras, Strandgut. Die Werke gelangten in die Hände von Touristen, die sie in ihre Wohnzimmer hängten und damit ein angenehmes Ambiente erzeugen oder die Erinnerungen an einen schönen Sommerurlaub wach halten konnten. Clara mochte das Wort »Gebrauchskunst« nicht, aber es bezeichnete ihre Arbeiten ganz treffend. Und doch hatte sie in jedes Stück etwas von sich hineingegeben, von ihrer Kreativität oder – pathetisch gesprochen – von ihrer Seele. Mit dem Holzfisch verhielt es sich nicht viel anders. Vielleicht verbarg er sogar noch etwas mehr Seele als andere Stücke, denn Clara fand, dass es sich um eine gelungene Synthese handelte. Geschaffen aus einem Grundmaterial: Holz aus einem Baum, den man vor langer Zeit gefällt hatte, und aus dessen Stamm man dieses Brett geschnitten hatte. Vielleicht für eine Verkaufsbude am Strand oder ein später vernachlässigtes Ruderboot. Jedenfalls für ein von Menschen geschaffenes Werk, das dann auf irgendeine Weise zerstört worden oder zerfallen war, sodass das Brett sich löste und ins Meer gelangte, wo es eine Weile herumgeschubst, abgeschliffen und ausgebleicht wurde. Bis Clara es am Strand aufgesammelt und weiter verwandelt hatte, indem sie dem Material eine Idee hinzugefügt hatte – die Idee eines Fisches. Als wäre dieses Brett auf seiner Reise durchs Meer von den silbrig glänzenden und elegant durchs Wasser gleitenden Wesen so sehr beeindruckt gewesen, dass es sich selbst auch gerne in so einen Fisch verwandelt hätte. Der Holzfisch war nicht nur ein Holzfisch, er war ein Material gewordener Traum, er träumte von der Travestiekunst der Natur im Allgemeinen und der des Meeres im Besonderen. Dass jemand mit so einem Objekt auf einen anderen Menschen einschlug, um ihn zu töten, das verletzte Clara zutiefst.

Kurz, nachdem sie aus der Ohnmacht erwacht war, tauchte wieder die junge Polizistin auf, die sie bereits zum Polizeibus begleitet hatte. Clara sah sich irritiert um. »Ist Frau Bartel nicht mehr … Ich meine …?«

»Nein, Frau Bartel hat jetzt andere Aufgaben. Ich würde, wenn das für Sie möglich ist, die Befragung fortsetzen.« Dana Reuter hatte rötliche Haare und Clara musste, als sie in ihr Gesicht sah, an Pippi Langstrumpf denken. Die Polizistin, wahrscheinlich noch keine dreißig, war zuvorkommend, brachte ihr sogar einen Espresso und drängte sie zu nichts. Es war etwas ganz anderes als das Getue von Sylke. »Wenn Sie wieder einigermaßen fit sind, würde ich gerne noch mal an die Frage anknüpfen, die Frau Bartel Ihnen vermutlich schon gestellt hat. Wissen Sie, wie dieses – äh – Kunstwerk an den Tatort kam? Möglicherweise ist die Person, in deren Besitz das Stück zuletzt war, der Täter.«

Clara hob ratlos die Schultern. Sie wusste, dass es an der Zeit war, von ihrem Gespräch mit Rocco Schulze zu sprechen und auch von dessen Plan, sich mit Marko Heinen zu treffen. Aber sie konnte es nicht.

»Frau Lehnhoff, Sie haben meine Frage verstanden, oder?«

»Nein – äh, ja, ich habe alles verstanden, aber ich weiß keine Antwort darauf. Es muss mir entwendet worden sein. Ich hatte den Holzfisch zuletzt auf der Mathilda, also dem Boot, mit dem mein Freund und ich auf dem Dänholm liegen.«

»Wann haben Sie das zuletzt überprüft?«

»Ja, wann war das? Das war vor unserer Abfahrt, also am Sonntagmorgen.«

»Sonntagmorgen – okay. Und wann sind Sie auf dem Dänholm eingetroffen?«

»Am frühen Nachmittag. Wir waren dann aber bis abends in der Stadt.«

»Und ist der Hafen bewacht? Wie muss ich mir das vorstellen?«

»Es gibt einen Menschen, der dort auf einer Motorjacht wohnt und ein bisschen aufpasst, aber wer es drauf anlegt, der kann jederzeit auf den Steg gelangen, also auch auf die Boote. Es ist da recht einsam, wenige Leute. Entschuldigen Sie, aber ich würde jetzt doch ganz gerne gehen, mir geht es nicht gut.«

Die Polizistin blickte sie mit leicht zusammengekniffenen Augen an und nickte. »Eine Frage noch. Ich muss das fragen, betrachten Sie das bitte nicht als Misstrauen. Wo waren Sie gestern am späten Abend und in der Nacht?«

Clara erhob sich von ihrem Platz. »Na, auf dem Boot. Mein Freund kann das bestätigen, wir waren spätestens ab 21 Uhr dort.«

»Ihr Freund, das ist …«

»Er heißt Tom Brauer, er war vorhin hier und …«

»Ach, das ist der Herr, der uns benachrichtigt hat, dann aber nicht mehr aufgetaucht ist?«

Clara nickte. »Ja, genau der. Er hat mir geholfen, die Sache mit dem Malkurs zu regeln, und hatte dann einen dringenden Termin.«

»Wenn Sie ihn sehen, bestellen Sie ihm bitte, dass er sich morgen beim Kriminalkommissariat in der Barther Straße melden soll! Es ist wirklich dringend.«

10

Tom hatte einige Male versucht, Rocco zu erreichen, aber immer nur seine Mailboxstimme gehört. Er wollte keine Nachricht hinterlassen, die im Nachhinein als Versuch gedeutet werden konnte, einen möglichen Täter zu warnen. Ohnehin hatte er sich in eine blöde Situation gebracht: Entgegen seinem Versprechen hatte er sich nicht den Fragen der Polizisten gestellt. Die Leiche zu berühren und umzudrehen, konnte ihm ebenfalls großen Ärger einbringen. Was sollte er tun?

Der erste Schock über den Toten auf dem Kai war verflogen, sein Interesse, sich in diesen Fall einzumischen, ließ schon wieder nach. Da gab es wenig zu gewinnen, weit und breit war kein Mensch in Sicht, der ihm ein anständiges Honorar zahlen würde. Für einen wie Rocco zu arbeiten, dazu hatte er keine Lust. Wenn er irgendwas unternahm, dann tat er das für Clara.

Um in Ruhe über das weitere Vorgehen nachzudenken, hatte er sich auf das Gelände des Heilgeistklosters zurückgezogen. Umgeben von der alten Backsteinkirche und den Klostergebäuden fühlte er sich unbeobachtet. Das ehemalige Spital war ein Ort der guten Tat, seit Jahrhunderten schon. Die schmalen Gassen zwischen den langgestreckten Hauszeilen waren ideal für Schnitzeljagden, dachte er, und musste zum ersten Mal an diesen Morgen grinsen. Das Stichwort »Schnitzeljagd« erinnerte ihn an seinen einzigen Ansatzpunkt, um irgendetwas zu unternehmen. Er holte sein Notizbuch aus der Tasche, in das er nach der Betrachtung des Toten dessen Adresse eingetragen hatte. Was er dort tun oder erreichen konnte, wusste er nicht, aber immerhin lag die Wohnung mitten in der Altstadt, gewissermaßen also auf dem Weg, den er ohnehin gegangen wäre.

Wenige Minuten später bog er in die Papenstraße ein. Es war eine jener schmalen Achsen, die die Altstadt von Stralsund durchzogen und an denen sich die liebevoll sanierten Stadthäuser dicht an dicht aneinanderreihten. Heinen hatte in einem Quartier gewohnt, in dem gerade gebaut wurde. Das Haus war frisch verputzt und mit neuen Fenstern versehen, als Treppe diente ein Bretterstapel. Durch die Einfahrt zum Hinterhof konnte Tom einen kleinen Bagger, Baumaterial und Teile eines Gerüstes erkennen.

Er näherte sich dem Haus sehr vorsichtig, denn auch hier würden vermutlich bald Polizisten auftauchen. Tatsächlich stand bereits jemand vor der Tür, der allerdings nicht aussah wie ein Ermittler. Er trug einen leichten Mantel und hielt eine Aktentasche in der Hand. Gerade drückte er ein zweites Mal auf einen der sechs Klingelknöpfe und blickte sich um. Er schien nervös zu sein. Ein Versicherungsvertreter? Ein Insolvenzverwalter? Oder jemand von der Stadtverwaltung, der Heinen an seinem Arbeitsplatz vermisste? Tom wechselte die Straßenseite, um in die Nähe des Mannes zu kommen. Etwa zehn Meter von der Haustür entfernt blieb er stehen und tat so, als tippe er eine Nachricht auf seinem Smartphone. Als der Mann im Mantel in seine Richtung blickte, brachte Tom das Gerät kurz in die Senkrechte und betätigte den Auslöser der Kamera.

Das war keine Sekunde zu früh. Im Hintergrund rollte schwankend ein Polizeibus um die Ecke. Die ließen sich ja tatsächlich nicht mehr Zeit als nötig, dachte Tom.

Der Mann im Mantel schien auf die Begegnung mit den Gesetzeshütern keinen Wert zu legen. Er wandte sich von dem Polizeiwagen ab und entfernte sich zügig in die entgegengesetzte Richtung – dabei musste er an Tom vorbei.

Als sie sich auf dem schmalen Fußweg begegneten, bekam Tom Spuren eines dezenten und vermutlich teuren Rasierwasserduftes in die Nase. Für Sekundenbruchteile blickte er in die wachen Augen des Mannes, der ihn kurz fixierte und dann seinen Blick weiterwandern ließ, ohne einen einzigen Gesichtsmuskel zu bewegen. Tom stellte sich vor, dass der Mann das gleiche dachte wie er selbst: ›Das ist doch kein Zufall, dass du hier bist.‹

Um den anrückenden Polizisten nicht in die Quere zu kommen, verzog er sich in die Hofeinfahrt des Hauses. Durch eine Kerbe in der Mauer konnte er verfolgen, wie sich zwei Uniformierte und ein junger Beamter in Zivil dem Haus näherten und ihrerseits den Klingelknopf betätigten. Erwartungsgemäß tat sich nichts. Die drei sahen sich an und probierten nacheinander alle anderen Klingeln aus. Irgendwann summte die Haustür. Alle verschwanden im Treppenhaus.

Tom ging zum anderen Ende der Hofeinfahrt und warf einen Blick auf den Innenhof. Das Haus, in dem Heinen wohnte, grenzte unmittelbar an ein weiteres Gebäude, an dessen Außenwand ein Gerüst stand. Eben, als Tom um die Ecke sah, kletterte ein Mann vom Balkon im zweiten Stock mit einem gewagten Schritt auf das Gerüst des Nachbarhauses und stieg dann über eine angelegte Leiter herunter. Der Mann trug einen kleinen, prall gefüllten Rucksack und hatte es offensichtlich eilig. Er rannte quer über den Hof auf die Durchfahrt zur Straße zu, wo ihm Tom mit einem schnellen Schritt in den Weg trat, die Hände vorgestreckt, um ihn notfalls festzuhalten.

»Na so was, keine Lust auf ein Gespräch mit der Polizei?«

Sein Überraschungsangriff hatte eine durchschlagende Wirkung. Der Mann stieß einen unterdrückten Schrei aus, sprang panisch zurück und krümmte sich zusammen, als hätte man ihm einen Hieb in den Magen versetzt. »Was … Wer … Warum …?«

»Sorry, ich wollte Sie nicht erschrecken«, log Tom. »Aber ich finde es etwas ungewöhnlich, auf welche Art und Weise Sie die Wohnung da oben verlassen. Und das, obwohl die Polizei gerade Gesprächsbedarf zu haben scheint.«

Langsam richtete sich der Ertappte wieder auf. Er trug Jeans und einen olivgrünen Kapuzenpulli, war etwa Mitte dreißig, schmächtig und einen Kopf kleiner als Tom. Sein Gesicht verzierte ein blonder Oberlippenbart, fast nur ein Flaum. »Ich – kann das erklären«, sagte er, hielt aber gleich wieder inne. »Und Sie? Was machen Sie hier auf unserem Grundstück?«

»Ah, Sie wohnen hier?«

»Richtig.«

»Zusammen mit Marko Heinen?«

»Ja, sicher.« Ein zweites Mal hielt der Befragte inne und hob beide Hände wie zur Abwehr. »Nee, nee, Schluss jetzt! Was soll das hier werden? Sind Sie auch Polizist? Können Sie sich ausweisen?«

»Ich bin mehr oder weniger privat hier und würde mich gerne ungestört mit Ihnen unterhalten. Mit der Polizei habe ich nichts zu tun.«

Der schreckhafte junge Mann zupfte die Träger seines Rucksacks zurecht und machte sich auf den Weg, ohne Toms Bitte zu beantworten. An der Ausfahrt zur Straße blickte er vorsichtig um die Ecke. Die Polizisten waren noch im Haus. Mit großen Schritten lief der Rucksackmann los.

Tom folgte ihm. »Haben Sie gehört, was ich gesagt habe? Sie sind Marko Heinens Mitbewohner? Wissen Sie, wo er ist?«

»Ich weiß vor allem nicht, warum ich Ihre Fragen beantworten soll.«

»Ganz einfach: Weil die Stralsunder Polizei sich dafür interessieren würde, dass Sie kurz nach dem Auffinden von Heinens Leiche die Flucht ergreifen.«

Der junge Mann drehte sich mit einem Ruck um und blickte Tom mit einem Ausdruck von Verzweiflung an. »Sie … Sie wissen es also. Woher?«

»Sie wissen es auch? Woher?«

»Erst Sie!«

»Ich war zufällig in der Nähe, als eine Gruppe von Kindern den Toten gefunden hat.«

Sein Gegenüber atmete tief ein und schloss für einen Augenblick die Augen. Es fiel ihm schwer, die Fassung zu bewahren. »Ich bekam vorhin einen Anruf«, sagte er mit gepresster Stimme. »Es ist so … so schrecklich. Ich kann nicht in dieser Wohnung bleiben, ich kann auch nicht mit der Polizei reden, ich brauche etwas … etwas Abstand.«

Zum ersten Mal hatte Tom das Gefühl, dass er so etwas wie einen Kontakt zu dem hektischen jungen Mann bekam. »Das kann ich gut verstehen. Und ich kann Ihnen versprechen, dass ich Sie nicht zwingen werde, etwas zu sagen, was Sie nicht sagen wollen. Vielleicht tut es Ihnen aber gut, wenn Sie mir etwas über Heinen erzählen. Mein Name ist übrigens Tom Brauer.«

»Florian Treibel, Sie können mich Florian nennen. Ich muss wissen, warum Sie hier sind und mir Fragen stellen.«

Sie standen noch immer in der Papenstraße. Vor ihnen erhob sich die Jakobikirche, ihr gewaltiger Baukörper ließ die schmalen Stadthäuser wie Modellbauten erscheinen. Tom war es wichtig, etwas Ruhe in das Gespräch zu bringen. »Gibt es hier irgendein Lokal in der Nähe, das um diese Zeit schon geöffnet ist?«

Florian nickte und zeigte mit dem Finger auf den Durchgang hinter dem Chorraum der Kirche.

Wenig später saßen sie in einem Café in der Heilgeiststraße. Der Gastraum war klein, wie fast alles in der Gegend, aber modern und geschmackvoll eingerichtet. Außer ihnen war nur ein junges Paar zu Gast, das sich ein üppiges Frühstück gönnte. Tom erklärte Florian, warum er sich für den Tod Heinens interessierte. Er bot ihm das Du an und versuchte, al les zu beschreiben, wie es war, um das Vertrauen des Mannes zu gewinnen. Auch seine Abneigung gegenüber Rocco ließ er nicht weg.

»Ja, diese Fischbrötchenverkäufer sind sonderbare Typen, einige sollen Verbindungen ins Rotlichtmilieu haben«, sagte Florian, »sie waren letztendlich der Grund, warum Marko von der Stadt eingestellt wurde. Er sollte klare Vergaberegeln einführen und Verstöße sofort ahnden. Deshalb wundert es mich, dass er sich auf ein Treffen so spät am Abend überhaupt eingelassen haben soll.« Florian sprach noch immer etwas zögernd und holprig, aber immerhin – er sprach.

»Rocco hat ihn deswegen offenbar sehr intensiv bearbeitet. Was für ein Mensch war Marko?«

»Ein sehr umtriebiger, aktiver Mensch. Er machte viel Sport, lief fast jeden Morgen an der Sundpromenade hoch bis Kramerhof. Er wollte auch beim nächsten Rügenbrückenlauf mitmachen. Der Job bei der Stadt hat ihm gefallen. Marko hatte Erfahrung mit Konfliktmanagement, er hat zuletzt als Jurist bei einer Verbraucherschutzorganisation in Berlin gearbeitet. Berlin war aber nichts für ihn, zu groß, zu chaotisch. Deshalb sind wir weg von da. Marko kommt ursprünglich aus der Nähe von Stralsund und er war froh, dass er hierher zurückkehren konnte. Hier gibt es wunderbare Menschen in tollen alten Häusern. Viele haben Sinn für Kultur. Es ist eine Stadt zum Verlieben.«

»Ihr habt also auch schon in Berlin zusammen gewohnt?«

»Ja, wir kennen uns schon lange. Wir waren beide mal Umweltaktivisten.« Zum ersten Mal zeigte sich ein Lächeln in Florians Gesicht. Aber es verschwand sofort wieder. »Auch das ist ein Grund, warum Marko den Job hier angenommen hat. Diese Stadt tut einiges. Wir leben hier am Meer, wir leben vom Meer. Die Natur ist wichtig für die Stadt, schon seit Jahrhunderten. Das macht sich heute kein Mensch klar, aber ohne den Hering und seine schuppigen Freunde würde es dieses Backsteinwunder, das sich als Weltkulturerbe bezeichnen darf, gar nicht geben. Naturverbundenheit ist hier nicht nur eine Floskel. Warst du mal hier, wenn die Heringe durch den Sund ziehen? Wenn Hunderte Angler versuchen, ihren Teil aus dem Wasser zu holen? Das ist beeindruckend, aber nur eine unbedeutende und amateurhafte Antwort auf das, was der Hering für diese Stadt einmal bedeutet hat. Und hast du mal ein richtiges Hochwasser mitbekommen? Weißt du, wie es ist, bei Sturm draußen an der Nordmole zu stehen? Viele in dieser Stadt wissen das und manche wollen eine Zivilisation, die mit der Natur im Einklang ist. Wer soll so etwas verwirklichen, wenn nicht solche Städte wie Stralsund? Marko war da ganz vorne dabei. Er war eigentlich überhaupt kein Verwaltungsmensch, aber hier in Stralsund konnte er sich damit anfreunden.«

Tom staunte über die Emphase, mit der Florian inzwischen sprach. Der Junge war nicht nur aufgetaut, er war auch gleich heiß gelaufen.

Er packte Toms Arm und blickte ihn eindringlich an. »Du musst mir sagen, wenn du irgendetwas erfährst oder rausfindest, okay? Ich will auch wissen, was da passiert ist. Diese Fischbrötchenhändler sind gefährlich, sei auf der Hut! Aber vielleicht war es ja auch was ganz anderes.«

Tom fühlte sich beinahe etwas bedrängt. Er fand, dass es Zeit für einen Themenwechsel war. »Was machst du eigentlich beruflich?«

»Ich bin Tischler, ursprünglich in Neuruppin, später dann Berlin. Hier in Stralsund habe ich keine feste Stelle. Ich helfe mal hier, mal da bei der Restaurierung der alten Häuser: Einbauten überarbeiten, Türen und Treppen anfertigen und so was. Mit Standardware aus dem Baumarkt kommst du da nicht weit. Und nebenbei gebe ich Kurse in der Spielkartenfabrik.«

»Was ist das?«

»Eine Art Kulturverein, der seinen Sitz in einem alten Fabrikgebäude hat, in dem früher mit großem Erfolg Spielkarten hergestellt wurden.«

»Verstehe. Ich habe noch eine andere Frage. Bevor die Polizisten kamen, hat ein Mann bei euch geklingelt. Kennst du ihn?« Tom zeigte Florian das Foto, das er aufgenommen hatte, aber Florian warf nur einen flüchtigen Blick auf das Bild.

»Ich habe ihn vom Küchenfenster aus gesehen. Klar kenne ich den. Und du könntest ihn auch kennen, wenn du mehr Zeitung lesen würdest.« Er zog das Foto auf Toms Telefon größer und hielt es ihm vor die Nase. »Das ist Marten Oltdorp, Abgeordneter des Deutschen Bundestags.«

»Was wollte der?«

»Keine Ahnung. Marko war in einer Arbeitsgruppe des Städtetags. Sie sprechen regelmäßig mit Politikern in Berlin. Es geht um Städtebauförderung, Flüchtlingshilfen, Luftreinhaltung und andere Themen, bei denen Bund und Kommunen zusammenarbeiten müssen.«

Tom nickte. »Ungewöhnlich, dass der hier in der Privatwohnung auftaucht, oder?«

»Nicht wirklich. Oltdorp hat hier seinen Wahlkreis. Er und Marko kennen sich schon länger.« Florian hielt noch immer Toms Smartphone in der Hand. Er schien das Foto wieder auf seine normale Größe bringen zu wollen, wischte dabei aber versehentlich ein anderes Bild in den Vordergrund, ein Bild, das ihn erstarren ließ. Seine Augen wurden zu schmalen Schlitzen, er schnappte nach Luft. »Das ist … Wo hast du …?«

Tom nahm ihm das Gerät aus der Hand und blickte in das zerstörte Gesicht Marko Heinens. »Ich habe das vorhin auf der Hafeninsel aufgenommen. Es tut mir leid, dass du das jetzt gesehen hast.«

Florian presste seine Hände gegen die Stirn und stand mit einem Ruck auf. »Ich muss jetzt gehen. Sorry. Ich … ich muss hier weg.« Er nahm einen Bierdeckel vom Nachbartisch und kritzelte seine Telefonnummer darauf.

»Kein Problem«, sagte Tom. »Kann es sein, dass du und Marko … Ich meine, ihr wart nicht nur Mitbewohner, oder?«

Florian schüttelte den Kopf. Das konnte heißen, dass er Toms Frage verneinte und damit seine Vermutung bestätigte. Es konnte aber auch das Gegenteil bedeuten. Ohne sich noch einmal umzudrehen, schwang Florian seinen Rucksack auf den Rücken und stieß dabei gegen eine filigrane Lampe, die heftig ins Schwanken geriet. Er rannte aus dem Café.

Tom nahm es Florian nicht übel, dass er dessen Kaffee bezahlen musste.

11

Sylke fühlte sich elend. Sie glaubte nicht mehr daran, dass sie jemals dorthin kommen würde, wo sie hin wollte, nicht mehr in diesem Leben. Und da sie ein Leben nach dem Tod für ausgeschlossen hielt, auch nicht in der Gestalt einer Heuschrecke oder eines Feuersalamanders, war die Erkenntnis, das gesteckte Ziel nicht zu erreichen, obwohl es zum Greifen nahe war, ausgesprochen bitter. Sylke war empfindlich, wenn sie spürte, dass man sie von den eigentlich wichtigen Dingen ausschließen wollte. Sie wollte im Zentrum des Geschehens tätig sein, wollte aktuelle Kriminalfälle bearbeiten, gerne im Team und wenn möglich in verantwortlicher Position. Fälle von heute waren für sie wie nie gestellte Fragen, auf die neue, bislang unbekannte Antworten gegeben werden mussten. Es waren Fälle mit der Aussicht, die Welt etwas gerechter zu machen, als sie war.

Sie fühlte sich umzingelt von jüngeren, ehrgeizigen Kollegen, besonders litt sie unter Dana Reuter, die sich beim Chef einschleimte und jede Gelegenheit nutzte, sie, Sylke, die noch neu im Team war, an den Rand zu drängen. Es stimmte, sie hatte jahrelangen Streifendienst hinter sich, sie war in der Kleinstadt hängen geblieben, hatte sich mühsam zur Leiterin eines kleinen Polizeireviers hochgedient, hatte sich dahin vorgearbeitet, wo sie jetzt angekommen war. Nun lag auf ihrem Schreibtisch ein Dutzend Ordner mit vergilbten Aufklebern. Es handelte sich um die alten, bisher ungelösten Fälle *Hering (1991)*, *Benni (1992)* und *Tippelbruder (1994)*.

Das war eigentlich nicht das Ziel ihrer jahrelangen Weiterbildungsoffensive gewesen.

Sie verbrachte den Rest des Nachmittags damit, sich in die Ermittlungsakten einzulesen. Ein ertrunkener Angler, der möglicherweise vor dem nächtlichen Sturz ins Wasser einen Schlag auf den Kopf bekommen hatte. Aber wie wollte man das noch nachweisen? Ein Kleinkind, das aus dem dritten Stock in den Tod gestürzt war, während die Eltern betrunken im Wohnzimmer lagen. Oder hatten sie, die schon zuvor auffällig geworden waren, bei dem Sturz etwa nachgeholfen? Und schließlich ein ermordeter Obdachloser – allerdings waren bis zuletzt Zweifel geblieben, ob der verurteilte Täter, der inzwischen selbst nicht mehr lebte, tatsächlich der Täter sein konnte. Konnten neue gerichtsmedizinische Untersuchungsmethoden hier Licht ins Dunkel bringen? Sylke bezweifelte, dass sie in einem der drei Fälle viel ausrichten konnte, schließlich lagen sie schon weit mehr als zwanzig Jahre zurück. Zeugen waren verstorben oder würden nicht mehr auffindbar sein. Was bezweckte Brehm damit, sie mit derartigen Aufgaben zu quälen?

Gegen 15 Uhr trafen immer mehr Kollegen ein. Die Ermittlungskommission, die den Mord an Marko Heinen aufklären sollte, fand sich zu ihrer konstituierenden Sitzung zusammen. Alle waren beschäftigt und angespannt. Sylke fühlte sich wie eine Einwechselspielerin, die nicht aufs Spielfeld durfte. Sie trieb sich im Flur herum und machte sich an der Kaffeemaschine vor dem Besprechungsraum zu schaffen. Während drinnen erste Eindrücke und Ergebnisse ausgetauscht wurden, stand sie wie zufällig vor den Dienstplänen, die neben der angelehnten Tür hingen, und versuchte, den einen oder anderen Wortbeitrag zu verstehen. Ein Ermittler berichtete von der Auswertung diverser Überwachungskameras und zeigte einige herausgefilterte Bilder, die er für sehenswert hielt. »Dieser Mann hier«, sagte der Kollege, »scheint es besonders eilig zu haben. Wenig später sehen wir ihn am Verkaufskutter Turin hinter dem Ozeaneum. Er scheint dort eine Festmacherleine zu überprüfen oder neu zu befestigen. Das Bild ist sehr verpixelt, weil es stark vergrößert ist. Der Mann erscheint nur zufällig im Randbereich einer Kamera, die auf der gegenüberliegenden Seite des Semlowkanals einen Restauranteingang überwacht.« – »Sehr gute Arbeit«, lobte Brehm, »überprüfen Sie doch mal, wer diesen Kutter Turin betreibt und …!«

Sylkes Lauschangriff wurde jäh unterbrochen. »Frau Bartel, kommen Sie mal!« Es war die Stimme von Frau Koubek, der Abteilungsassistentin. »Die Kollegen sind ja alle in der Besprechung. Hier ist eine junge Frau, die ihre Schwester vermisst. Sie wurde unbegreiflicherweise zu uns geschickt. Könnten Sie sich darum kümmern?« Dann trat die füllige Assistentin zur Seite und gab damit den Blick auf eine junge Frau frei, die nervös von einem Fuß auf den anderen trat. Sie trug Jeans und Lederjacke, über ihrer Schulter hing eine modische Handtasche. Ein echtes Fräulein, sorgfältig geschminkt und frisiert.

»Worum geht's?«, fragte Sylke. Sie spürte, dass ihr Ton nicht sehr freundlich war. Sie musste sich Mühe geben, um ihre Enttäuschung nicht an Unbeteiligten auszulassen.

Die junge Frau hieß Miriam Brieg. Ihre drei Jahre jüngere Schwester Annika war am Morgen nicht zur Arbeit erschienen und hatte auch schon am Vortag eine Verabredung zum Kinobesuch nicht eingehalten. Auf Anrufe reagierte sie nicht. Miriam war äußerst besorgt.

»Die meisten Vermissten tauchen ganz von selbst wieder auf«, sagte Sylke. »Haben Sie einen Schlüssel zu ihrer Wohnung?«

»Ja, aber ich war noch nicht da.«

»Warum nicht?«

»Irgendwie habe ich mich nicht getraut.«

»Na, dann werde ich Ihnen gerne beistehen.« Sylke war sich sicher, dass es eigentlich zu früh war, sich mit der Angelegenheit Arbeit zu machen, aber an diesem Tag war alles besser, als im Büro zu sitzen und muffige Akten zu lesen.

Die Vermisste war 24 Jahre alt und arbeitete als Trainerin im HanseDom, dem großen Erlebnisbad in der Nähe des Stralsunder Zoos. »Sie war schon immer ein Problemkind«, erzählte Miriam auf dem Weg zum Jungfernstieg, wo Annika in einem Mehrfamilienhaus wohnte. »Sie hatte keinen Schulabschluss, zog nur rum und machte Party. Mit unseren Eltern zu Hause in Magdeburg hat sie sich total zerstritten. Als sie eine Anzeige wegen Drogenbesitzes bekam, habe ich sie zu mir nach Stralsund geholt. Sie hat den Schulabschluss nachgeholt und bekam dann nach einigem Hin und Her einen Job in einem Fitnessstudio. Wir waren alle glücklich, dass sie die Kurve kriegte.«

»Und jetzt fürchten Sie, dass es so eine Art Rückfall gab? Haben Sie schon ihre Freunde angerufen? Vielleicht hat sie einfach irgendwo gefeiert und ist dann da hängen geblieben.«

»Alle, die ich kenne, habe ich angerufen.«

»Hatte Annika Probleme bei der Arbeit?«

»Nicht, dass ich wüsste. Aber möglich ist das immer. Annika kann mit ihrer Meinung nicht hinterm Berg halten. Ich habe ihr tausendmal gesagt: Du musst dir im Job auch mal was gefallen lassen. Aber das macht sie nicht. Deswegen hat sie ja auch öfter schon den Job gewechselt, 'ne richtige Ausbildung hat sie nicht hinbekommen, obwohl ich ihr immer gesagt habe, dass sie dann ja auch mehr Geld verdienen könnte.«

»Aber immerhin hat sie etwas anderes gefunden.«

»Ja, sie kann die Leute schon um den Finger wickeln – vor allem die Männer.«

Sie waren inzwischen am Jungfernstieg angekommen. Annika wohnte in der zweiten Etage eines älteren, aber gut gepflegten Hauses. Miriam schloss die Wohnungstür auf und trat dann zurück, um Sylke den Vortritt zu lassen. In ihren Augen lag Angst.

Langsam durchschritt Sylke den Flur, in dem es nach kaltem Zigarettenrauch und Putzmitteln roch. Es war sehr still, nur in der Wohnküche tickte eine Uhr. Von draußen war das Schlackern von Autoreifen auf der gepflasterten Straße zu hören. Die Wohnung war nicht penibel aufgeräumt, aber gepflegt. Alle Fenster waren geschlossen, die Gardine zur Balkontür zur Seite gezogen. »Keiner da«, rief Sylke der ängstlichen Schwester zu, die nun auch die Wohnung betrat, so vorsichtig, als hätte sie Angst, jemanden zu wecken. Sylke betrachtete den Esstisch: zwei Marmeladengläser, eins davon geöffnet, Käse, Butter, eine Tasse mit kaltem Kaffee und ein angebissenes Brötchen. Die Wochenendausgabe der Ostseezeitung.

»Das ist ja merkwürdig«, sagte Miriam, »die Butter ist schon ganz gelb und fast flüssig. Annika ist ja manchmal etwas chaotisch, aber mit Lebensmitteln geht sie sorgfältig um.«

»Sieht aus, als wäre sie sehr plötzlich aufgebrochen. Wissen Sie, wo Annika ihre Handtasche und ihr Portemonnaie aufbewahrt?«

Miriam ging in den Flur und kehrte mit einer Umhängetasche aus Stoff zurück. »Meistens benutzt sie die hier. Ist noch alles drin. Ausweise, Geld, Busfahrkarte.«

»Hat Annika ein Auto?«

»Nee, sie leiht sich hin und wieder meins.«

Sylke nickte und streifte erneut durch die Wohnküche. Sie warf einen Blick auf den Balkon, der wie ein Schwalbennest im Winkel zwischen zwei Hausflügeln hing. Zwischen den gegenüberliegenden Häusern konnte man ein Stück vom Knieperteich sehen. »Schön hat sie's hier. Ist der Vorhang zum Balkon immer so offen? Und steht der Sessel so an der Wand, wie er jetzt steht?«

Miriam schüttelte den Kopf. »Ich weiß nicht, glaube nicht, sieht jedenfalls komisch aus. Und dieser Hocker hier, der gehört eigentlich in die Küche.« Sie zeigte auf einen quadratischen Holzhocker, der in der Ecke neben dem Wohnzimmerschrank stand.

Sylke kniete sich auf den Fußboden und tastete den Raum unter dem Heizkörper ab. Sie schob den Sessel zur Seite und fand darunter einen kleinen Gegenstand aus Metall. Es war ein winziger Ansteckbutton, den eine gezackte und mehrere geschwungene Linien zierten. »Was ist das?«

»Das sollen die Magdeburger Elbtreppen sein, da hat sich Annika früher oft mit ihren Freunden getroffen. Eine Zeit lang trug sie den Button fast immer, jetzt wohl nicht mehr so. Aber sie würde ihn doch nicht so achtlos auf den Boden werfen.«

»Vielleicht hat sie ihn verloren«, sagte Sylke nachdenklich, aber sie glaubte selbst nicht so recht daran. »Wissen Sie, ob Annika mit irgendjemandem Streit hat? Wurde sie in letzter Zeit bedroht?«

»Nein, konkret weiß ich nichts. Aber wie gesagt: Sie lässt sich nicht gern etwas gefallen.«

Sylke sah, wie sich Sorgenfalten auf der Stirn der jungen Frau abzeichneten. Sie ließ sich von Miriam ein aktuelles Foto geben. Annika hatte ein schmales, etwas trotzig wirkendes Gesicht. Am linken Nasenflügel trug sie einen silbernen Stecker, ihre fast schwarzen Haare waren sehr kurz geschnitten.

»Früher hatte sie einen richtigen Irokesenschnitt«, erklärte Miriam seufzend, »aber das zumindest hat sie inzwischen gelassen.«

Sylke konnte sich gut vorstellen, dass die beiden Schwestern oft darüber gestritten hatten, wie viel Anpassung im Leben notwendig und sinnvoll war. Hatte das Verschwinden Annikas damit zu tun, dass sie von den Erziehungsversuchen mal wieder genug hatte?

»Ich werde die Sache mit meinen Kollegen besprechen und mich bei Ihnen melden«, sagte sie zu Miriam, als sie wieder draußen auf der Straße standen. Die Dämmerung hatte eingesetzt, ein angenehm kühler Wind wehte durch die Straßen.

»Glauben Sie, dass Annika irgendetwas passiert ist?«

Sylke schüttelte den Kopf. »Nein, eher nicht. Wir sollten noch etwas abwarten.« Sie spürte, dass ihre Worte nicht sehr überzeugend klangen.

12

»Das war vielleicht ein Tag.« Claras Worte klangen so, also wolle sie mit ihnen eine tonnenschwere Last ablegen und am besten gleich in den Tiefen des Meeres versenken. Allerdings war das Hafenbecken an der Stelle, an der die MATHILDA lag, gerade einmal zwei Meter tief. Dauerhaft loswerden konnte man da nichts.

Tom stand auf, um die Teller wegzustellen. Sie hatten sich eine Dosensuppe aufgewärmt, wahrlich kein kulinarisches Fest, dazu wären sie an diesem Abend nicht mehr in der Lage gewesen. Draußen vor den Fenstern der MATHILDA glitzerte das Wasser im Abendlicht. Die letzten Strahlen der Sonne, gedämpft durch einen diffusen Dunst am westlichen Himmel, fielen auf die Wipfel der Bäume auf dem Kleinen Dänholm. »Da hast du ja wirklich einiges mitgemacht«, sagte Tom, während er eine Flasche Rotwein und zwei Gläser auf den Tisch stellte.

Clara setzte sich quer auf die Eckbank und zog die Beine an. »Dass Sylke sich derart grobschlächtig verhalten hat, verstehe ich überhaupt nicht. Wie die Axt im Walde.«

»Nee, das geht gar nicht. Aber ich kann mir schon denken, was der Grund war.«

»Ach, ja?«

Tom schenkte ein und testete den Wein, der auch durch das Geschaukel während ihrer Anreise vor zwei Tagen nicht besser geworden war. Er hatte einen eigenartig metallischen Beigeschmack. Als hätte jemand ein paar Pistolenkugeln in das Fass geworfen. »Naja«, erläuterte er, »Sylke wollte durch ihre demonstrative Distanz zeigen, dass ihre Arbeit nicht durch die persönliche Bekanntschaft mit dir beeinflusst wird. Wahrscheinlich hatte sie Angst, von dem Fall abgezogen zu werden. Dass die Befragung dann von einer anderen Beamtin fortgesetzt wurde, spricht doch dafür, dass genau das passiert ist.«

»Trotzdem, so kann man das doch nicht machen. Sie hat etwas Egozentrisches. Sie denkt nur an sich und wie sie möglichst positiv dasteht. Was in anderen Menschen vorgeht, interessiert sie nicht die Bohne. Sie hat nichts außer ihrer Karriere im Sinn. Aber gerade so funktioniert das heute nicht mehr mit der Karriere. Das müsste sie doch irgendwann mal merken.«

»Immerhin ist sie jetzt bei der Kriminalpolizei gelandet. Da wollte sie doch hin.«

»Sie will vor allem Chefin sein. Und da ist sie noch lange nicht.«

»Ich finde, du siehst sie etwas zu einseitig. Sie hat manchmal auch ziemlich gute Ideen. Zum Beispiel bei der Sache auf Hiddensee, wo es anfangs auch so schwierig mit ihr war.« Clara verzog den Mund und Tom schien es angebracht zu sein, nicht länger die Vergangenheit nach Sylkes größten Ermittlungserfolgen abzusuchen. Er wechselte das Thema. »Was mir einfach nicht aus dem Kopf geht, das ist dieses Bild, wie der Bundestagsabgeordnete Marten Oltdorp heute Morgen bei Marko Heinen vor der Tür steht. Das ist doch sehr ungewöhnlich.«

»Du hast aber doch selbst gesagt, dass Heinen und er in irgendwelchen Arbeitsgruppen sind.«

»Sicher, aber das sind doch große Gremien mit Tagesordnung und Protokoll und dem ganzen Hokuspokus. Nicht irgendwelche Kaffeekränzchen. Wieso taucht der Mann in Heinens Privatwohnung auf? Und ausgerechnet an dem Morgen, nachdem Heinen ermordet wurde?«

»Das zeigt zumindest, dass er von der Tat nichts wusste.«

»Oder er wollte einem naiven Zeugen wie mir sein Nichtwissen demonstrieren.«

Clara lachte und strich Tom über den Kopf. »Wer auf solche abgebrühten Gedanken kommt, kann doch gar nicht naiv sein.«

Toms Telefon klingelte. Er nahm das Gespräch an, obwohl Clara kurz mit dem Kopf schüttelte. Es war Heinens Freund und Mitbewohner. »Florian, was für eine Überraschung – und dann um diese Zeit!«

Der junge Mann war für Ironie nicht zu haben. Er sprach in diesem eigenartig nervösen Tonfall, der Tom schon am Morgen aufgefallen war. Das war wohl einfach seine Art. »Ich … ich wollte dir noch ein paar Dinge über Marko erzählen. Vielleicht bringt dich das irgendwie weiter. Du weißt, dass ich keinen großen Wert darauf lege, mit der Polizei zu sprechen.«

»Verstehe.« Es schmeichelte Tom, wenn er gegenüber den polizeilichen Ermittlern den Vorzug bekam. Oder sollte ihn das eher misstrauisch machen?

»Können wir uns morgen treffen?«, fragte Florian. »Am besten nachmittags. Es gibt da eine kleine Eisbar am Frankenwall, Ecke Marienchorstraße. Sagen wir, um fünf?«

Tom bestätigte die Verabredung und beendete das Gespräch. »Na, so was. Heinens Mitbewohner und Lebensgefährte. Heute Vormittag wirkte er auf mich wie ein scheues Reh. Jetzt gerade scheint er sich in einen Papagei zu verwandeln. Er will mir etwas erzählen. Ich werde nicht schlau aus ihm.«

»Denk dran, was er heute mitgemacht hat.«

»Sicher, aber wichtiger wäre mir, diesen Bundestagsabgeordneten zu treffen. Ich weiß nur nicht, wo ich ihn finden kann. Vielleicht ist er auch längst wieder weg.«

»Ruf sein Büro im Bundestag an! Oder sein Wahlkreisbüro!«

»Oder ich frage Sylke. Die Polizei hat den doch bestimmt auf dem Schirm, wenn Heinen mit ihm zusammengearbeitet hat.«

Clara sah ihn erstaunt an. »Jetzt bist du doch ein bisschen naiv, oder? Sylke wird dir da sicher keine Auskunft geben.«

Er ließ einen Schluck Wein auf der Zunge zergehen. Wieso wurde er diese Assoziation nicht los? Flüssige Pistolenkugeln, ein merkwürdiges Geschmackserlebnis. »Ich werde ihr natürlich auch etwas anbieten müssen.«

»Wenn sie, wie du vermutest, von dem Fall abgezogen wurde, hat sie da doch kein Interesse daran.«

»Im Gegenteil! Sie wird geradezu scharf auf exklusive Informationen sein, um sich wieder ins Spiel bringen zu können. Du hast doch selbst eben ganz treffend beschrieben, wie sie ist.«

Clara sah Tom mit schief gelegtem Kopf an. »Ich glaube, ich weiß, warum sie sich heute so extrem verhalten hat. Als sie mich sah, da wusste sie, dass du auch in der Nähe bist.«

»Und?«

»Ich bin Sylkes Albtraum. Das war schon früher so. Sie war mal ziemlich verliebt in dich. Stimmt's?«

Tom hob die Schultern. »›Ziemlich verliebt‹ ist jetzt wohl übertrieben.«

»Doch, das kommt schon hin, das war damals, als du den toten Jungen gefunden hast. Mir ist das erst im Nachhinein deutlich geworden. Das erklärt einiges.«

»Und was folgerst du daraus?«

Clara sah Tom nachdenklich an. »Weiß nicht. Vielleicht, dass du dich nicht mir ihr treffen solltest.«

»Aber Clara, das ist doch jetzt übertrieben. Kontaktverbote helfen uns nicht weiter, oder?«

Er wollte aufstehen, um sein Notebook aus dem Regal zu nehmen, aber Clara hielt ihn zurück. »Warte mal – wenn du meinst, dass du unbedingt mit Sylke sprechen willst, dann solltest du wissen, also … hm.«

»Was sollte ich wissen?«

»Ich hatte ja heute Mittag diesen – Aussetzer.«

»Du bist kollabiert.«

»Das klingt so dramatisch, aber egal. Jedenfalls war ich danach tatsächlich etwas durch den Wind. Also, mich hat dann ja diese Kollegin befragt und sie hat natürlich auch wissen wollen, wie der Holzfisch, das Tatwerkzeug, an den Tatort gekommen ist, war ja klar, aber ich war nicht so klar, also im Kopf, und ich habe da etwas gesagt, das nicht ganz stimmte, genau genommen, habe ich etwas nicht gesagt, nämlich, dass ich den Holzfisch Rocco gegeben habe und dass Rocco eine

Verabredung mit Marko Heinen hatte. Deshalb glauben sie jetzt, dass ...«

»Clara, ist das dein Ernst? Warum das?«

»Ich ... ich weiß es nicht. Ich dachte irgendwie, vielleicht muss ich das nicht sagen und vielleicht verschaffe ich Rocco dadurch noch etwas Zeit.«

Tom hielt es nicht mehr auf der Bank. Er stand auf und lief im Deckshaus der MATHILDA hin und her wie ein gefangener Tiger. »Zeit wofür? Um abzuhauen? Damit er verschwindet und die Polizei sich am Ende an dich hält?«

»Quatsch. Er muss aber sicher auch erst mal verarbeiten, dass Heinen getötet wurde.«

»Weißt du, was passiert, wenn die Ermittler herausbekommen, wie es wirklich war? Sie werden dann nicht nur Roccos mögliche Schuld untersuchen, sie werden auch deine Rolle genauer betrachten. Sie werden sich fragen, warum du die Unwahrheit sagst und ob du irgendwie beteiligt bist. Immerhin stammt dieser Holzfisch aus deiner Werkstatt. Verstehst du? Du schaffst dir durch eine Falschaussage ein Riesenproblem!«

»Aber ich habe doch nur ein paar Details weggelassen.«

»Mit solchen Spitzfindigkeiten kommst du nicht durch. Die Polizistin hat dich etwas gefragt und du hast wahrheitswidrig geantwortet. Auch das Verschweigen wichtiger Tatsachen zählt als Falschaussage.«

Clara verschränkte die Arme und blickte trotzig vor sich hin. »Dir ist es natürlich vollkommen egal, was mit Rocco passiert.« Sie sah Tom herausfordernd an. »Oder glaubst du am Ende, dass er es war? Glaubst du das?«

»Ich glaube gar nichts.«

»Doch, im Grunde fändest du das ganz okay. Es macht ja auch Sinn: Rocco wollte dich für seine miesen Pläne einspannen, er hatte Streit mit Heinen – und zack, hat er ihm ein paar übergebraten. Damit bist du in deiner Einschätzung voll und ganz bestätigt.«

»Nein, das stimmt so nicht.«

»Wie ist es dann?«

Tom rang nach Worten. Er wollte Clara nicht verletzen, aber er wollte auch nichts beschönigen. »Ich kann mir Rocco auch nicht gut als Gewalttäter vorstellen. Andererseits: Wenn der Heinen ihn da draußen auf dem Kai total zur Schnecke gemacht hat, wenn er das Geschenk als Bestechungsversuch zurückgewiesen hat, könnte es nicht sein, dass bei Rocco alle Sicherungen durchgebrannt sind?« Er wartete, wie seine Worte wirkten.

Sie schienen überhaupt nicht zu wirken. Clara saß regungslos auf der Eckbank. Aber als sie sprach, klang ihre Stimme nicht mehr scharf, sondern nur noch verzweifelt. »Ich mache mir einfach Sorgen um Rocco. Ich kann doch nichts dafür. Er hat es nicht verdient, in derartige Schwierigkeiten zu geraten. So oder so wird er da nicht rauskommen – ich habe ein ganz schlechtes Gefühl. Und ich habe die Befürchtung, dass meine Tipps, wie er sich gegenüber Heinen verhalten soll, überhaupt nichts genützt haben. Vielleicht ist tatsächlich alles total aus dem Ruder gelaufen, vielleicht hat Rocco es versaut – ich weiß es nicht!« Sie war kurz davor, in Tränen auszubrechen.

Tom setzte sich neben sie und legte den Arm um ihre Schultern. »Hey, du hast nichts falsch gemacht. Du hast dir große Mühe mit ihm gegeben, mehr, als irgendjemand erwarten konnte. Du hast dich sogar von meiner Ignoranz nicht aufhalten lassen. Wir sollten einfach der Wahrheit eine Chance geben. Es wäre meiner Meinung nach das Beste, wenn alle Fakten auf den Tisch kommen. Und dazu zählen auch dein Gespräch mit Rocco und seine Verabredung mit Heinen.«

Clara Stimme klang resigniert. »Ich kann mir schon vorstellen, wie das läuft. Sie werden sich Rocco schnappen und schnell merken, dass sie da einen perfekten Täter haben. Er hat ein Motiv und seine Fingerabdrücke sind an der Tatwaffe. Für die Tatzeit hat er vermutlich kein Alibi. Sie werden ihn im Verhör so sehr unter Druck setzen, dass er am Ende alles falsch macht, was er nur falsch machen kann. Und ich bin auch nicht viel geschickter. Du hast recht – es war ein Fehler, diese Sachen zu verschweigen. Was soll ich denn jetzt tun?«

Tom versuchte, trotz der verzwickten Situation irgendwie zuversichtlich zu wirken. Es war nicht einfach. »Vielleicht ist das gar nicht so schwierig. Du gehst morgen, wenn dein Malkurs zu Ende ist, zum Kriminalkommissariat in die Barther Straße. Da sitzen die alle zusammen und brüten ihre dunklen Ideen aus. Du gehst trotzdem mutig rein und sagst noch mutiger: ›Hört mal her, ich habe gestern nicht die ganze Wahrheit gesagt. Tut mir leid, ich hatte Angst um meinen Freund Rocco Schulze. Es hat sich folgendermaßen abgespielt.‹ Genauso machst du es!« Er sah, wie Clara mit sich rang, und umarmte sie. »Ich weiß, das ist nicht leicht, aber du wirst das schaffen.«

Sie nickte. »Wie leicht und harmlos sich das gestern alles noch anfühlte – und jetzt so was. Ich kann das nicht glauben. Tom, du musst mir etwas versprechen!« Sie nahm seine Hand. »Wenn du irgendetwas tun kannst, um Rocco zu entlasten, dann tu es bitte! Ich kann dich nicht bezahlen, aber du kannst dir sicher sein, dass ich dir sehr, sehr dankbar sein werde, wenn du ihn da rausbekommst.«

Tom hatte das Gefühl, dass ihm eine schwere Bürde auf die Schultern gelegt wurde. Vorsichtig suchte er nach Worten. »Ich kann dir versprechen, dass ich mir Mühe geben werde. Aber erwarte bitte keine Wunder! So, wie sich das gerade darstellt, sieht es für Rocco nicht gut aus.«

Clara nickte. »Ich weiß. Tu einfach, was du für richtig hältst! Und wenn du glaubst, dass Sylke dir weiterhelfen kann, dann triff dich mit ihr und schau ihr von mir aus tief in die Augen! Seit Rocco angerufen hat, habe ich dieses merkwürdige Gefühl, dass ich für ihn verantwortlich bin. Ich weiß gar nicht, woher das kommt. Vielleicht war das schon damals so, in der Grundschule. Ich hatte immer den Eindruck, dass er jemanden braucht, der ihn vor allzu großem Überschwang bewahrt, der ihm sagt, wann er zu weit geht. Der ihn verteidigt, wenn er mit seinen Späßen jemanden beleidigt hat. Er hat uns alle immer zum Lachen gebracht, aber ich hatte manchmal das Gefühl, dass das eine Sucht war. Dass er nur das und nichts anderes konnte. Und dass es für ihn schlimm enden würde, wenn irgendwann mal niemand mehr lacht. Es ist verrückt, aber genau dieses Gefühl habe ich jetzt wieder – nur viel stärker.« Sie stand auf. »Es ist schon spät. Es wäre schön, wenn du mich morgen wieder zum Ozeaneum bringst. Morgens mit dir über die Ziegelgrabenbrücke zu gehen, über die Stadt zu blicken, den kräftigen Luftzug um die Ohren – das ist echt schön. Ich möchte jetzt schlafen gehen.«

13

Dienstag

Der Tag hatte mit einer Zurechtweisung durch Kriminal-hauptkommissar Brehm begonnen. Warum sie sich eigen-mächtig um den Fall Annika Brieg gekümmert habe, wollte Brehm wissen. Sylkes Hinweis, dass alle anderen wegen des vorrangigen Falls Heinen in einer Besprechung waren, ak-zeptierte Brehm nicht. »Sie hätten auch warten können. Die Frau wird schon wieder auftauchen.«

»Ich erinnere daran, dass es in der Wohnung nach einem überstürzten Aufbruch aussah und …«

»… und die Gardine war nicht vorgezogen. Steht ja in Ih-rem sehr detaillierten Protokoll. Ich würde das nicht über-bewerten. Bei mir zu Hause ist die Gardine auch nicht im-mer vorgezogen. Und wenn ich morgens spät dran bin, lasse ich den Frühstückstisch so zurück, dass ein Unbetei-ligter an nichts anderes als eine überstürzte Abreise den-ken wird. Bislang hat die Kripo deshalb aber noch nicht nach mir gefahndet.« Brehm lachte kurz und bellend über seinen Scherz.

Gerade eilte Dana Reuter vorbei und hob vielsagend die Augenbrauen.

Brehm drehte sich um und starrte auf ihren Hintern. »Wir sehen uns gleich im Besprechungsraum, oder?«

Die Kollegin zwinkerte ihm zu und nickte, bevor sie in ih-rem Büro verschwand.

Sylke wandte sich ab, eine Hand zur Faust geballt, in der anderen die gerade angelegte Mappe Annika. Um sie auf ihrem Schreibtisch zu lagern, fehlte der Platz, denn dort stapelten sich die nach Archivstaub duftenden Ordner, in denen die Unterlagen der Fälle Benni, Hering und Tippelbruder auf eine gründliche Revision warteten. Die Mappe Annika bekam einen besonders schönen Platz auf der Fensterbank, wo eine blassbraune Grünlilie ihre Tentakel fürsorglich über sie legte.

»Eins, zwei – Polizei / drei, vier – Offizier / fünf, sechs – alte Hex / sieben, acht – gute Nacht / neun und zehn – auf Wie – der – sehn.« Mit ihrem liebsten Abzählreim entschied Sylke, dass sie sich als erstes mit dem ungelösten Fall Hering befassen würde. Sie bemerkte zu spät, dass die Abteilungsassistentin, die neugierige Frau Koubek, vom Flur aus ihrem Auswahlverfahren zugesehen hatte. »Habe ich das nicht sehr akkurat ausgezählt?«, rief Sylke ihr zu. »Ich bin nämlich total unvoreingenommen – wie jeder hier in der Abteilung.« Die letzten Worte waren beinahe gebrüllt.

Die Assistentin eilte mit säuerlichem Blick davon.

»Ihr werdet euch alle noch wundern«, murmelte Sylke und griff sich die Heringsmappe. Sie hatte die Unterlagen bereits gelesen, denn so wenig sie sich von diesen staubigen Altfällen angesprochen fühlte, sie würde auch hier vollen Einsatz zeigen. Wenn sie sich eines nicht vorwerfen lassen wollte, dann war es Untätigkeit. Sie hasste Untätigkeit.

Bevor sie sich auf den Weg machte, bezog sie noch einmal ihren Lauschposten am Kaffeeautomaten. Im Besprechungsraum wurden aktuelle Erkenntnisse vorgestellt. Die Kollegen hatten bereits den Betreiber des Kutters TURIN ausfindig gemacht. Er war wegen einer Prügelei in Rostock aktenkundig und hieß Rocco Schulze. Laut Datenbank war er ein eher schmächtiger Mann von geringer Körpergröße, aber das schloss ihn als Täter ja nicht aus. Alle waren sich einig, dass die Bilder aus den Überwachungskameras gut zu den archivierten Fotos passten.

Brehm wies die Kollegen an, den Mann ausfindig zu machen und zu befragen. Er übertrug diese wichtige Aufgabe Dana Reuter.

»Na klar, wegen ihres schönen Arschs«, murmelte Sylke und verließ enttäuscht ihren Lauschposten.

Ihr Weg führte sie weit in die Vergangenheit und nach Knieper West, wo der wichtigste Zeuge, den die Akte Hering nannte, seit einigen Jahren polizeilich gemeldet war. Sylke war erst seit drei Wochen in Stralsund und kam zum ersten Mal in den Stadtteil im Nordwesten, der keinen besonders guten Ruf hatte. Es kam ihr vor, als wäre sie in einer anderen Welt gelandet, in einem Viertel, von dem kein Reiseführer berichtete. Wohnquader folgte auf Wohnquader, Beton, mal roh, mal bunt übermalt, Straße, Parkplatz, Plattenweg, Wiese, dann wieder ein Plattenweg, zwischendurch Müllcontainer. Eine Stadtlandschaft ohne Zwischentöne, ohne das Schiefe und Unregelmäßige, das Gewachsene einer Altstadt, eine Landschaft vom Reißbrett. Auf den ersten Blick fand Sylke diese Wohngegend so menschenfeindlich wie die Antarktis. Aber da sie Lust auf trotzige Gedanken hatte, fragte sie sich, ob man nicht auch zu einer ganz anderen Einschätzung kommen konnte. Bot dieses weitläufig und durchschaubar aufgerasterte Gelände nicht auch eine Erholung von den zusammengedrängten Preziosen der Altstadt?

Sie schob ihre Gedanken beiseite und konzentrierte sich auf die Frage, ob sie vor dem richtigen Wohnblock stand. Tatsächlich gab es auf der Tafel mit den Klingelknöpfen den Namen, den sie suchte: *Dietmar Fichtner*. Sylke klingelte zweimal, erhielt aber keinerlei Rückmeldung. Eine Nachbarin mit Rollator kam aus dem Fahrstuhl und öffnete umständlich die Haustür. Sylke hielt ihr die Tür auf und ging dann ins Haus. Vor der Wohnung Fichtners im zweiten Stockwerk angekommen klingelte sie ein weiteres Mal. Keine Reaktion. Sie lauschte an der Tür, aber es war nichts zu hören. Der Flur lag im Dämmerlicht, alles in diesem Haus wirkte abgenutzt, aber dennoch einigermaßen gepflegt.

Gegenüber öffnete sich eine Wohnungstür. Eine winzige Frau mit grauem, ungekämmtem Haarschopf erschien. »Wollen Se zum Fichtner?«

»Ja, ich müsste mal mit ihm …«

»Markant Hans Fallada.«

»Wie bitte?«

»Können Se nich hören? Markant Hans Fallada.« Die Dame schloss die Tür mit einem Schlag, der jede weitere Kontaktaufnahme als riskant erscheinen ließ.

Sylke gab auf. Wie eine Litanei aus einer fremden Kultur sprach sie die Worte der alten Dame nach: »Markant Hans

Fallada, Markant Hans Fallada.« Was war an dem Schriftsteller markant? »Kleiner Mann, was nun?« So hieß doch eines seiner Bücher. Sylke wusste das, hatte das Buch aber nie gelesen und keine Ahnung, worum es darin ging. Sie hatte das Gefühl, sich in einer ihr unbekannten Zivilisation zu bewegen. Alles war rätselhaft und unberechenbar.

Sie umkreiste das Gebäude und auch das nächste, dann kehrte sie auf einem diagonalen Fußweg zurück zum Ausgangspunkt. ›Markant Hans Fallada.‹ Der Wohnblock, vor dem sie nun stand, sah aus wie der, in dem Fichtner wohnte, aber er trug eine andere Nummer. Sylke sah ihren Irrtum ein und änderte die Richtung, indem sie einen Durchgang wählte, von dem sie glaubte, dass er sie auf kürzestem Weg zurückbringen würde. ›Markant Hans Fallada.‹ Es war aber wohl der falsche Durchgang, denn schon kurze Zeit später erhob sich vor ihr eine Reihe von Wohnblocks, die weniger gepflegt wirkten. Eine Gruppe Halbstarker blockierte einen der Zuwege. ›Markant Hans Fallada.‹ Die drei Jungs hielten Bierflaschen und Zigaretten in den Händen und warfen Sylke lauernde Blicke zu. Sie kehrte um. Angst hatte sie nicht, aber sie wollte auch keinen Ärger. Dann sah sie plötzlich ein Schild: *Hans-Fallada-Straße*. Da steckte er also, der Hans. Sie folgte der Straße in einer Richtung, von der sie glaubte, dass sie ins Zentrum der Betonsiedlung führen würde. Tatsächlich kam ein größerer Platz in Sicht, eine Döner-Bude, dann ein Gebäudekomplex mit Geschäften, darunter ein Markant-Markt. »Markant Hans Fallada«, murmelte Sylke und musste zum ersten Mal an diesem Tag lachen. Sie hatte nicht daran gedacht, dass auch

Supermarktfilialen nach Dichtern benannt wurden. ›Eine große Ehre für diesen Schuhkarton‹, dachte Sylke.

Im Markant Hans Fallada gab es eine Bäckerei mit ein paar Sitzplätzen. Große Fensterflächen erlaubten einen Blick auf den grau gepflasterten Parkplatz. Sylke erkannte Dietmar Fichtner sofort, obwohl er eine Sonnenbrille mit übergroßen Gläsern trug. Gesichter konnte sie sich wesentlich besser merken als verwinkelte Wege. Sie stellte sich vor. »Darf ich mich zu Ihnen setzen?«

Dietmar Fichtner machte eine unwirsche Geste. Er schien auf ein Gespräch mit der Polizei nicht erpicht zu sein. Er war älter, als sie erwartet hatte, jedenfalls kam ihr das so vor. Sein eingefallenes Gesicht war maskenhaft, der Haarkranz ließ Sylke an einen Mönch denken, der graue Backenbart eher an einen alternden Künstler. Weder das eine noch das andere traf zu. Fichtner war ein gescheiterter Geschäftsmann und derzeit arbeitslos gemeldet. Immerhin verstand sie jetzt, warum er eine Sonnenbrille trug: Um den Ärmel seines abgetragenen Jacketts war eine Armbinde geschlungen, die ihn als Sehbehinderten auswies.

»Es geht um eine sehr alte Geschichte, der Angelausflug von 1991, bei dem ihr Geschäftspartner Jörg-Rainer Kanstein ums Leben kam.«

»Watt denn, watt denn, wollen Se jetze noch immer 'nen Mörder fangen? Müssen Se sich beeilen, bald simmer alle tot.« Er lachte meckernd.

Sylke wollte sich nicht zu lange mit der Befragung aufhalten und fasste das Geschehen kompakt zusammen. »Sie haben sich mit Jörg-Rainer Kanstein im Frühjahr 91 während eines verlängerten Wochenendes zum Zelten in Altefähr getroffen. Sie wollten im Strelasund Heringe angeln. Dazu hatten sie sich ein mit Außenbordmotor ausgestattetes offenes Boot ausgeliehen. In der Nacht von Sonntag auf Montag, also dem letzten geplanten Urlaubstag, bestieg ihr Freund das Boot und fuhr trotz eines stürmischen Ostwindes raus auf den Strelasund. Zwei Tage später ging er einem Angler an der Hafenmole von Stralsund an den Haken. Ihr Freund hatte eine Wunde am Kopf, die Obduktion ergab später, dass er nicht an der Verletzung gestorben, sondern ertrunken war. Das Boot wurde wenig später an der Sundpromenade entdeckt.«

»Dat ham Se sehr gut auswendig gelernt«, sagte Fichtner spöttisch.

»Ob Kanstein allein war oder ob eine weitere Person mit im Boot saß, ist bis heute unklar. Auch die Ursache für seine Kopfverletzung ließ sich nicht klären: Es kann ein Sturz auf dem stark schaukelnden Boot gewesen sein, dafür sprechen Blutspuren am Bootsaufbau. Denkbar ist aber auch ein Schlag mit einem harten Gegenstand. Der Ablauf war jedenfalls so, dass Kanstein erst die Verletzung erlitt, dann über Bord ging. Im eiskalten Wasser hatte er ohne Hilfe keine Überlebenschance.«

»In jedem Fall war es Gottes Wille«, grummelte Fichtner.

»Sie, Herr Fichtner, wurden drei Mal verhört, weil Sie …«

»Vier Mal«, unterbrach Fichtner, sichtlich erfreut, die Polizistin korrigieren zu können. »Es waren genau vier Mal.«

»… weil Sie ein Motiv hatten: Kanstein hatte Sie überredet, einen größeren Geldbetrag in einen Gebrauchtwagenhandel zu investieren, der aber zum Zeitpunkt des Unglücks bereits insolvent war.«

»Um mein ganzes Geld hat mich der Arsch gebracht. Sonst wär ich wohl heute nich hier«, rief Fichtner empört, um dann leiser fortzufahren, »obwohl es hier gar nich so schlecht ist, muss ich sagen. Gar nich so schlecht. Ich bin gerne hier. Sicher, viele alte Leute. Aber se haben hier alles, was se brauchen. Schauen Se sich die Ladenzeile da draußen an: Apotheke, Sanitätshaus, Pflegedienst und ganz an der Ecke is auch das Bestattungsinstitut, die sind sogar in der richtigen Reihenfolge angeordnet, doch, mir gefällt es hier, man findet sich auch zurecht, wenn man nur noch graue Schatten sieht.«

»Herr Fichtner, ich würde gerne zur Sache zurückkehren. Sie hatten viel Geld verloren, also hatten Sie ein Motiv, Herrn Kanstein umzubringen.«

Fichtner drehte seinen Kopf, der bislang starr geradeaus und knapp an Sylke vorbei ausgerichtet war, um ein paar Grad nach links. Fast wie eine Maschine, die den Befehl erhalten hatte, mit ihrer großen schwarzen Sonnenbrillenmaske Sylke ins Visier zu nehmen. »Wollen Se mich jetz verhaften? Ham Se nix Neues?«

»Ich will Sie nicht verhaften, ich will nur, dass Sie mir ein paar Fragen beantworten.«

Fichtner nickte. Er schien abgewartet zu haben, ob die Angelegenheit für ihn gefährlich werden würde, und war nun wohl der Meinung, dass das nicht der Fall war. »Nu mal von vorn, junge Frau! Wie Se sehen, bin ich fast blind. Das ist eine tückische Krankheit. Deshalb gefällt mir das hier in Knieper West auch so gut. Klare Linien, viel Asphalt, nix Verwinkeltes, zwischendrin 'n paar hübsche Mädels und 'n paar nette Birken. Außerdem tue ich mich schwer mit dem Laufen – das war ein Unfall. Ich hatte nich so viel Glück im Leben, wissen Se? Dreizehn Operationen in sieben Jahren, das is 'ne gute Quote, die mir das Schicksal beschert hat, meine Kasse ächzt ganz schön, die lassen die Korken knallen, wenn ich erst mal unter de Erde liege …«

»Herr Fichtner, das ist alles …«

»Jetz sei'n Se ma nich so unjeduldig …«

»Doch, ich muss Sie bitten, wieder zum Angelausflug zurückzukommen!«

»Wollt ich grade machen. Ham Se das schon mal erlebt, hier im Frühjahr am Sund? Wenn die Heringe durchzieh'n? Das is so herrlich. Alle wollen se was fangen und wer abends mit 'nem leeren Korb nach Hause geht, muss sich schon richtig bekloppt angestellt ham. Das is 'n Erlebnis, der Mensch ist ja nich böse, aber er ist eben ein Jäger, und da treffen sich halt alle zum Jagen, da is eine Jagdstimmung, eine freudige, friedliche Jagdstimmung.«

»Sie und Jörg-Rainer Kanstein …«

»Ich hab immer Jockel gesagt. Der Jockel war 'n Arsch. Wenn er noch leben würde, wär er noch immer 'n Arsch. Ich hab nämlich selten erlebt, dass sich 'n Arsch zum Engel entwickelt. Umgekehrt schon, aber 'n Arsch zum Engel – nee.«

»Kanstein, also Jockel, war …«

»Jockel war 'n Wessi, wie er im Buche steht. Hat mich bequatscht, drüben in Lüdershagen 'nen Gebrauchtwagenhandel aufzuziehen. Mit meinem Geld und seiner Erfahrung. Am Ende war seine Erfahrung hier im Osten nix wert, mein Geld war weg und die Schulden türmten sich vor meiner kleinen Zweiraumwohnung. Hat also alles super gepasst. Das war so einer, der konnte dich in Grund und Boden quatschen, kennen Se, so Leute, oder?« Er zuckte plötzlich zusammen und rutschte dann auf seinem Stuhl hin und her, bis er eine Position erreicht hatte, die ihm weniger Schmerzen bereitete.

Sylke blickte sich um und sah neben dem Garderobenständer einen Rollator stehen.

»Das Leben is keen Zuckerschlecken, junge Frau.«

»Ich verstehe«, sagte Sylke, »trotzdem wäre es schön, wenn Sie …«

»Ja, ja, is ja gut.« Fichtner hob seine Kaffeetasse und nickte Sylke zu. Es schien ihm zunehmend Vergnügen zu bereiten, die Zeit einer Staatsdienerin großzügig zu verschwenden. Er schlürfte beim Trinken, obwohl der Kaffee längst kalt sein musste.

»Wieso sind Sie eigentlich mit Kanstein zum Angeln gefahren, wenn der Sie so mies über den Tisch gezogen hatte?«

»Ja, das war das Verrückte an dem und mir. Der hat immer von Freundschaft gefaselt, und dass man sich die Freundschaft durch die Geschäfte nich kaputt machen darf. Ich glaub, es war auch so was wie 'ne Wiedergutmachung, so 'ne Wessi-Geste: ›Komm, ich lad dich mal auf den matschigen Zeltplatz mit den dreckigen Klos ein und dann is alles wieder gut.‹ Vielleicht wollte er auch nur dafür sorgen, dass ich ihn nich verklage. Was weiß ich. Wenn ich damals verstanden hätte, was so 'n Wessi unter Freundschaft versteht, dann wär ich da nie mitgekommen.«

»Aus den Akten geht hervor, dass Sie verdächtigt wurden, Kanstein nachts auf dem Boot mit einem Gegenstand geschlagen und dann über Bord geworfen zu haben.«

»Ja, das hätte denen prima ins Konzept gepasst. War aber nich so. Die haben mich immer und immer wieder durch die Mangel gedreht, obwohl ich ein Alibi hatte. Ich war nämlich an dem Abend gar nich mehr auf dem Zeltplatz, sondern bei meiner Oma in Altenpleen. Die war Jahrgang 1899 und ihr ging's an dem Sonntag nich so gut. Netterweise hat mir der Jockel noch sein Auto gelieh'n, das is aber auch das Einzige, was ich ihm positiv anrechne. Ich bin die ganze Nacht bis zum Morgen bei meiner Oma geblieben. Als ich auf dem Zeltplatz ankam, um meine Sachen zu holen, war der Jockel nich da. Na ja, den Rest kenn'n Se ja.«

Sylke nickte. »Ihre Oma war sich im Laufe der Ermittlungen nicht sicher, ob Sie wirklich bei ihr waren in der Nacht.«

»Die war halt 'n bisschen tüddelig. Deswegen gab's dieses Hin und Her. Mal war ich Zeuge, dann plötzlich Beschuldigter, dann wieder Zeuge. Mir is da richtig schwindlig geworden. Aber am Ende haben se der Oma glauben müssen. Ich hab mich ja nur gefragt, wieso se dann nich noch mal 'n bisschen weitergeforscht haben.«

»Weitergeforscht?«

»Naja, zum Beispiel hatten wir da so 'nen Zeltnachbarn, mit dem der Jockel um die Wette gesoffen hat. Die haben immer davon geredet, dass se mal nachts rausfahren wollten. Ham se aber nich gemacht, jedenfalls nich bis zum letzten Abend. Oder die Sache mit der Ines.«

»Wer ist Ines?«

»So 'n Mädel halt. Wir haben die in so 'nem Tanzlokal kennengelernt, der Jockel is gleich voll auf die abgefahren. Der hat ihr Getränke gekauft, den halben Keller hat er ihr ausgegeben, und se hat immer wieder gesagt, dass se doch 'nen Freund hätte, und der total sauer wär, wenn der wüsste, dass se mit anderen Männern … Aber der Jockel hat se trotzdem rumgekriegt, mit uns im Taxi zum Zeltplatz zu fahren.«

»Sie beide und die Ines.«

»Ja, von wegen. Ich musste draußen bleiben. Ich könnte ja noch etwas spazieren gehen, hat der Jockel gesagt. Ich war der Depp des Abends. Die beiden ham sich mächtig lustig gemacht über mich, die hatten ihren Spaß. Dann ham se im Zelt rumgemacht, während ich den Strand rauf und runter gelaufen bin. Die halbe Nacht habe ich auf unserm Boot gehockt und bin irgendwann eingeschlafen. Im Morgengrauen hab ich die beiden aufgeweckt und wollt meine Sachen packen. Die Ines ist dann ganz schnell wech und der Jockel hat wieder auf Gutfreund gemacht, das wär echt großartig von mir gewesen, dass ich ihn und die Ines und so weiter. Schließlich hat er mich doch überredet noch zu bleiben. Aber ich musste dann am Abend ja zu meiner Oma fahr'n, weil es der schlecht ging. Das kennen Se ja schon.«

Sylke hatte sich eilig Notizen gemacht. Sie bereute, dass sie kein Aufnahmegerät mitgenommen hatte. Vermutlich würde Dietmar Fichtner nicht bei jeder Gelegenheit so freimütig aus seinem Leben plaudern. Und wenn in seiner Erzählung irgendeine Unstimmigkeit steckte, dann hatte sie nun keine Chance mehr, die zu finden. »Herr Fichtner, können Sie mir noch irgendetwas über die Ines sagen? Kennen Sie Ihren Nachnamen? Hatte sie besondere Merkmale?«

»Sie stellen Fragen! Ich hab se ja nich nackig gesehen. Da müssten Se besser den Jockel fragen, aber der is ja tot. Nee, tut mir leid, war halt so 'n ganz normales, gut gebautes Mädel, Anfang 20, kastanienbraune Locken, aber fragen Se mich nich, ob die echt war'n. Und ob se 'nen Nachnamen hatte, weiß ich auch nich.«

Sylke notierte sich die dürftigen Angaben. Sie bedankte sich. »Darf ich Ihren Kaffee bezahlen?«, sagte sie zum Abschied.

Fichtner nickte. »Danke. Zahlt eh alles der Staat – und Sie sind ja auch irgendwie der Staat. Is doch lustig: springt der Staat für den Staat ein. Hat mich jedenfalls gefreut. Falls Se die Ines finden: Bitte einen schönen Gruß vom Dietmar bestellen, ja? Nich vergessen!«

Sylke zahlte an der Bäckereitheke und verließ den Markant Hans Fallada. Von draußen konnte sie sehen, wie sich Fichtner zum Rollator schleppte und ihn aus seiner Parkposition holte.

Er winkte ihr zu, als er sah, dass sie ihn beobachtete.

Sie beeilte sich, zu ihrem Auto zu kommen.

14

Eine Stunde später legte Sylke die Akte Hering geräuschvoll auf den Schreibtisch von Gerda Koubek, der Abteilungsassistentin. »Diese Akte ist unvollständig.«

»Unsere Akten werden alle sorgfältig geführt.«

»Diese nicht.«

Gerda Koubek war Ende fünfzig, von rundlicher Gestalt und nicht leicht aus der Ruhe zu bringen. »Kann gar nicht sein!«

Sylke schlug den Ordner auf und zeigte ihr einen Notizzettel, der zwischen Protokollen, Briefen und anderen Dokumenten eingeheftet war. *Aussage J. Kazmierczak folgt. 22. 3. 2004.*

»Die Aussage, die auf diesem Zettel angekündigt wird, fehlt.«

Die Assistentin sah sich den Zettel mit schief gelegtem Kopf an, dann griff sie beherzt zu und riss das Papier heraus. Sie knüllte es zusammen und ließ es in einen Papierkorb fallen. »So, alles wieder gut.«

»Moment! So geht das nicht!« Sylke holte das Papierknäuel aus dem Abfall, faltete es sorgfältig auseinander und legte es auf den Schreibtisch.

»Was bedeutet das? Wer ist J. Kazmierczak?«

»Keine Ahnung. Dieser Zettel wurde 2004 geschrieben, also dreizehn Jahre nach dem Angelunfall. Wahrscheinlich gehört er zu einem ganz anderen Fall und ist nur versehentlich in diesen Ordner …« Ihre Stimme klang zunehmend heiser und unsicher.

Sylke hatte den Zettel, während Frau Koubek noch sprach, neben einen Urlaubsantrag gehalten, in dem sich handschriftliche Eintragungen befanden. »Das ist doch Ihre Schrift, oder?«

»Nee. Das sieht nur so aus.« Frau Koubek suchte mit wachsender Nervosität nach ihrer Lesebrille und hielt den Zettel noch einmal im richtigen Abstand vor ihre Augen. »Na ja, könnte sein, dass ich das geschrieben habe. Aber 2004, das ist ja schon ewig her!«

»Versuchen Sie sich bitte zu erinnern! Wer war J. Kazmierczak, was hatte er oder sie mit dem Fall Hering zu tun? Warum wollte diese Person dreizehn Jahre nach dem Tod von Jörg-Rainer Kanstein eine Aussage machen?«

Gerda Koubek strengte sich an. Ihre Stirn legte sich in Falten und sie wirkte mit ihrer großen Lesebrille wie eine Großmutter, die sich an ein in Vergessenheit geratenes Märchen zu erinnern versuchte. »Ja, ja, da war was. Eine sonderbare Sache. Eine Frau, die hier eines Tages anrief und eine Aussage zu dem Fall machen wollte. Die Frau lag in der Hanseklinik auf der Krebsstation. Ich hatte den Eindruck, dass sie ihr Gewissen erleichtern wollte. In der Besprechung habe ich das weitergegeben und darum gebeten, dass sich jemand drum kümmert. Aber die Kollegen waren alle gerade sehr beschäftigt.«

»Soll das heißen, dass niemand …?«

»Doch, natürlich«, unterbrach Frau Koubek Sylke und tippte mit ihrem Finger auf den Namen. »Das ist hier übrigens kein J, sondern ein I. Ich schreibe das mit so einer Schlaufe unten, so dass es wie ein J aussieht.«

»Ein I? I wie Ines?«

»Ja, richtig, so hieß die Dame: Ines Kazmierczak.«

Sylke schnaufte. Sie war ungeduldig. »Gut, wie ging es dann weiter?«

»Erwin Robol hat es gemacht.«

»Robol, wer ist das? Ist der hier Ermittler? Arbeitet er noch hier?«

»Robol ist schon lange weg. Der war damals schon über sechzig und musste auch kurze Zeit später gehen.«

»Warum musste der gehen?«

»War halt vorher im K1 gewesen.«

»K1 – was bedeutet das? Können Sie das bitte etwas besser erklären, Frau Koubek?«

»Die alte Einteilung. K1 war politische Kriminalität. Einige waren da natürlich relativ eng mit der Stasi …«

»Und Robol war auch relativ eng mit der Stasi?«

»Es war nie so ganz klar, wie eng er war, es liefen mehrere Untersuchungen und irgendwann musste er dann halt gehen.«

»Aber vorher hat er noch diese Aussage aufgenommen?«

Wie durch ein Wunder kehrten die Erinnerungen in Frau Koubeks Kopf zurück und wurden sehr konkret. Sylke fragte sich, ob ihr diese Sache wirklich entfallen war oder ob sie die Geschehnisse so lange für sich behalten hatte, bis sie einsah, dass Sylke keine Ruhe geben würde.

»Richtig. Er hatte gesagt, er wohne da sowieso in der Nähe, da könne er ja hinfahren und mit der Dame sprechen. So war es. Ich habe ihn dann mindestens zweimal nach dem Protokoll gefragt, also ihn daran erinnert, dass er das noch zur Akte hinzufügen musste, und jedes Mal sagte er, das läge noch bei ihm zu Hause und er würde es dann einheften.«

»Hat er aber nicht gemacht.«

»Tja, sieht so aus.«

»Wissen Sie irgendetwas über den Inhalt dieser Aussage?«

Gerda Koubek schüttelte den Kopf. »Nee, rein gar nichts. Der Robol hat nichts dazu gesagt, nicht mal eine Andeutung.«

»Wo finde ich Robol jetzt?«

»Ich glaube, er wurde auf dem Zentralfriedhof beerdigt.«

Sylke stampfte mit dem Fuß auf den Boden. »Mist! Verdammter Mist! Ich fasse das Ergebnis unseres Gespräches mal zusammen: Es gab dreizehn Jahre nach dem tödlichen Vorfall auf dem Strelasund eine Zeugenaussage, die von einem Ermittler aufgenommen wurde, der einen engen Draht zur Stasi hatte. Obwohl das hier im Kommissariat bekannt gewesen sein dürfte, hat sich niemand um eine andere Arbeitsaufteilung bemüht. Der Beamte hat die Aussage zwar angeblich aufgenommen, aber ein Protokoll ist nie in der Akte abgeheftet worden. Was ist nun, wenn dieses Aussageprotokoll nicht durch Schlamperei verschwunden ist, sondern ganz bewusst aus der Akte herausgehalten wurde? Was, wenn die Zeugin Ines Kazmierczak eine Information geliefert hat, die dem Fall eine ganz neue Wendung gegeben hätte? Die vielleicht eine prominente Person aus Politik, Kultur oder Wirtschaft betrifft?«

Frau Koubek sah Sylke an, als wäre sie ein angeblich hochbegabtes Kind, an dessen Fähigkeiten aber große Zweifel herrschten. »Sie stellen da immer so Zusammenhänge her.«

»Das ist mein Job, Frau Koubek.«

»Genau wie bei der Annika Brieg. Da ist ein Frühstückstisch, der nicht abgeräumt wurde. Und schon wird aus der Sache ein Raubüberfall oder so etwas. Sind Sie sicher, dass Sie keine Gespenster sehen?«

»Das ist doch was ganz anderes.«

»Und was machen wir jetzt? Es wäre mir lieb, wenn wir Herrn Brehm erst mal nichts … also, Sie verstehen, was ich meine, der wird immer so schnell laut, das vertrage ich nicht.«

Sylke musste beinahe lachen. Aber es war nicht der Augenblick zum Lachen. Sie tippte Frau Koubek auf die Schulter, was ihr offensichtlich nicht behagte. »Sie, Frau Koubek, haben jetzt eine schöne Aufgabe. Sie telefonieren mit der Hanseklinik und fragen nach Ines Kazmierczak. Von wann bis wann war sie Patientin? Weswegen wurde sie behandelt? Gibt es eine Adresse, gibt es Angehörige?«

»Eigentlich bin ich doch gar nicht für solche Aufgaben, also …«

»Ich habe jetzt etwas anderes zu tun. Wenn Sie es nicht übernehmen, frage ich Brehm, wer es machen soll.«

Frau Koubeks Erwiderung kam wie aus einer gut geölten Pistole. »Ist gut, ich kümmere mich sofort darum.«

Sylke lächelte kühl. »In einer halben Stunde komme ich wieder und dann sehen wir weiter.«

Sie war zufrieden mit sich, zum ersten Mal an diesem Tag. Es schien sich etwas zu bewegen. Sie wusste nicht, ob es mehr war als ein Sack Reis, der irgendwo in China gemütlich umkippte. »Hauptsache, es tut sich irgendetwas«, murmelte sie, während sie das Büro der Assistentin verließ. Eigentlich hatte sie Frau Koubek die Unwahrheit gesagt – sie hatte nichts Dringendes zu tun, abgesehen von den Altfällen, bei denen es nun wirklich nicht um Sekunden ging. Aber da war ja auch noch die von ihrer Schwester vermisste Annika Brieg, die Sylke keine Ruhe ließ. Brehm sah das alles anders, das war klar. Sylke war an diesem Tag bereit und mutig genug, sich um Brehms Meinung nicht zu kümmern. Sie wollte ihm zeigen, dass es sich lohnen würde, sie im Team zu haben.

Auf dem Weg zur Kantine, wo sie sich noch eine Kleinigkeit holen wollte, fiel ihr auf, dass sie ihr Portemonnaie im Auto vergessen hatte. Sie lief die Treppe hinab zum rückwärtigen Ausgang des Gebäudes. Es war leider keine gute Entscheidung, in genau diesem Augenblick den Parkplatz des Kriminalkommissariats zu betreten.

15

Schon seit der Mittagspause spürte Clara ein unangenehmes Ziehen im Bauch. Der bevorstehende Gang zur Polizei war für sie das Schlimmste, was sie seit Langem hatte tun müssen. Sie litt nicht so sehr darunter, dass sie eine Falschaussage würde zugeben müssen. Schmerzen bereitete ihr vor allem die Vorstellung, Rocco ans Messer zu liefern. Was würde sie damit auslösen? Und was würde Rocco über sie denken? Clara hatte ihn nicht einmal vorwarnen können – seit dem Morgen war er telefonisch nicht erreichbar.

Es war ein milder, sonniger Nachmittag, als sie vor dem Gebäude des Kriminalkommissariats ankam, einem schmucklosen Betonbau. Eben wollte sie sich zum Haupteingang begeben, als sich ein Polizeikombi näherte. Der Wagen bremste ab und bog in die Zufahrt ein, die zum Parkplatz auf der Rückseite des Gebäudes führte. In diesem Moment drückte sich ein Gesicht an die hintere Seitenscheibe – es war Rocco. Sein Anblick verriet Verzweiflung und Clara fühlte sich an die klägliche Erscheinung eingesperrter Zootiere erinnert. Ohne Umschweife änderte sie ihren Weg: Anstatt das Gebäude durch den vorderen Eingang zu betreten, rannte sie hinter dem Polizeifahrzeug her. Als sie auf dem Parkplatz eintraf, stand der Kombi bereits auf der großen, mit Betonplatten belegten Fläche. Zwei uniformierte Polizisten waren ausgestiegen, dazu eine dritte Person in Zivil. Es war die nette Polizistin Dana Reuter. Clara lief auf sie zu. »Frau Reuter, dürfte ich eben kurz mit Herrn Schulze sprechen?«

In diesem Augenblick erschien eine weitere Frau auf der Bühne: Sylke Bartel. Sie kam aus dem Hintereingang des Polizeigebäudes und beobachtete das Geschehen mit einem Ausdruck von Missgunst.

Dana Reuter hingegen umkreiste den Polizeikombi in einer stolzen Haltung, der Haltung eines Sheriffs. Als sie Clara erkannte, verdüsterte sich ihr Gesichtsausdruck. »Sie wollen mit ihm reden? Warum? Kennen Sie sich etwa?«

Inzwischen hatten die beiden uniformierten Beamten die hintere linke Wagentür geöffnet und halfen Rocco beim Aussteigen. Zu Claras Entsetzen trug er Handschellen und sah noch schlechter aus, als ihr der erste Eindruck vermittelt hatte.

»Ja, ich kann … ich kann Ihnen das erklären.«

Nichts, nicht einmal der kleinste Funke war übrig von der Freundlichkeit, mit der die Ermittlerin Clara am Vortag behandelt hatte. »Das kann ich nicht erlauben«, rief sie. Dann wandte sie sich an einen der beiden Uniformierten. »Halten Sie bitte die Zeugin auf Abstand vom Beschuldigten!«

»Beschuldigter?«, rief Clara. »Wieso denn Beschuldigter?« Sie spürte, wie einer der beiden Beamten, ein junger, großgewachsener, sie am linken Oberarm packte. »Er war das nicht. Er hat nichts damit zu tun!«

Dana Reuter bedeutete dem anderen Polizisten, Rocco ins Gebäude zu bringen, aber auch der »Beschuldigte« begann nun, Widerstand zu leisten. Seine Stimme klang rau. »Clara-Schatzi, es ist alles furchtbar schiefgelaufen. Ich kann doch alles erklären, aber die lassen mich nicht.«

Clara spürte, dass alles aus dem Ruder zu laufen drohte. Sie war verzweifelt und wusste nicht, was sie tun sollte. Eigenartigerweise erhielt sie nun Unterstützung von einer Seite, mit der sie nicht im Leben gerechnet hätte. Sie war dankbar für Sylkes plötzliches Auftreten, ja sogar für ihren scharfen Kommandoton, den sie am Vortag noch verabscheut hatte.

»Dana«, rief Sylke, »warum hast du dem Zeugen Handschellen anlegen lassen? Das ist doch maßlos übertrieben und im Übrigen auch nicht vorschriftsgemäß.«

»Es besteht Fluchtgefahr«, konterte Dana Reuter durch die Zähne.

»Ich bestehe darauf, dass dem Zeugen sofort die Handschellen abgenommen werden.« Sylke hatte sich der Gruppe um Rocco genähert. Die beiden Ermittlerinnen standen sich Auge in Auge gegenüber.

»Er wollte nicht mitkommen, ich habe ihn kurzfristig vorgeladen«, erklärte Dana Reuter.

Clara wusste nicht, ob man das so machen konnte, aber sie hatte das Gefühl, dass die Paragrafen nicht auf der Seite der übereifrigen Polizistin waren.

»Trotzdem hast du kein Recht, ihn …«

»Und du? Bist du jetzt seine Anwältin?« Dana wurde zunehmend nervös.

Sylke hingegen blieb erstaunlich ruhig. Mit klarer Stimme gab sie dem Streifenpolizisten die Anweisung, Rocco die Handschellen abzunehmen.

»Nein, das tun Sie nicht!«, widersprach die Rothaarige der Blonden. Sie wandte sich Sylke zu und tippte ihr mit dem

Zeigefinger gegen die Schulter. »Du bist hier überhaupt nicht zuständig, du gehörst nicht zur Gruppe. Hast du das noch nicht kapiert?«

Clara verfolgte die Auseinandersetzung trotz ihrer inneren Anspannung mit wachsender Faszination. Sie spürte, dass hier noch ganz andere Dinge im Spiel waren als unterschiedliche Auslegungen von Vorschriften. Sylke war einen Kopf größer als Dana und schob diese nun zur Seite, um wieder Zugang zu Rocco und dem Uniformierten zu haben. Sie wiederholte ihre Anweisung, konnte den Satz aber nicht beenden, denn Dana packte sie nun von hinten um den Hals. Sylke wandte sich um, es kam zu einem kurzen Ringkampf, an dessen Ende Dana rückwärts auf den staubigen Betonboden stürzte und dort schockiert liegen blieb. Um Luft ringend zeigte Sylke auf Roccos gefesselte Hände.

Der Uniformierte gehorchte der Geste und öffnete die Handschellen.

Rocco bewegte Finger und Handgelenke. Er hatte das Geschehen einigermaßen verständnislos beobachtet und blickte sich nun irritiert um. Niemand hielt ihn fest, niemand gab ihm irgendwelche Kommandos. Alle waren mit sich selbst beschäftigt. Man hatte ihn wie einen Schwerverbrecher hergebracht, um nun, kurz vorm Ziel, wieder alles umzustürzen. Einer wie Rocco wurde daraus nicht schlau. Er spürte nur, dass plötzlich nicht mehr zu gelten schien, was eine halbe Stunde zuvor noch gegolten hatte. Er wandte sich Clara zu, machte eine schnelle Kopfbewegung und rannte los.

Clara wusste, dass das ein Fehler war. Aber sie wollte Rocco helfen. Also tat sie das Gleiche. Mit einer kraftvollen Bewegung riss sie sich von dem Beamten los, der noch immer ihren Oberarm umklammerte. Sie rannte Rocco hinterher.

Der plötzliche Aufbruch setzte auch bei dem vom inneren Zerwürfnis erstarrten Polizeiapparat neue Energien frei. »Los, hinterher!«, hörte Clara hinter sich die Stimme von Dana Reuter, die noch immer am Boden lag. Sie kümmerte sich nicht darum, sondern folgte Rocco, der die Barther Straße überquerte und in eine Wohnstraße hineinrannte. Etwa zehn Meter vor ihr lief er an gemütlichen Reihenhäusern älteren Datums vorbei. Rocco war kein sehr guter Sprinter, sodass Clara ihn schon an der nächsten Kreuzung einholte. »Warte!«, keuchte sie. »Bleib doch mal stehen!«

Rocco schien die Sinnlosigkeit seines Tuns von einem Augenblick zum nächsten einzusehen und hielt abrupt an, sodass Clara in ihn hineinrannte. Eng umschlungen stolperten sie über eine schlecht verlegte Bodenplatte und stürzten auf einen Rasenstreifen. Immerhin schaffte es Clara, auf Rocco zu fallen, das war etwas angenehmer als umgekehrt. Sie lagen vor einem Holzzaun, der nach einem frisch aufgetragenen Schutzanstrich roch.

»Ihr müsst mir helfen!«, ächzte Rocco. »Nur du und Tom könnt mir helfen. Ich habe sonst niemanden. Kannst du mir das versprechen? Ich bin am Arsch, alles ist schiefgelaufen.«

»Was ist schiefgelaufen?«

Clara bekam keine Antwort mehr. Sie wurde von einem der beiden uniformierten Polizisten hochgehoben.

Der andere stand mit gezückter Pistole wenige Meter entfernt. »So, der Spaziergang ist jetzt erst einmal zu Ende.«

Rocco drehte sich auf die Seite und tat so, als wäre er tot. Clara konnte sich dunkel erinnern, dass es vor ungefähr dreißig Jahren eine ähnliche Szene gegeben hatte. Damals hatte Rocco versehentlich eine Fensterscheibe am Schulgebäude eingeworfen, mit einem Schneeball, in den wohl ein Stein hineingeraten war. Er war bis zum Rand des Schulgeländes gelaufen, hatte sich in den Schnee geworfen und war regungslos liegen geblieben.

Während sich Clara von einem Beamten zum Polizeigebäude zurückbringen ließ, hatte sie das deutliche Gefühl, dass dieses Mal mehr zu Bruch gegangen war als nur eine Glasscheibe.

16

Nach dem Ende des dramatischen Duells auf dem Polizei-
parkplatz ging Sylke langsam und ohne sich zu Dana umzudrehen zurück zum Polizeigebäude. Alle anderen hatten in
kurzer Folge das Gelände verlassen, fast wie bei einem Volks-
lauf mit Massenstart. Dass Sylke eigentlich nichts anderes beabsichtigt hatte, als ihr Portemonnaie aus dem Auto zu holen,
hatte sie vergessen. Ihr Kopf war vollkommen leer. Bevor sie
die Tür öffnete, hob sie den Blick und sah, dass ein Fenster
im ersten Stockwerk weit geöffnet war.

Auf der Fensterbank saß Kriminalhauptkommissar Brehm
und rauchte. Er schien den gesamten Vorfall von seinem Lo-
genplatz aus beobachtet zu haben. Sein Gesicht war etwa so
bewegt wie das einer versteinerten Schildkröte.

Sylke wusste, dass sie an diesem Nachmittag die wenigen
Stufen, die auf der Karriereleiter vielleicht noch vor ihr gelegen hatten, mit großer Effektivität zersägt hatte. Aber es war
ihr egal. Sie hatte getan, was sie für richtig gehalten hatte.

Sie schloss die Bürotür hinter sich, setzte sich an ihren
Schreibtisch und starrte ins Leere. An der Wand tickte sehr
leise eine Uhr, ein Geräusch, das sie sonst nicht wahrnahm.
Nach einigen Minuten nahm sie den Hörer vom Telefon und
wählte die Nummer von Miriam Brieg, Annikas Schwester. Sie
war beinahe etwas stolz auf sich, weil es ihr gelang, sich voll und
ganz auf den Fall Annika zu konzentrieren. Sie funktionierte wie
die Uhr an der Wand, leise und zuverlässig tat sie ihren Dienst.

Wie zu befürchten war, hatte Miriam seit dem Vortag weder von Annika ein Lebenszeichen noch sonst irgendwelche Hinweise auf ihren Aufenthalt bekommen. Sylke bemühte sich, ihren Alleingang als systematisch angelegte Polizeiarbeit darzustellen. »Eine offizielle Vermisstenmeldung können wir frühestens heute Abend rausgeben, aber ich möchte Sie darüber informieren, dass wir jetzt beginnen, Annikas Umfeld zu analysieren. Könnten Sie mir eine möglichst vollständige Liste mit Freunden und Bekannten schicken? Und könnten Sie mir jetzt hier am Telefon ihre letzten Arbeitgeber nennen?«

»Es ist gut, dass die Polizei jetzt etwas unternimmt«, sagte Miriam. »Aber das heißt doch nicht, dass Annika etwas passiert ist?«

Dieses Mal war Sylke auf die Situation besser vorbereitet. Ihre Antwort kam schnell und sie gab ihrer Stimme einen sachlichen und routinierten Tonfall: »Nein, absolut nicht. Wir handeln hier nur proaktiv. Das bedeutet überhaupt nichts.«

»Warten Sie«, sagte Miriam sichtlich erleichtert, »sie hat etwa zwei Jahre in einem Fitnessstudio an der Rostocker Chaussee gearbeitet. Auf den Namen komme ich gerade nicht, aber Sie finden das bestimmt im Netz. Danach hat sie nicht sofort etwas Neues gefunden, sie hat sich irgendwie durchgeschlagen. Dann hat sie einen Typen kennengelernt, der in Rostock eine Imbissbude betreibt. Da hat sie gearbeitet, aber immer nur zur Aushilfe, ich fand das ja überhaupt nicht gut. Naja, und jetzt ist sie seit Anfang des Jahres beim HanseDom, das ist ja dieses große Erlebnisbad mit Wellness und allem drum und dran. – Ich glaube, Sie sind noch neu in Stralsund, oder? Da müssen Sie unbedingt mal hingehen, wenn Sie da noch nicht waren. – Also, wenn Sie mich fragen, dann ist die Stelle im HanseDom der absolute Glücksgriff. Aber wie ich Annika kenne, hat sie demnächst auch wieder Stress mit ihren Chefs. Sie will immer was Besseres sein. Aber sie ist nur eine kleine, unbedeutende Mitarbeiterin.«

Sylke blickte auf ihren Notizzettel. »Gut, beim HanseDom habe ich heute Morgen schon angerufen, weil ich wissen wollte, ob sie sich krankgemeldet hat. Hat sie übrigens nicht getan. Der Ärger dort ist also tatsächlich nicht mehr weit. Aber dieser Imbiss – wissen Sie, wer da ihr Chef war oder wem der gehörte?«

Miriam Brieg seufzte geräuschvoll ins Telefon. »Ach, der hatte so einen komischen Namen, so einen, wo Vor- und Nachname gar nicht zusammenpassen. Ich glaube, irgendwas Südländisches mit K und O, Krako oder Kroko, nee, anders. Und dann kam so ein deutscher Allerweltsnachname, so was wie Schmidt oder Meier. Aber nicht Meier und auch nicht Schmidt.«

Sylke wusste später nicht genau, warum diese unbeholfene Beschreibung des Namens in ihrem Kopf eine Art Funkenschlag bewirkte. Vielleicht kam ihr die Idee nur, weil dieser Name sie im Augenblick am meisten beschäftigte. »Hieß der Mann vielleicht Rocco Schulze?«

»Ja, genau! Woher wissen Sie das?«

Der Funke in ihrem Kopf löste eine kleine Explosion aus. Sylke hatte das Gefühl, dass der Boden unter ihr nachgab. Dinge verformten sich, die sie zuvor für hart und unverrückbar gehalten hatte, sie berührten einander, obwohl das nie vorgesehen war. Sie musste ihre Gedanken sortieren. Einiges musste jetzt wirklich neu gedacht werden.

»Hallo, Frau Bartel? Kennen Sie diesen Herrn Schulze? Hat der irgendetwas ausgefressen? Warum antworten Sie nicht …?«

Miriam wartete vergeblich auf eine Antwort, denn Sylke hatte, ohne weiter darüber nachzudenken, den Hörer einfach beiseitegelegt.

17

Tom hatte mehrmals versucht, Sylke zu erreichen, aber nur eine neutrale Mailboxstimme vernommen. Er war sich nicht einmal sicher, ob die Nummer, die er seit Langem gespeichert hatte, noch immer ihre war. Es war zu ärgerlich.

Er musste also eine andere Möglichkeit finden, Kontakt zum Bundestagsabgeordneten Marten Oltdorp aufzunehmen. Dessen Büro in Berlin verweigerte jede Auskunft. Die Referentin ließ sich auch nicht durch »dringende Angelegenheiten« zu einer Auskunft bewegen. »Schreiben Sie uns eine Mail!«, säuselte sie und legte auf. Tom hatte den Eindruck, dass sie genaue Instruktionen hatte, wie sie mit Anrufern wie ihm zu verfahren hatte.

Er versuchte es im Wahlkreisbüro und gab sich als Holger Schiefer, freier Journalist bei der Ostseezeitung, aus. Holger arbeitete tatsächlich für das Blatt, war allerdings Fotograf und ein alter Bekannter von Tom. »Herr Oltdorp ist ja gerade in Stralsund, ich nahm an, dass er wie üblich im Hotel Hafenresidenz wohnt, da kann ich ihn aber nicht erreichen«, sagte Tom mit einer öligen Reporter-Klischee-Stimme. »Es geht um ein Hintergrundgespräch. Wir wollen wissen, was Ihre Partei zur besseren Integration von Flüchtlingen in Ostdeutschland zu tun gedenkt.«

Er hörte, wie der Mitarbeiter des Parteibüros sich im Hintergrund nach Oltdorp erkundigte. Kurze Zeit später war er wieder am Apparat. »Sorry, aber wir wissen gar nichts davon, dass Herr Oltdorp hier in Stralsund sein soll. Das hätte er uns sicher gesagt. Außerdem wohnt er üblicherweise nicht in der Hafenresidenz, sondern im Hotel zur Post.«

»Ah, danke, dann war das vielleicht eine Fehlinformation. Auf Wiedersehen.«

Das Hotel zur Post befand sich am Neuen Markt, gleich gegenüber der mächtigen Marienkirche. Ein solides Hotel, aber sicher nicht die erste Wahl in Stralsund. Immerhin ein Ansatzpunkt. An der Rezeption trug Tom seinen Text vor. »Ich möchte gerne mit einem Ihrer Gäste sprechen. Es handelt sich um Marten Oltdorp, Abgeordneter des Deutschen Bundestages.«

Die Dame musterte ihn für Bruchteile von Sekunden, bevor sie ihre Entscheidung traf. »Tut mir leid. Ich kann Ihnen da nicht weiterhelfen.« Immerhin leugnete sie nicht, dass sie von dem Gast etwas wusste.

»Doch, das können Sie bestimmt!«, sagte Tom mit vorgetäuschter Gelassenheit. Er wählte nun nicht den öligen Reporterton, sondern eine leise, aber sehr präzise Agentenstimme. »Herr Oltdorp schätzt Ihr Hotel wegen seiner familiären Atmosphäre. Er wollte hier in Stralsund jemanden treffen, ohne dass es allzu viel Aufsehen gibt. Diese Person ist allerdings kurzfristig verhindert. Ich habe den Auftrag, Herrn Oltdorp eine Nachricht zu der Angelegenheit zu überbringen, wegen der er hier ist.«

Die Dame an der Rezeption unterzog Tom einer zweiten, etwas ausführlicheren Sichtprüfung. »Warum schreiben Sie ihm keine Mail?«

»Sie haben bestimmt davon gehört, dass es kürzlich einen Hacker-Angriff auf den Bundestag gab?«

»Können Sie sich ausweisen?«

Tom reichte ihr seinen Personalausweis.

»Und Sie sind ein Freund oder – Bekannter von …?«

»Sagen Sie ihm einfach genau das, was ich Ihnen eben gesagt habe. Es ist sehr dringend – also für ihn, nicht für mich.« Er wandte sich ab, ohne eine Antwort abzuwarten.

Auf einem Tisch lag die aktuelle Ausgabe der Ostseezeitung. Während Tom die Berichte zum Mord an Marko Heinen überflog, hörte er, dass die Hotelmitarbeiterin telefonierte. Wenig später rief sie ihn herbei. »Herr Oltdorp bittet Sie auf sein Zimmer. 301 bitte!«

Oltdorp hatte breite Ringe unter den Augen, sein blaues Hemd war zerknittert. Er hatte schwarze, lockige Haare und trug eine randlose Brille. Wieder traf Tom dieser prüfende, gedankenvolle Blick, der ihm schon an dem Morgen vor Heinens Haus gescannt hatte. Aber der Politiker schien sich nicht daran zu erinnern, dass sie sich auf dem Gehweg begegnet waren.

Er ließ den Gast mit einer routinierten Geste eintreten, als seien sie schon lange verabredet. Zimmer 301 war ein schlichtes Einzelzimmer, etwas ungewöhnlich geschnitten, vermutlich, weil es am Übergang von einem Gebäudeteil zum anderen lag.

Tom warf einen Blick aus dem Fenster. »Schön haben Sie's hier. Herrlicher Blick auf die Marienkirche. Da wird man ganz demütig.«

»Was wollen Sie? Ihre Behauptung, der Bote eines verhinderten Gesprächspartners zu sein, ist ja wohl ein schlechter Scherz, oder?« Oltdorps Stimme klang kühl, verbindlich und doch nicht wirklich unfreundlich.

Ein Profi im Umgang mit überraschenden Situationen, dachte Tom. »Wenn es ein Scherz gewesen wäre, dann ein makabrer Scherz. Sie wollten gestern Morgen zu Marko Heinen. Was wollten Sie von ihm?«

Der Politiker hielt einen Moment inne, seine Augenbrauen zogen sich zusammen. Er schob Tom einen Stuhl hin und setzte sich selbst vor den Schreibtisch. Beiläufig schloss er eine Mappe, in die er eben noch etwas hineingeschrieben zu haben schien. »Wer will solche Dinge wissen? Tom Brauer, das sagt mir gar nichts.«

»Ich bin Privatermittler.« Tom nahm sein Smartphone aus der Jackentasche und rief das Foto auf, das er am Vortag von Oltdorp gemacht hatte. »Etwas verwackelt, aber die hiesigen Zeitungen würden es sicher gerne drucken. Ich sehe schon die Schlagzeile: *Was will dieser Bundestagsabgeordnete vor der Haustür von Marko H. – nur wenige Stunden nach dessen Tod?* Vielleicht können Sie mir die Frage auch etwas weniger aufwendig beantworten.«

Oltdorp nickte. »Heinens Tod hat mich zutiefst schockiert. Ich spreche … ich sprach regelmäßig mit ihm. Es ging um Städtebauförderung und ähnliche Themen. Wir sind in einem Arbeitskreis …«

»Erzählen Sie keine Märchen, Herr Oltdorp! Dazu klingelt man nicht an der Tür einer Privatwohnung.«

Der Politiker legte die Hände zusammen und hielt sie vor sein Kinn. Es sah beinahe aus, als ob er beten wolle. »Sie müssen mir schon etwas mehr darüber sagen, was Sie mit Heinen verbindet, warum Sie hier sitzen und wer Sie geschickt hat! Andernfalls muss ich Sie bitten zu gehen!«

Tom nickte und erklärte kurz und knapp, warum er sich für den Tod Heinens interessierte.

Oltdorp griff in ein Regalfach unter dem Fernseher und holte die aktuelle Ausgabe der Ostseezeitung hervor. Er tippte auf die aufgeschlagene Seite. »Hier steht, dass die Polizei einen Zusammenhang mit Auseinandersetzungen zwischen den Betreibern von Verkaufskuttern für möglich hält. Wenn das stimmt, ist das für das Klima in dieser Stadt sicher kein gutes Zeichen, aber es klingt für mich plausibel. Und Ihr Bekannter gehört auch zu diesen Kutterbetreibern?«

»Wir – also meine Lebensgefährtin und ich – kennen Rocco Schulze schon sehr lange. Wir wissen, dass er in Schwierigkeiten steckt, aber wir sind uns sicher, dass diese Tat nicht von ihm verübt wurde. Vielmehr sieht es für mich so aus, als ob jemand die Situation geschickt ausgenutzt hätte.«

»Und haben Sie eine Idee, wer das gewesen sein könnte? Dieser Jemand müsste ja bereits vor Ort gewesen sein, als die Auseinandersetzung stattfand.«

Tom nickte. »Ich sehe, Sie denken mit. Leider habe ich keine Ahnung, in welche Intrigen, Affären oder Mauscheleien Herr Heinen verwickelt war. Oder ob hier persönliche Konflikte eine Rolle gespielt haben.«

»Und Sie glauben, dass Sie das von mir erfahren können?«

»Ich glaube jedenfalls, dass Heinen und Sie an diesem Morgen über andere Themen sprechen wollten als über Städtebauförderung.«

Oltdorp nickte. Er stand auf, ging zur Minibar und warf einen Blick auf die dort vorhandenen Getränke. Offenbar fand er nichts, was seinen Gelüsten entsprach, und schloss die Tür wieder. Mit einer schwungvollen Drehung wandte er sich wieder Tom zu. »Können Sie sich vorstellen, dass Sie mir Informationen darüber liefern, was Heinen in – sagen wir – den letzten zwei bis drei Tagen so gemacht hat?«

Tom war überrascht. »Sie wollen, dass ich für Sie tätig werde? Das, äh, …«

»… kommt etwas überfallartig. Gebe ich gerne zu.«

»In der Tat. Wenn das etwas werden soll, müssten Sie mir erst recht erklären, worum es hier eigentlich geht.«

Oltdorp seufzte. »Gut. Das lässt sich nicht vermeiden, sehe ich ein. Sie kennen das Projekt Eastern Line?«

»Die Gaspipeline, die quer durch die Ostsee gebaut werden soll. Oder wird sie schon gebaut? Ich bin da nicht wirklich auf dem Laufenden.«

Oltdorp begann in seinem Hotelzimmer auf und ab zu gehen und setzte zu einem kleinen Vortrag an. »Am Freitag, also in genau drei Tagen, wird ein Urteil des Bundesverfassungsgerichtes erwartet. Wenn das so ausfällt, wie die meisten Beobachter erwarten, dann werden schon am Samstag die ersten Bagger im Flachwasser vor Lubmin den Grund der Ostsee aufbaggern und die Verlegung von Gasrohren vorbereiten, die längst bereitliegen. Von diesem Augenblick an wird das

Projekt juristisch kaum noch zu stoppen sein. Es gibt zwar noch ein offenes Gerichtsverfahren, aber was hilft es, wenn ein Gericht feststellt, dass die bereits verlegten Rohre wieder aus dem Meer geholt werden müssen, weil durch ihre Verlegung wertvolle Schutzgebiete zerstört wurden? Daran glaubt kein Mensch. Und auch politisch wird ein Stopp mit jedem Tag schwieriger, weil die Betreiber der Pipeline in diesem Fall Millionen an Entschädigungssummen einfordern werden. Und diese Millionen werden sich in kürzester Zeit zu Milliardensummen vervielfachen. Der Freitag ist also ein wichtiger Tag, eine Zäsur.«

»Schön – was hat das mit Marko Heinen zu tun? Heinen war städtischer Angestellter und hat sich mit Fischbrötchenhändlern herumgeschlagen.«

»Heinen war noch viel mehr. Ich will seinen Job bei der Hansestadt nicht kleinreden, aber in gewisser Weise war das auch eine Tarnung. Im Herzen ist … war Heinen noch immer ein Umweltaktivist, ein Kämpfer für die Natur und die Vernunft.«

»Klingt pathetisch.«

»Ist auch so gemeint. Ich kenne kaum einen Menschen, der entschlossener seine Ziele verfolgt. Heinen hat mir zugesagt, im Laufe dieser Woche Informationen zu liefern, die die Eastern Line doch noch stoppen könnten, weil bei der Genehmigung etwas grundlegend schiefgelaufen sei. Wenn das gelänge, dann könnten wir am Freitag das Spiel völlig neu gestalten. Ich habe in Berlin ein breites Bündnis aus Politikern geschmiedet, die die Eastern Line verhindern wollen.

Es handelt sich um Politiker aus allen Lagern und verschiedenen Parteien. Sie sind bereit, etwas zu tun, was die Politik in Deutschland verändern wird – sie werden für diese Sache ihre Parteizugehörigkeit vergessen und die Regierung zwingen, Eastern Line zu stoppen.«

»Warum brauchen Sie dafür Heinen und seine Informationen?«

Oltdorp lachte kurz auf. »Verstehen Sie, was ich Ihnen zu erklären versuche? Alle, die an diesem Bündnis beteiligt sind, gehen ein hohes Risiko ein, einige setzen ihre Karriere aufs Spiel. Es ist ein Aufstand gegen die eingeübten politischen Prozeduren. Die Akteure, die sich hier zusammengefunden haben, stehen für eine entschlossene, vernunftgeleitete Politik, die die Herausforderungen der Gegenwart annimmt: entschlossen gegen den Klimawandel, gegen eine Dominanz Russlands auf dem Energiemarkt. Viele glauben, dass der brüchige Frieden in Osteuropa, den man kaum Frieden nennen kann, auf dem Spiel steht. Sobald die Ukraine als Erdgas-Transitland nicht mehr nötig ist, könnte Russland weitere Teile dieses Landes kapern. Und was will der Westen dann machen? Amerika hat sich abgewandt. Wir sind allein.«

»Große Worte, aber Sie haben meine Frage noch nicht beantwortet.«

Oltdorps Ton wurde zunehmend schärfer. Tom spürte, dass er sich mehr Respekt vor seiner Leistung wünschte. Aber Tom war Pathos grundsätzlich verdächtig.

»Wir brauchen einen Impuls«, sagte Oltdorp, »einen Anstoß, den Tropfen, der das Fass zum Überlaufen bringt. Vor allem die konservativen Partner in meinem Bündnis sind erst dann bereit zu handeln, wenn offensichtlich ist, dass die jetzige Genehmigung für die Pipeline nicht haltbar ist. Das ist der Punkt, an dem wir alles zum Kippen bringen können. Verstehen Sie?«

Tom nickte. »Ich verstehe, dass Sie ein politisches Erdbeben auslösen wollen. Was ist dabei Ihr persönliches Ziel?«

Oltdorp sah ihn fragend an. »Das habe ich doch gerade versucht zu erklären.«

»Hat es nicht auch mit Profilierung zu tun? Wer solch eine Revolte erfolgreich durchführt, steigert doch seinen Marktwert erheblich.«

»Jeder, der in diesem Geschäft tätig ist, will sich profilieren. Aber in der Politik geht es immer um beides, um die Person und die Sache. Ich würde mir wünschen, dass Sie mir in diesem Fall glauben, dass die Sache für mich eine hohe Priorität hat. Ich habe Ihnen in den letzten beiden Minuten mehr anvertraut, als gut für mich ist. Was können Sie mir bieten? Ich zahle ein gutes Honorar.«

»Haben Sie eine Vorstellung davon, welche Art von Informationen Heinen vorlegen wollte?«

»Leider nicht. Deshalb ja meine Bitte, etwas darüber herauszufinden, was er in den letzten Tagen vor seinem Tod gemacht hat.«

Tom zögerte. Noch am Vortag hatte er sich gefragt, ob er an diesem Fall auch nur einen Cent verdienen konnte. Plötzlich ergab sich die Möglichkeit. Aber ihm war nicht klar, wie er in der kurzen Zeit Heinens Aktivitäten auf die Spur kommen sollte. Und grundsätzlich mochte er keine politischen Ränkespiele. »Glauben Sie, dass hinter Heinens Tod Leute stehen könnten, die verhindern wollten, dass er Ihnen das liefert, was er liefern wollte?«

Oltdorp seufzte. Er nahm ein zweites Mal Kurs auf die Minibar. Dieses Mal griff er zu. »Jetzt brauche ich doch eine dieser mittelmäßigen Whiskey-Portionsdosen. Für Sie auch ein Fläschchen?«

»Danke, ich trinke nicht bei der Arbeit.«

»Vorbildlich.« Oltdorp öffnete die Flasche und trank. Er verzog den Mund und ging zum Fenster. »Mit Ihrem Satz zur Marienkirche haben Sie recht. Man wird demütig. Man lernt, dass es noch andere Dimensionen gibt, die über unsere kleinen menschlichen Kämpfe und Träume hinausweisen. Und man lernt, sich von irrationalen Ängsten und Verwicklungen frei zu machen. Um zu Ihrer Frage zurückzukommen: Es gab in den vergangenen Wochen einige Momente, in denen ich mich gefragt habe, ob ich beobachtet werde, ob es Leute gibt, die, wenn es hart auf hart kommt, mich körperlich angreifen würden. Der wahre Albtraum beginnt, wenn ich in diesem Zusammenhang an meine Familie denke, die von diesem gesamten Projekt tatsächlich nichts weiß und sicher nicht ahnt, dass wir hier mit Kräften zu tun haben, deren wahre Mittel und Macht wir nicht genau kennen.«

»Das klingt jetzt doch etwas kryptisch«, warf Tom ein, »und im Großen und Ganzen gefährlich.«

Oltdorp drehte sich mit einem Schwung um und hob beschwörend die rechte Hand mit der winzigen Whisky-Flasche.

»Nein, entschuldigen Sie die finsteren Töne! Ich will Ihnen eine klare Antwort geben: Ich kann und will mir nicht vorstellen, dass wir in diesem Land an einen Punkt gekommen sind, an dem Politik mit Mafia-Methoden gemacht wird. Im Gegenteil glaube ich an die Vorzüge der Demokratie und daran, dass wir diese stärken und wieder in ihrer ursprünglichen Gestalt praktizieren müssen. Für den Tod Heinens habe ich keine Erklärung. Ich kann mir aber nicht vorstellen, dass sein Tod etwas mit den Recherchen in Sachen Pipeline zu tun hat. Sind Sie jetzt zufrieden? Sind Sie dabei?«

Tom stand auf. Er sagte einen Satz, den er am Vortag schon einmal ganz ähnlich formuliert hatte. »Ich werde mich bemühen, aber ich kann Ihnen nichts versprechen.«

18

Brehms Büro war groß genug, um seiner kräftigen Stimme einen angemessenen Resonanzraum zu geben. Aber im Augenblick sprach er gar nicht laut, sondern setzte seine Worte in einer beunruhigend leisen und sehr akzentuierten Art und Weise. »Dass wir uns gleich von Anfang an verstehen: Ich werde hier für keine von Ihnen beiden Partei ergreifen, darum würden Sie sich vergeblich bemühen. Ich möchte aber klarstellen, dass der Auftritt auf dem Parkplatz vorhin inakzeptabel war. Was für ein Bild gibt denn die Stralsunder Polizei ab, wenn ihre Mitarbeiterinnen auf offener Bühne Ringkämpfe austragen!? Sie müssen Ihre Zwistigkeiten in Zukunft anders regeln, sonst sehe ich für Sie beide in dieser Abteilung keine Zukunft! Sie, Frau Reuter, beschäftigen sich bitte noch einmal ganz grundlegend mit dem Unterschied zwischen Zeuge und Beschuldigtem! Und Frau Bartel: Ich verlange von Ihnen mehr Diplomatie! Sie können nicht, während die halbe Stadt zusieht, eine Kollegin derart angreifen und bloßstellen.« Er machte eine Pause.

Sylke und Dana saßen auf den beiden Besucherstühlen vor Brehms Schreibtisch. Sie vermieden es, sich anzusehen, und waren auch nicht erpicht darauf, den grimmigen Blicken Brehms zu begegnen. Da blieb nur der Blick auf den akkurat aufgeräumten Schreibtisch, der so leer war, dass man den Eindruck bekommen konnte, die Kriminalitätsrate in der Hansestadt liege bei null Komma null.

Brehm erhob sich, die beiden Ermittlerinnen taten es ihm nach. »So, und jetzt reichen Sie sich bitte die Hand!«

Sylke schauderte. Dana die Hand reichen? Gehörten solche Rituale nicht in den Kindergarten? Musste das wirklich sein? Sie wusste sehr genau, dass es keine gute Idee war, Brehms albernen Vorschlag abzulehnen. Sylke drehte sich ein Stück zu Dana hin und sondierte die Lage.

Dana blickte mit ihren glasig blauen Augen knapp an Sylkes rechtem Ohr vorbei. Sie versuchte ein Lächeln, aber es wirkte, als hätte es jemand aus einem Eisblock herausgeschnitzt. Danas Hand war schlaff und weich.

Sylke wollte gar nicht wissen, wie sich ihre anfühlte.

»Dann hätten wir das ja auch hinter uns gebracht«, sagte Brehm seufzend. »Wir sehen uns dann gleich in der Besprechung.«

Später verstand Sylke, wie knapp sie an diesem Tag an der Versetzung in eine andere Dienststelle vorbeigeschrammt war. Brehm hatte zwar behauptet, sie beide gleich zu behandeln, aber natürlich hätte sie als diejenige, die ohnehin noch gar nicht richtig im Team angekommen war, auch als erste wieder gehen müssen. Dass es nicht so kam, hatte sie dem Telefonat mit Miriam Brieg und der Entdeckung zu verdanken, dass es zwischen Rocco Schulze und Annika Brieg eine Verbindung gab. Sie hatte Brehm diese Erkenntnis vor ihrem Dreiergespräch mitgeteilt und obwohl der Feierabend nahte, hatte der Abteilungsleiter das gesamte Team noch einmal zusammenkommen lassen, insgesamt mehr als dreißig Menschen. »Meine Damen und Herren«, hatte er die Anwesenden begrüßt, »ich habe dieses Treffen anberaumt, weil die Recherchen von Kollegin Bartel neue Erkenntnisse erbracht haben. Wir werden die Ermittlungen im Fall Marko Heinen ausweiten müssen und auch den Fall der seit dem Wochenende verschwundenen Annika Brieg einbeziehen. Frau Bartel, das war hervorragende Arbeit, vor allem die Eigenständigkeit und Hartnäckigkeit Ihrer Recherchen kann ich nur als vorbildlich bezeichnen, vielen Dank. Bitte informieren Sie die Kolleginnen und Kollegen!«

Die lobende Erwähnung ging Sylke runter wie Kaffee mit Sahne und doppeltem Schuss. Und auch, dass Brehm ihren Zwist mit Dana vor der Gruppe mit keinem Wort erwähnt hatte, ließ ihren Respekt vor dem Chef deutlich wachsen. Sie war aufgestanden und hatte einen Blick in die Runde geworfen. In den Gesichtern sah sie bei einigen respektvolle Neugier, hier und da auch ein süffisantes Grinsen, das sich wohl auf das Gefecht auf dem Parkplatz bezog. Aus den Augen von Dana Reuter trafen Sylke glühende Blitze. Da hatte sie sich eine veritable Feindin aufgebaut. »Zwischen der seit spätestens Sonntag vermissten Annika Brieg und Rocco Schulze gibt es eine direkte Beziehung«, erklärte sie. »Frau Brieg hat in den letzten eineinhalb Jahren mehrfach als Aushilfe in einer von Schulze betriebenen Imbissbude gearbeitet. Diese befindet sich in der Rostocker Südstadt auf dem Gelände eines großen Einkaufszentrums. Vor etwa einem halben Jahr endete diese Episode, weil Frau Brieg eine besser bezahlte Stelle beim HanseDom hier in Stralsund fand. In der Wohnung von

Frau Brieg sind mir einige Dinge aufgefallen, die für sich nicht spektakulär sein mögen, die mir in der Summe aber ungewöhnlich erscheinen. Dazu gehören Möbel, die verschoben worden sind, und ein nicht aufgeräumter Frühstückstisch. Auch wenn Herr Brehm dazu meinte, dass er seinen Frühstückstisch ebenfalls nicht immer abräumt, bevor er zur Arbeit geht, möchte ich doch anmerken, dass es sich in diesem Fall um das Wochenende handelte, dem Zustand der Lebensmittel nach vermutlich um den Samstagmorgen. Und ich bin mir sicher, dass Brehms Frühstückstisch an solchen Tagen immer sehr ordentlich aussieht. Vielen Dank.« Die Spitze gegen den Chef hatte sich Sylke nicht verkneifen können. Sie spürte, dass sie den richtigen Ton getroffen hatte.

Die meisten Kollegen lachten leise.

Brehm hatte sich noch einmal artig bedankt und begonnen, erste Folgerungen zu formulieren: »Wir haben starke Indizien dafür, dass Rocco Schulze der Täter im Fall Marko Heinen ist. Nun müssen wir die Frage stellen, ob er möglicherweise auch gegen Annika Brieg vorgegangen ist. Hat es einen Kampf in der Wohnung gegeben? Hat Schulze die junge Frau gezwungen, mit ihm zu gehen? Hat er sie entführt? Wir werden noch heute eine Öffentlichkeitsfahndung herausgeben. Die Spurensicherung wird die Wohnung von Annika Brieg auf den Kopf stellen. Zwei Ermittlerteams nehmen sich bitte die Nachbarn vor: Ist jemandem am Samstag oder Sonntag irgendetwas aufgefallen? Kontaktieren Sie auch die Hausverwaltung! Frau Bartel, Sie stellen bitte gemeinsam mit einem Kollegen in der Rostocker Imbissbude Nachforschungen über die Beziehung zwischen Schulze und Brieg an! Interessant ist vor allem, ob es zwischen den beiden über die Arbeit hinaus private Beziehungen gibt. Ich selbst werde morgen früh gemeinsam mit Frau Reuter den verhafteten Rocco Schulze befragen. Alle anderen arbeiten an den bisherigen Aufgaben weiter! Ich danke Ihnen.«

Unter allgemeinem Gemurmel hatten sich die Angehörigen der Ermittlungskommission erhoben, um ihrer Arbeit nachzugehen.

Sylke war zu Brehm gegangen. »Ich verstehe das jetzt so, dass ich auch wieder im Team bin?«

Brehm hatte sie überrascht angesehen und ungehalten gewirkt. »Wollen Sie es auch noch mal schriftlich haben? Sie sind dabei, wenn solche Eskapaden wie vorhin auf dem Parkplatz in Zukunft unterbleiben.«

Sylke hatte verlegen gelächelt. Es war tatsächlich eine relativ überflüssige Frage gewesen. Sie kam sich vor wie eine Streberin, die nach der Schulstunde noch einmal ein Sonderlob einfordert. »Ich wollte mich nur vergewissern.«

Sie war schon fast draußen gewesen, als Brehm sie noch einmal angesprochen hatte. »Und, Frau Bartel, Bemerkungen zu meinem Frühstückstisch unterlassen Sie in Zukunft bitte, ja?«

Sylke hob kurz und lässig die Hand. Es war die gleiche Bewegung, mit der sie sich im Straßenverkehr dafür entschuldigte, dass sie jemand anderem die Vorfahrt genommen hatte. »Habe verstanden.«

Sie war zurück in ihrem Büro. Unterwegs hatte sie das Vibrieren ihres Smartphones gespürt. Es war Tom Brauer. Sie zögerte kurz, dann steckte sie das Gerät wieder weg. Es war der fünfte oder sechste Anruf von ihm seit dem Morgen. Bei den ersten war es ihr noch schwergefallen, gar nichts zu tun, aber in diesem Augenblick zögerte sie nur für Sekundenbruchteile, bevor sie das Telefon wieder einsteckte. Sie zählte in Gedanken die Dinge auf, für die Tom in ihrem bisherigen Leben stand: für Irritation, illegale Methoden, Geheimnisverrat, grenzenlosen Leichtsinn, überraschende Naivität und ebenso überraschende Genialität, Versuchung, emotionale Achterbahn. Und am Ende stand er für irgendeine Form von Enttäuschung. Wäre sie nicht so befangen, wie sie war, dann hätte sie seine Ideen vielleicht nutzen können, ohne sich von ihm ausnutzen zu lassen. Aber zum Glück wusste Sylke, dass sie befangen war. Und damit basta.

19

Tom war sich noch immer nicht sicher, wem die Nummer gehörte, die er schon mehrfach angerufen hatte. In seinem Telefonverzeichnis stand sie unter *S* wie *Sylke, Pol.* Wie schon zuvor meldete sich die unpersönliche Mailboxstimme. Dieses Mal aber setzte Tom eine kurze Botschaft ab: »Hallo Sylke, hier ist Tom. Wie ich höre, bist du ja jetzt hier in Stralsund. Wenn dies noch immer deine Nummer ist, dann meld dich doch mal! Vielleicht wäre es nicht schlecht, wenn wir das eine oder andere besprechen würden. Freue mich auf deinen Anruf.« Er steckte das Gerät in die Tasche. Dumme Geschichte.

Seit einigen Minuten stand er am Rand des Neuen Marktes und versuchte, das Gespräch mit Marten Oltdorp einzuordnen. Hier, zwischen Gemüseständen, duftenden Backwaren und fettigen Grillwürsten, fiel es ihm schwer zu glauben, dass in dieser beschaulichen Küstenstadt, diesem charmanten Freilichtmuseum die Fäden internationaler politischer Intrigen zusammenlaufen sollten. Marko Heinen ist also kein verlässlicher Stadtbediensteter, sondern ein ausgekochter Aktivist? Konnte das stimmen, oder wollte ihn Oltdorp nur verrückt machen? Ging es vielleicht doch um etwas ganz anderes?

Bis zu seiner Verabredung mit Florian Treibel hatte Tom noch eine halbe Stunde Zeit. Er schlenderte ziellos zwischen den Verkaufsständen umher. Dienstag war hier Markttag und Freitag würde der nächste Markttag sein. Wenn Oltdorp recht hatte, würde sich zwischen diesen beiden Daten entscheiden, ob es in der deutschen Bundespolitik zu einem gewaltigen Aufruhr kommen würde, mit nächtlichen Krisensitzungen, Pressekonferenzen, Rücktritten, vielleicht am Ende sogar dem Sturz der Regierung. Tom musste plötzlich lachen. »Nee, nicht mit mir. Ich lass mich doch nicht verarschen.« Er schüttelte sich und erwarb eine Pommeraner Brühwurst im Brötchen.

Die Eisbar, die Florian als Treffpunkt vorgeschlagen hatte, befand sich in unmittelbarer Nähe. Tom musste nur die Marienkirche umrunden. Er spazierte um den westlichen Vorbau und staunte über die gewaltigen Fenster und die geradezu endlos in die Höhe reichenden Ziegelmauern des Hauptturms. Dieser Teil der Kirche hatte mit seinen schmalen Fensterschlitzen, die wie Schießscharten anmuteten, und den vier kleinen Ecktürmen etwas ausgesprochen Wehrhaftes. Und gerade der Gegensatz zu den schlichten Stadthäusern der Marienstraße ließ die monumentale Größe des Baus hervortreten.

Die Eisbar dagegen schien einen Rekord als kleinstes Etablissement seiner Art aufstellen zu wollen. Das in frechem Gelb angemalte Häuschen stand auf einer Straßenecke und umschloss einen Verkaufsraum, in dem es schon eng wurde, wenn sich mehr als drei Personen darin aufhielten. Florian wartete bereits vor der Tür. Er trug Lederjacke und Sonnenbrille, aber bei aller Lässigkeit wirkte er noch blasser als am Vortag. Etwas ungelenk reichte er Tom die Hand. Sie gingen hinein und kauften sich jeder einen Eisbecher.

»Lass uns hochgehen!«, sagte Florian und zeigte auf eine schmale Treppe, die auf die Dachterrasse führte. Auch hier hatten nicht mehr als zwei Tische Platz. Aber es war ein Ort, an dem man es sich in der Nachmittagssonne gut gehen lassen konnte. Der Lärm vom Frankenwall hielt sich in Grenzen und wieder fiel der Blick über die Hausdächer hinweg auf die riesige, respekteinflößende Kirche. Tom hatte mittlerweile das Gefühl, dass er von diesem Gebäude in der folgenden Nacht träumen würde – so oft und aus so vielen verschiedenen Perspektiven hatte er den spätgotischen Bau nun schon betrachtet.

Florian schien es eilig zu haben, zum Thema zu kommen. »Ich habe dich angerufen, weil ich dir noch ein paar Dinge über Marko sagen wollte. Vielleicht hilft dir das weiter.«

»Warum tust du das?«, wollte Tom wissen. »Und wollte die Polizei gar nicht mit dir reden?«

»Doch, sie haben gestern einfach die gesamte Wohnung versiegelt, da blieb mir nichts anderes übrig, als aufs Präsidium zu gehen. Der leitende Kommissar und eine Ermittlerin haben mit mir eine halbe Stunde lang über Marko gesprochen, aber ich finde, sie haben die falschen Fragen gestellt.«

»Und welche waren das?«

»Es ging ihnen vor allem um Markos Arbeit, um Konflikte innerhalb der Stadtverwaltung und mit den Geschäftsleuten. Da gibt es sicher einiges zu erzählen, aber ich glaube nicht, dass das alles ist.«

»Was hätten die beiden denn sonst fragen sollen? Wollten sie nichts über dein Verhältnis zu Marko wissen?«

Zum ersten Mal zeigte sich ein Anflug von Lächeln in Florians Gesicht. »Sie haben nicht so direkt gefragt, also habe ich mich als Mitbewohner ausgegeben – damit hatten sie scheinbar kein Problem.« Sofort wurde er wieder ernst. »Ich weiß auch nicht, die sind so vernagelt. In dieser Stadt werden an vielen Stellen Kleinkriege geführt, um wertvolle Altstadthäuser, um die gastronomische Pole Position am Hafen und sicher auch um die Verkaufskutter. Aber ich glaube nicht, dass Marko wegen solcher Streitigkeiten ermordet wurde. Was würde das den Tätern nützen?«

Tom nickte. »Vielleicht ging es hier nicht um einen konkreten Nutzen, sondern einfach um Wut. Marko konnte ja, wie mir scheint, durchaus rücksichtslos sein.«

Florian beugte sich vor und fasste Tom am Arm. »Ich will, dass der Mörder gefunden wird. Unbedingt. Du musst eine Sache wissen: Marko ist, was gefährliche Situationen angeht, ein absoluter Profi. Der lässt sich nicht einfach von so einem kleinkriminellen Gewerbetreibenden totschlagen. Das kann ich nicht glauben. Habe ich dir schon mal von der Sea Shepherd Conservation Society erzählt?«

»Nee, höre ich zum ersten Mal. Sind das nicht so Umweltaktivisten?«

»Ja und nein. Die Mitglieder verstehen sich nicht als Lobbyverein für die Umwelt, sondern eher als Kämpfer. Sie setzen sich für den Schutz der Meere und ihrer Bewohner ein und dabei arbeiten sie mit der Methode der direkten Aktion.«

»Was heißt das?«

»Wenn man einen Missstand sieht, zum Beispiel illegale Fischerei, Walfang, Umweltverschmutzung, dann fährt man mit dem Schiff raus und fordert die betreffenden Personen auf, ihre Handlungen zu unterlassen. Wenn sie das nicht tun, sind die Shepherds auch bereit, sie dazu zu zwingen.«

»Aber dazu haben sie kein Recht.«

»Je nach Sichtweise. Die UN-Weltcharta für die Natur gibt auch Privatpersonen einen gewissen Spielraum, den Schutz der Natur aktiv durchzusetzen, zumindest in internationalen Gewässern. Sea Shepherd beruft sich genau darauf. Sie haben schon japanische Walfangschiffe mit Buttersäure angegriffen und versucht, die Schiffsschrauben durch Stahlseile zu blockieren.«

»Und bei so etwas hat Marko mitgemacht? Dann wäre er ja ein richtig gefährlicher Geselle.«

»Das war seine wilde Zeit. Da hat er gelernt zu kämpfen. Sie waren in der Antarktis unterwegs, mit nicht sehr großen Booten. Es war extrem gefährlich. Aus dieser Zeit hat er ein paar Grundsätze mitgenommen: ›Jederzeit das Risiko abschätzen. Sich absichern. Immer einen Plan B haben.‹ Deshalb verstehe ich nicht, warum er … wieso ihm das passieren konnte.« Florians Stimme drohte zu ersticken. Aber er fing sich sofort wieder. »Er hatte ganz verschiedene Seiten. In ihm war eine große Sehnsucht, mit der Natur im Einklang zu leben. Weißt du, welches sein Lieblingsbuch war? Nein, das rätst du nie. Es war ›Walden‹ von Henry David Thoreau.«

»Ah, ich erinnere mich dunkel. Das war doch auch ein ganz eigenwilliger Zeitgenosse.«

»In dem Buch schreibt er über die zweieinhalb Jahre, in denen er in einer einsamen Hütte im Wald gelebt hat. Er war ein toller Naturbeobachter, aber eben auch ein aufmerksamer und konfliktbereiter Bürger seines Landes. Das hat Marko sehr imponiert. Und diese beiden Seiten kannte ich auch von ihm:

Der Kämpfer und der Romantiker, beides war da und beides hat er ausgelebt. Er kannte kein Mittelmaß. Dass er hier den städtischen Angestellten gab, das war meiner Meinung nach nur eine Episode. Ich glaube, er hat schon wieder nach einer neuen Aufgabe gesucht, die ihn richtig herausfordern würde.«

Tom hatte das Gefühl, dass sich Florian die Erinnerungen an seinen Lebensgefährten von der Seele reden musste. Das fand er auch in Ordnung. Aber es war da auch noch etwas anderes. Er schien irgendetwas von Tom zu wollen, ohne recht damit herauszurücken. Zudem wurde er zunehmend nervös. Tom entschied sich, Oltdorps Informationen über Marko zu testen. »Sag mal, kann es sein, dass Marko versucht hat, etwas gegen die Eastern Line zu unternehmen?«

»Wie kommst du darauf?«

»Ich habe mit Marten Oltdorp, dem Bundestagsabgeordneten, geredet. Die beiden wollten sich wegen dieses Themas treffen. Marko sollte wohl irgendwelche Informationen beschaffen.«

Florian knetete seine Unterlippe und blickte sich um, als hätte er Angst, belauscht zu werden. »Also gut, das weißt du schon. Ja, so war das. Er hat das mal erwähnt. Und er war wohl sehr dicht dran an einer Information, die das gesamte Projekt hätte kippen können. Es ist meine schlimmste Befürchtung, dass sein Tod etwas damit zu tun hat.«

»Was für eine Information könnte das sein?«

Florian rang mit sich. Seinen Eisbecher rührte er inzwischen gar nicht mehr an. Er sah plötzlich auf die Uhr, blickte sich wieder um.

Tom fand sein Verhalten zunehmend irrational. »Ist irgendetwas los? Stimmt was nicht?«

»Nein, nein. Schon gut. Also – welche Art von Information? Es ging um Korruption bei der Genehmigung der Pipeline. Marko glaubte eine Person zu kennen, die darüber etwas wusste.«

»Korruption? Was für eine Person?«

»Das weiß ich nicht. Aber es könnte sein, dass da der Schlüssel liegt. Wenn du darüber etwas herausfinden könntest, wäre das fantastisch …«

»Diese Genehmigung, die wird doch nach rechtlichen Kriterien erteilt. Wo soll da Korruption im Spiel sein?«

Florian lachte nervös auf. Wieder blickte er auf seine Uhr. »Oh, da gibt es schon Spielräume, man kann sich mehr oder weniger Zeit lassen, viele oder wenige Gutachten bestellen und sie am Ende berücksichtigen oder auch nicht. Bei Eastern Line wurden die Projektanträge verändert, aber für diese Änderungen keine Umweltprüfungen verlangt. Das wäre eigentlich Standard, hätte aber natürlich Zeit gekostet. Insgesamt war das kein transparentes Verfahren, und das … ja, man könnte da mal nachhaken, vielleicht wäre das eine Möglichkeit, … zuständig ist das Bergamt Stralsund … also wenn du …« Er konnte vor Nervosität keinen Satz mehr zu Ende bringen. Seine Blicke gingen rings herum im Kreis, ins Innere der Eisbar, dann nach oben zu den umliegenden Häusern, zur Kirche – und dann stockte Florian plötzlich und kniff die Augen zusammen.

Das nächste, was Tom spürte, war ein erstaunlich harter Griff um seinen Oberarm. Er hörte, wie Florian brüllte. »Runter, los, runter!« Gleichzeitig wurde er auf den Boden der Dachterrasse gezogen, er hörte ein Zischen und einen scharfen metallischen Ton, ein Geräusch, das sich fast im gleichen Augenblick noch einmal wiederholte.

Er wollte etwas sagen, aber er kam nicht dazu, weil ihn Florian am Kragen gepackt hatte und zur Tür riss. Gemeinsam stürzten sie ins Innere des Hauses.

Tom rang nach Luft. »Da hat jemand geschossen, oder? Kam das von oben, aus der Kirche?«

Florian antwortete nicht. Er kroch zum Treppenabsatz und krabbelte einige Stufen hinunter, um nicht durch die Fensterscheiben gesehen zu werden. »Das war Scheiße, das war einfach große Scheiße«, rief er.

Tom folgte Florian die Treppe hinab.

Die Eisverkäuferin schien nichts gemerkt zu haben. Sie hatte wohl nur das Poltern gehört, als sie in den schmalen Flur gestürzt waren, und sah den beiden zu, als würde sie zum ersten Mal Zeugin eines zeitgenössischen Theaterstückes.

Draußen vor der Tür wollte Tom nach rechts, Florian nach links.

»Wir müssen da hoch, zur Kirche!«, rief Tom.

»Bist du verrückt? Lieber weg hier.«

»Ich will wissen, wer das war.«

Florian wandte sich dem Frankenwall zu. »Ich haue ab. Ohne mich.«

»Du kannst doch jetzt nicht …«

Aber Florian hatte schon fast die Straße erreicht. Er drehte sich noch einmal um und schrie: »Lass das! Geh nicht da hoch! Die sind gefährlich. Die sind richtig gefährlich.« Dann überquerte er, ohne sich um den Verkehr zu kümmern, den Frankenwall und lief weiter, rannte und stolperte am Frankenteich entlang, weg von der Altstadt und der mächtigen Marienkirche.

Tom drehte sich um. Es mochte nicht einmal eine Minute her sein, seit die beiden Schüsse gefallen waren. Ein Gefühl sagte ihm, dass diese Schüsse vieles verändert hatten, eigentlich alles. Er konnte es noch nicht fassen, tröpfchenweise breitete sich die Erkenntnis in ihm aus: ›Jemand hat auf dich geschossen.‹ Sein T-Shirt war durchgeschwitzt, er spürte erst jetzt, dass er vom Sturz einen leicht blutenden Kratzer am rechten Arm hatte.

Die Leute auf der Marienchorstraße schienen von alledem nicht das Geringste bemerkt zu haben. Einige genossen lässig flanierend die Spätnachmittagssonne, andere eilten dem Feierabend entgegen. Von Panik keine Spur.

Tom atmete dreimal tief ein und betrat noch einmal die Eisbar.

20

Auf der Dachterrasse der Eisbar hatte Tom in einem Blumentopf ein Loch entdeckt. Es war ein Topf aus Stahlblech, der an einer Stelle eingebeult war. Mit etwas Mühe und mithilfe eines Eislöffels hatte er ein Projektil aus dem Loch entfernen können, ein kleiner, deformierter Metallklumpen.

Zwei Stunden später lag dieser Klumpen im Deckshaus der MATHILDA auf dem Tisch. Clara beobachtete das Objekt, als ob sie darauf wartete, dass es sich bewegte oder ihr irgendetwas mitteilte. Dann blickte sie Tom an. »Du hast recht«, sagte sie. »Wir können nicht hierbleiben.«

Tom wunderte sich. Als er sie angerufen hatte, war Clara natürlich sehr besorgt gewesen. Aber von Anfang an war da auch etwas anderes, eine Gefasstheit, beinahe eine Kälte. Als hätte sie längst erwartet und befürchtet, dass etwas Schlimmes passieren würde.

In der Stadt hatte Tom ein Auto gemietet. Er hatte Clara am Querkanal abgeholt, dann waren sie zusammen auf den Dänholm gefahren, auf den kleinen Parkplatz an der Treppe zum Steg. Sie hatten sich vorsichtig dem Boot genähert, hatten alles auf mögliche fremde Spuren abgesucht und auch einen Blick auf die Nachbarboote geworfen. Immer wieder hatte Tom die Brücke, die auf den Kleinen Dänholm führte, ins Visier genommen und auch die gegenüberliegenden Stege. Es gab so viele Punkte, von denen aus man auf die MATHILDA hätte schießen können.

»Ja«, sagte er, »geht wohl nicht anders.« Er wuchtete seinen Rucksack und Claras Koffer auf den Steg, auf dem eben auch Detlefs zotteliger Hund erschien. »Na, mein Lieber, wo ist denn dein Herrchen?«

Kaum hatte Tom die Frage an den Hund gerichtet, tauchte Detlef auch schon aus den Tiefen seiner alten Motorjacht auf. »Wie, wollt ihr umziehen? Ohne Boot? Die Liegegebühr kann ich euch aber nicht zurückzahlen.«

Tom musste beinahe lachen. Dass es solche Probleme gab, daran konnte er sich kaum noch erinnern. »Nee, Detlef, die kannst du behalten. Aber wir haben eine Bitte. Kannst du mal sehr sorgfältig beobachten, ob dir jemand auffällt, der hier am Steg herumschnüffelt?«

»Wie meinste das? Was denn für 'n Jemand?«

»Irgendwelche Leute, die du nicht kennst und die sich auffällig unauffällig benehmen. Für dein wachsames Auge bekommst du auch exakt die doppelte Hafengebühr von uns.« Er nahm Detlefs Hand, zählte 32 Euro hinein und legte eine Visitenkarte dazu. »Damit du siehst, dass uns das wichtig ist und wir voll auf dich setzen. Auf der Karte findest du meine Telefonnummer. Ruf an, wenn dir etwas auffällt!«

Detlef zog die Augenbrauen hoch, starrte Tom und dann Clara an. »Leute, Leute, das kommt jetzt etwas überraschend. Ich will ja mal hoffen, dass ihr hier nicht irgendwelches Gesindel anlockt – wir haben hier nämlich einen sehr friedlichen kleinen Hafen.«

»Das stimmt«, sagte Clara und lächelte, »und dabei soll es auch bleiben. Und wenn du gelegentlich mal das Klo putzen würdest …«

Sie verstauten ihr Gepäck und stiegen in den Wagen ein. Wortlos fuhren sie bis zum Rügendamm und dann ein Stück in Richtung Bergen. In Samtens bog Tom auf eine Nebenstraße ab und fuhr rückwärts in einen Feldweg hinein. »Ich werde hier mal etwas warten, bis ich sicher bin, dass uns niemand folgt.« Er lehnte sich zurück und sah Clara an. »Was ist eigentlich aus deiner Aussage bei der Polizei geworden?«

Sie konnte darüber beinahe schon wieder lachen und erzählte Tom von der grotesken Szene auf dem Parkplatz und dem kurzen Fluchtversuch. »Rocco war vollkommen verzweifelt. Ich habe ihn mir so gar nicht vorstellen können. Er hat mich angefleht, dass wir ihm helfen.«

Tom schnaufte. »Es wird alles etwas viel, finde ich. Hat er wenigstens einen Anwalt?«

»Ich habe ihn nicht mal danach gefragt, wie dumm. Aber wenn sie ihn verdächtigen, dann müssen sie ihm die Möglichkeit geben, einen Anwalt hinzuzuziehen, oder?«

»Eigentlich ja. Glaubst du noch immer an seine Unschuld?«

Clara überlegte einen Moment. »Er hat davon gesprochen, dass alles schiefgelaufen sei. Aber ich bin mir sicher, dass er damit nicht etwa meinte, dass er Marko Heinen getötet hätte. Nein, ich kann das einfach nicht glauben.«

Tom nickte. Er wunderte sich über die Beharrlichkeit, mit der Clara an ihrer Überzeugung festhielt, aber er wollte sie nicht infrage stellen. Sie mussten jetzt zusammenhalten. Er startete den Wagen und steuerte sein eigentliches Ziel an. Es ging ein Stück zurück, dann durchquerten sie den kleinen Ort Altefähr an der Südküste Rügens auf einer alten und sehr robusten Pflasterstraße. Am Ende des Dorfes, auf einer Anhöhe und malerisch zwischen Bäumen gelegen, befand sich der kleine Campingplatz. Es war fast dunkel, als sie ankamen. Man konnte Hütten mieten. Tom hatte schon von Stralsund aus angerufen und zum Glück hatten sie noch etwas frei. Ihre Behausung roch etwas muffig, war winzig, aber komplett eingerichtet. Sie schlossen alle Vorhänge, verriegelten die Tür und legten die mitgebrachte Verpflegung auf den Tisch: ein paar belegte Brötchen und zwei Flaschen Bier. Vor zwei Tagen hatte Tom sich und Clara scherzhaft als Bonnie und Clyde bezeichnet – jetzt, in diesem Moment, glaubte er zu verstehen, wie sich das Verbrecherpaar in den letzten Tagen vor seinem Ende gefühlt haben musste.

Clara hatte schon seit ihrem Zusammentreffen auf dem Dänholm auffallend wenig gesagt.

Tom hatte den Eindruck, dass sie über schwierige Fragen nachgrübelte, ohne ihre Gedanken mit ihm teilen zu wollen. »Wer hätte ahnen können, dass so etwas passiert?«, sagte er, aber dann korrigierte er sich. »Nee, spätestens seit dem Gespräch mit Oltdorp hätte ich es wissen müssen. Und ich hätte Florian gegenüber misstrauischer sein müssen.«

»Warum?«

»Er hat sich seltsam verhalten. Wurde immer nervöser, während wir sprachen, hat mehrmals auf seine Uhr gesehen, als ob er auf etwas wartete. Und dann, bevor er weglief, hat er noch etwas Merkwürdiges gesagt: ›Die sind gefährlich.‹ Es klang so, als ob er wüsste, wer auf uns geschossen hat.«

»Du meinst, er hat etwas von dem Anschlag gewusst? Das ergibt doch keinen Sinn. Wieso hat er dich dann gerettet?«

»Ja, alles merkwürdig. Und natürlich ist er jetzt nicht mehr zu erreichen. Keine Mailbox, nichts. Wenn er mich in eine Falle locken wollte, hätte er mir auch nicht vorher erzählen müssen, wie sehr er hofft, dass ich etwas über Marko Heinens Tod herausfinde. Ich fand, das klang in dem Moment sehr authentisch. Er will wirklich etwas wissen. Allerdings könnte er selbst dazu vielleicht mehr beitragen als ich. Wenn er einfach mal die Wohnung durchsuchen würde, wäre das schon mal ein erster Schritt. Vielleicht findet sich da ja ein Hinweis. Es ist alles unlogisch, was er tut.«

»Und du bist sicher, dass die Schüsse von der Kirche kamen?«

»Absolut. Ich habe dieses Projektil aus einem Blumentopf herausoperiert, der auf dem Fußboden des Balkons stand. Rund um den Balkon ist ein Geländer mit einer Verkleidung aus Kunststoff. Das war alles unbeschädigt. Dieses Geschoss muss also von einem erhöhten Punkt aus diagonal nach unten geflogen sein. Es gibt da tatsächlich nur eine Möglichkeit: Im Hauptturm der Marienkirche sind auf halber Höhe einige Fensteröffnungen. Von einer dieser Öffnungen hat man den perfekten Blick auf den Dachbalkon der Eisbar. Florian hat genau in diese Richtung geguckt, bevor er mich zu Boden gerissen hat. Die Entfernung ist allerdings ganz schön groß. Vielleicht auch ein Grund, warum zumindest dieses Projektil zwei Meter danebengegangen ist.«

»Hat eigentlich niemand sonst die Schüsse gehört?«

»Es gab keine Anzeichen von Panik, keine Polizei, nichts. Ich vermute, dass der Schall sich in der großen Höhe verteilt hat und von unten gar nicht richtig zugeordnet werden konnte. Vielleicht dachten die Leute an einen vergessenen Silvesterknaller.«

Clara stand auf und kramte in ihrem Koffer. Als sie wiederkam, hatte sie einen Gegenstand in der Hand, der in einen grauen Lappen eingewickelt war. »Vielleicht wäre jetzt auch für dich der richtige Moment, um zur Polizei zu gehen und diesen Attentatsversuch anzuzeigen.«

Tom seufzte. »Das gibt einen Riesenärger. Und wahrscheinlich glauben die mir nicht mal. Ich hätte natürlich dieses Geschoss nicht aus dem Blumentopf herausholen dürfen. Vielleicht ist es klüger, mal einen Tag zu warten, um zu sehen, in welche Richtung die Polizei in Sachen Marko Heinen ermittelt. Ich könnte mich einfach hier in Altefähr verstecken, unten am Strand ein bisschen die Füße ins Wasser hängen und mir Stralsund aus der Ferne ansehen.«

»Aber wenn dieser Oltdorp recht hat, dann bleibt nicht mehr viel Zeit. Dann werden sie am Freitag ihren Aufstand gegen die Eastern Line abblasen.«

»Ich weiß gar nicht, wie wichtig mir das ist.«

»Immerhin hast du jetzt einen gut bezahlten Auftrag. Und außerdem halte ich diese Pipeline ebenfalls für dumm und überflüssig. Ich fänd's super, wenn man die noch verhindern könnte.«

»Ah – du meinst also, ich soll jetzt weiterhin meinen Kopf hinhalten, vielleicht habe ich ja ein zweites Mal wieder so viel Glück.« Tom bemerkte, dass seine Worte einen falschen Zungenschlag bekamen. Er sah die Enttäuschung in Claras Blick. »Entschuldige, ich bin einfach … Ich bin noch etwas geschockt. Ich weiß natürlich, dass du mir niemals wünschen würdest, in solche Situationen wie heute zu geraten. Es ist alles gekippt. Wahrscheinlich war dieser Vorfall der beste Beweis dafür, dass Oltdorp mit seinen Befürchtungen recht hat. Irgendwer will verhindern, dass die Informationen, nach denen Marko Heinen gesucht hat, ans Tageslicht kommen. So könnte es doch sein.«

Clara nickte und platzierte das Ding, das bislang auf ihrem Schoß gelegen hatte, auf den Tisch. »Pass auf!«, sagte sie. »Mir ist schon seit einiger Zeit klar, dass das, was du tust, immer wieder zu gefährlichen Situationen führen wird. Ich habe das akzeptiert, aber ich kann nicht akzeptieren, wenn du dich selbst nicht schützen kannst. Eigentlich hatte ich nie vor, das zu tun, was ich jetzt tue, aber der Vorfall von heute Nachmittag hat mir gezeigt, dass es vielleicht doch nicht zu vermeiden ist.« Sie sprach langsam und klar, so, als hätte sie den Text eingeübt. Vorsichtig wickelte sie den Gegenstand aus dem Tuch. Es war eine mattschwarze Pistole mit einem silbernen Abzugshebel.

»Das ist nicht dein Ernst, oder? Woher hast du …«, fragte Tom.

Aber Clara unterbrach ihn sofort: »Das ist eine Ceska, eine gut handhabbare Waffe. Ich habe einen Onkel, der mal bei der Volkspolizei war. Mit dem war ich früher oft auf dem Schießstand. Er hat mir beigebracht, mit so etwas umzugehen. Ich habe dann sogar diese ganzen Kurse gemacht und Formalitäten erledigt, um eine eigene Waffe anschaffen zu dürfen. Später habe ich das wieder aufgegeben und auch den Kontakt zu meinem Onkel abgebrochen – aber das ist eine andere Geschichte. Er war ziemlich besessen davon, dass ich mal in seine Fußstapfen trete. Aber: Ich und Polizei, das ist ja nun vollkommen absurd. Ich habe für lange Zeit nichts von meinen Onkel gehört. Zu meinem 21. Geburtstag hat er mir einen Karton geschickt, in dem diese Waffe lag. Ich war schockiert und wollte sie ihm zurückschicken. Aber dann habe ich sie behalten und eintragen lassen.«

Tom blickte entsetzt auf das schwarze Ding auf dem grauen Tuch. »Das ist … Also selbst wenn ich auch nur in Erwägung ziehen würde, mit so etwas durch die Gegend zu ziehen, ich habe weder eine Besitzkarte noch einen Waffenschein – und ich vermute stark, dass man so etwas braucht, oder?«

Clara nickte. »Das ist alles nicht legal und nicht zur Nachahmung empfohlen. Ich weiß, dass du immer gesagt hast, du willst dich nicht an das Niveau der Leute anpassen, mit denen du gelegentlich zu tun hast. Und ja, es spricht einiges dafür, dass die Gewalt umso schneller eskaliert, je mehr Menschen mit einer Waffe herumlaufen. Und richtig, im Augenblick hast du keinen Schein, der dich dazu berechtigt, so eine Waffe zu besitzen und schon gar nicht, sie auch zu benutzen.«

»Nicht nur das – ich habe auch keine Ahnung, wie man mit so einem Ding umgeht.«

»Dazu habe ich einen Vorschlag. Morgen früh ist es spätestens um sechs Uhr hell. Wir könnten vor dem Frühstück an einen abgelegenen Ort fahren und dann zeige ich dir, wie das geht.«

Tom sah Clara an. Konnte es sein, dass sie sich in den vergangenen zwei Tagen grundlegend verändert hatte? Oder hatte er etwas Grundlegendes an ihr in den Jahren, in denen sie jetzt zusammen waren, noch nie bemerkt? Sie offenbarte gerade etwas, das ihm unheimlich war. Eine innere Härte, einen Kern, der lange verborgen geblieben war. Dabei hatte sich ihr ovales Gesicht mit den weichen Zügen doch nicht verändert, die rundliche Nase, die leicht gewellten, nussbraunen Haare, die ihr gerne mal vor das Gesicht fielen, der offene Blick. »Wie kommst du auf diese Idee, Clara? Das ist für mich ziemlich schockierend.«

Sie musste lächeln, aber es war ein gebremstes, irgendwie verhangenes Lächeln. »Ich glaube ja nicht, dass du ein konventioneller Typ bist, aber manchmal denkst du etwas zu sehr in Klischees. Du siehst in mir eine Frau, die sich mit Kindern und Kunst beschäftigt, die feinfühlig ist und kreativ und manchmal etwas lustig. Aber du solltest nicht unterschätzen, dass es vielleicht auch in meinem Leben schon Aggressivität und Kampf gegeben hat und dass ich in diesem Spiel nicht nur diejenige sein will, die alles über sich ergehen lässt. Es kommt tatsächlich einiges zusammen. Ich habe diese Waffe seit Jahren im Keller eingeschlossen. Aber es ist etwas Eigenartiges passiert: Am Tag, bevor wir hierher gefahren sind, da hatte ich so eine Art Eingebung, da hat mich ein kalter Hauch erwischt, und ich glaubte plötzlich, dass ich mich – oder uns – vor etwas schützen muss. Vielleicht hat es damit zu tun, dass wir wieder in diese Richtung gefahren sind, Richtung Hidden-see, wo du schon einmal in großer Bedrängnis warst. Und ich mag diesen Leichtsinn nicht, den du manchmal an den Tag legst. Du kannst nicht alles mit Dialog und Geschicklichkeit, mit elegantem Parieren und Ausweichen regeln.« Sie machte eine Pause und blickte auf die Waffe. »Die Zeit mit meinem Onkel war alles in allem keine schöne Zeit, aber ich habe dabei etwas gelernt. Ich habe gelernt, dass man an einem bestimmten Punkt mit all der Höflichkeit, der Duldsamkeit und der Flexibilität, die wir in unserem Alltag gut gebrauchen können, nicht mehr weiterkommt. Und es kann lebenswichtig sein, zu erkennen, wann man sich diesem Punkt nähert.«

Tom staunte immer mehr. Er hatte das Gefühl, einen Teil von Clara vollkommen neu zu entdecken. Er wusste noch nicht, was er von diesem Teil halten sollte, aber das Entdecken an sich fand er spannend und aufregend. Es war ein wenig so wie in der Zeit, als er sie kennengelernt hatte.

»Als wir auf dem Dänholm ankamen«, erzählte Clara weiter, »da dachte ich noch, dass es eine verrückte Idee war, diese Waffe mitzunehmen. ›Die dunklen Gedanken haben wohl zu viel Kontrolle über dich bekommen‹, dachte ich. Aber einen Tag später war alles anders. Da gab es den Moment, in dem etwas kippte – als ich in dem Polizeibus saß und mitbekam, dass jemand mit meinem Kunstwerk einen Menschen erschlagen hat. In dem Augenblick war ich mir sicher, dass meine dunklen Ahnungen ihre Berechtigung hatten. Da wusste ich, dass es nicht vollkommen verkehrt war, die Waffe einzupacken.«

Es gab einen Moment der Stille. Tom nahm Claras Hand und sah sie an. »Ich bin erstaunt und fasziniert von dem, was du erzählst. Ich will davon unbedingt noch mehr hören. Aber ich bleibe dabei: Das mit der Pistole und mir, das wäre keine gute Idee. Ich kann und werde das nicht tun.«

21

Mittwoch

Kurz vor Mittag kam die gesamte Ermittlungsgruppe zusammen. Es herrschte gespannte Stille, als die einzelnen Teams berichteten. Die Situation im Haus am Jungfernstieg stellte sich folgendermaßen dar: Annika Brieg war am Freitagnachmittag zuletzt gesehen worden, als sie ohne Begleitung ihre Wohnung betreten hatte. Sie wohnte in dem Haus seit mehreren Jahren und galt allgemein als unauffällig und eher kontaktscheu. Über Beziehungen zu Männern war kaum etwas bekannt, jedenfalls hatte niemand bestätigen können, jemals Rocco Schulze im Haus gesehen zu haben. Allerdings hatte eine Nachbarin am Samstagmorgen eine ungewöhnliche Beobachtung gemacht: Zwischen acht und neun Uhr waren ihr im Treppenhaus zwei Kammerjäger in Schutzanzügen begegnet. Sie hatte die beiden angesprochen und erfahren, dass sie den Auftrag hätten, ein Wespennest zu entfernen. Eine Beschreibung der beiden Männer war kaum möglich, da ihre Gesichter durch Schutzhauben verhüllt waren. Weitere Nachfragen hätten ergeben, dass weder von einem Mieter noch von der Hausverwaltung ein derartiger Auftrag erteilt worden sei.

»Na, da wird es irgendeine Erklärung geben, oder?«, brummte Brehm.

Sylke berichtete von ihrem Besuch in Rostock. Sie hatte dort mit der Frau gesprochen, die vor einigen Monaten die Imbissbude in der Südstadt von Rocco Schulze übernommen hatte. Die Ergebnisse waren dürftig. Mit Roccos Abgang war auch Annika Brieg dort nicht mehr als Aushilfe tätig gewesen. Die Betreiberin hatte sie nur ein einziges Mal gesehen, als sie sich vor der Übernahme einen Eindruck von dem Verkaufsstand verschaffen wollte. Ihr sei Annika an diesem Tag abweisend und unfreundlich vorgekommen, sodass sie gleich beschlossen hatte, ihr keine weitere Zusammenarbeit anzubieten.

Die Kollegen, die für die interne Datenanalyse zuständig waren, hatten da schon mehr herausgefunden: Annika war der Polizei nicht gänzlich unbekannt. Sie hatte während ihrer Zeit in Magdeburg zwei Anzeigen wegen Verstoßes gegen das Betäubungsmittelgesetz bekommen. Die Mengen, mit denen man sie erwischt hatte, waren allerdings so gering, dass beide Verfahren eingestellt worden waren. Als Jugendliche hatte sie zudem wegen eines Ladendiebstahls einige Sozialstunden ableisten müssen.

»Sie ist also kein Unschuldsengel, unsere Annika«, resümierte Brehm die Ergebnisse. »Wir können vermuten, dass sie möglicherweise bei der Vorbereitung der Tat beteiligt war, aber für eine unmittelbare Mitwirkung haben wir im Augenblick keine Anhaltspunkte.«

Erste Ergebnisse gab es zur Tatwaffe. Heinen war wie vermutet mit dem von Clara Lehnhoff angefertigten Holzfisch erschlagen worden. Auf dem Objekt befanden sich sowohl Claras Fingerabdrücke als auch diejenigen von Rocco Schulze. Clara hatte am Vortag ausgesagt, dass sie den Fisch noch am Tattag an Rocco Schulze weitergegeben hatte. Rocco solle das

Kunstwerk Marko Heinen als symbolisches Geschenk übergeben. Die Aussage wurde als glaubwürdig eingeschätzt und belastete Rocco Schulze schwer. Clara selbst hatte auch kein hieb- und stichfestes Alibi, da ihr Freund, der Privatermittler Tom Brauer, ihre Angaben noch nicht bestätigt hatte. Er sollte baldmöglichst vorgeladen werden.

Dana Reuter und Brehm hatten am Morgen den Hauptverdächtigen befragt, waren dabei allerdings nicht weit gekommen. Rocco war erst zu einem Verhör bereit, als sein Anwalt eingetroffen war. Dieser wiederum hatte ihm geraten, zu allen Vorwürfen zu schweigen. Das Einzige, was Rocco bestätigt hatte, war die Tatsache, dass er Annika Brieg als Aushilfe zeitweise beschäftigt hatte. Darüber hinaus habe er mit ihr nichts zu tun gehabt.

»Mir scheint, wir sind auf einem guten Weg, aber wir müssen den Tatverdacht gegen Rocco Schulze besser untermauern«, sagte Brehm. »Wenn er weiterhin die Aussage verweigert, wird es darauf hinauslaufen, dass wir Indizien zusammentragen, die für einen Prozess ausreichen. Was schlagen Sie vor?«

»Ich finde, wir sollten uns mit diesen beiden Kammerjägern beschäftigen«, sagte Sylke. »Diese Gestalten kommen mir sehr merkwürdig vor.«

»Und was bitte sollen die beiden Wespenfänger für eine Rolle spielen?«, fragte Dana.

»Vielleicht haben sie etwas mit Annikas Verschwinden zu tun.«

»Oder Annika hat sich vom Acker gemacht, weil sie auch etwas mit Heinens Tod zu tun hat.«

»Dafür gibt es doch keine Anhaltspunkte. Außerdem ist sie ja offensichtlich schon am Samstag verschwunden, einen Tag vor Heinens Tod.«

Sylke spürte, dass die anderen mit Neugier beobachteten, wie sie und Dana schon wieder aneinandergerieten.

»Was wäre«, fuhr Dana in einem unangenehm bohrenden Tonfall fort, »wenn Annika Brieg auch bezüglich der Fischbrötchenkutter mit Rocco Schulze zusammengearbeitet hat? Dann war sie eingeweiht in den Kleinkrieg mit Heinen, wollte Rocco vielleicht auch bei geplanten Sabotageaktionen unterstützen. Dass sie am Sonntag niemand gesehen hat, kann ja Zufall sein. Vielleicht war sie übers Wochenende unterwegs. Als sie dann von Heinens Tod gehört hat, ist sie abgetaucht.«

»Was soll sie denn mit Heinens Tod zu tun haben? Das sind doch alles Spekulationen. Im Haus gab es immerhin konkrete Beobachtungen: Der nicht abgeräumte Frühstückstisch und das Auftreten der beiden Kammerjäger passen zeitlich zusammen. Was, wenn diese beiden Männer ihre Kammerjägerausrüstung nur als Verkleidung benutzt und Annika entführt haben?«

»Ha ha, wie sollen sie denn die Frau unbemerkt aus dem zweiten Stock auf die Straße bekommen haben? Das klingt für mich nach Splatter-Krimi.«

Einige der Ermittler grinsten. Sylke spürte, dass sie kurz davor war, in die Luft zu gehen.

Zum Glück mischte sich Brehm ein. »Ich sehe, wir haben hier eine produktive Kontroverse«, bemerkt er süffisant, »ich bitte Sie beide aber um Sachlichkeit! Gehen wir doch beiden

Ansätzen nach. Frau Reuter, Sie arbeiten den Konflikt zwischen Rocco Schulze, seinen Konkurrenten und der Stadtverwaltung auf. Versuchen Sie herauszufinden, ob Annika Brieg hier in irgendeiner Weise auftaucht. Und Sie, Frau Bartel, gehen noch einmal der Kammerjägerspur nach. Telefonieren Sie alle derartigen Unternehmen in und um Stralsund ab und fragen Sie nach, ob irgendwer am Samstagmorgen einen Auftrag am Jungfernstieg hatte. Zwei weitere Kollegen sollten sich noch einmal in der Nachbarschaft umhören. Diese Kammerjäger müssen ja auch irgendwie hergekommen sein. Sind sie auf der Straße beobachtet worden, gab es irgendwelche verdächtigen Transportbewegungen? Wir treffen uns dann wieder um sechzehn Uhr.«

Unter Stühlerücken und allgemeinem Gemurmel löste sich die Versammlung auf. Sylke blieb noch einen Moment sitzen. Sie beobachtete, wie Dana Reuter mit einem Kollegen scherzend den Raum verließ. Es machte ihr zu schaffen, dass sie gegenüber der jungen Kollegin ein Hassgefühl entwickelte, das sie an sich selbst so noch nie beobachtet hatte. Als beinahe alle Kollegen den Raum verlassen hatten, wandte sich Sylke an Brehm, der ebenfalls gerade im Begriff war, zu gehen. »Ich würde gerne meinen Plan noch einmal ändern«, sagte sie, »es gibt da in dem Altfall Hering etwas, das ich unbedingt noch klären möchte.«

Brehm fuhr herum. »Wie bitte? Frau Bartel, Sie machen mich ratlos. Erst wollten Sie unbedingt in diese Ermittlungsgruppe. Nun sind Sie da und wollen plötzlich doch wieder etwas anderes machen. Also bitte, was soll ich davon halten?«

»Es tut mir leid – ich, ich … habe vielleicht gerade keinen so guten Lauf. Aber dieser Fall von damals lässt mir keine Ruhe und …«

»Eben – es ist ein sehr, sehr alter Fall. Ich muss Ihnen gestehen, ich hatte nie eine besonders große Hoffnung, dass Sie aus einem dieser drei Fälle überhaupt irgendetwas würden herausholen können. Hat das nicht Zeit, bis wir die aktuelle Angelegenheit abgeschlossen haben?«

»Die Sache mit den Kammerjägern könnten doch auch Kollegen übernehmen, aber niemand außer mir hat sich mit dem alten Fall beschäftigt.«

»Warum ist das jetzt so dringend?«

»Ich habe da so eine Ahnung.«

»Frau Bartel, ›so eine Ahnung‹ wird mich doch nicht veranlassen, die Planungen zu ändern. Wenn Sie das unbedingt wollen, dann sorgen Sie bitte selbst dafür, dass jemand Ihre Aufgabe übernimmt.« Damit hatte Brehm genug von der Angelegenheit. Er eilte mit ausgreifenden Schritten davon.

22

Mit etwas Mühe gelang es Sylke, zwei jüngere Kollegen zu überreden, die Stralsunder Kammerjäger zu kontaktieren, um etwas über die beiden Wespenfänger herauszufinden. Sie selbst ging zu Frau Koubek.

»Ich konnte gestern leider nicht mehr vorbeikommen. Haben Sie etwas über Ines Kazmierczak in Erfahrung bringen können?«

Die Abteilungsassistentin nickte. »Eine Krankenschwester erinnert sich an die Patientin. Die Klinikleitung ist damit einverstanden, dass sie eine Aussage macht.« Sie reichte Sylke einen Zettel. »Frau Burholt hat heute Frühdienst. Anschließend würde sie mit Ihnen sprechen.«

»Sehr gut, vielen Dank!«

Eine Stunde später saß Sylke in der Cafeteria des Hanseklinikums einer etwa sechzigjährigen Frau gegenüber. Sie hatte glatte, silbergraue Haare und ein fein geschnittenes Gesicht. »Es freut mich, dass Sie etwas Zeit für mich haben«, begann Sylke, »können Sie sich an die Patientin Ines Kazmierczak erinnern?«

»Oh ja, sehr gut sogar, obwohl das jetzt ja schon so lange her ist. Die Patientin hatte eine aggressive Form von Bauchspeicheldrüsenkrebs. Als sie hierherkam, war relativ bald klar, dass sie nicht mehr lange zu leben hatte. Ihre Eltern waren oft bei ihr, ich hatte allerdings den Eindruck, dass sie zu ihnen kein sehr vertrautes Verhältnis hatte.«

»Wer hat sich sonst um sie gekümmert?«

»Da gab es nicht viele Leute. Ich habe einige Male nach Dienstschluss mit ihr gesprochen, und da hat sich so eine gewisse Vertrautheit entwickelt. Ich bin keine Seelsorgerin oder so etwas, aber ich hatte das Gefühl, Ines fehlt ein Mensch, mit dem sie offen reden kann, der aber emotional nicht so sehr von ihrem Schicksal betroffen ist – wenn Sie verstehen, was ich meine.«

»Worüber hat sie mit Ihnen gesprochen?«

»Anfangs waren es eher unverfängliche Dinge: Wir haben über Reisen gesprochen und Orte, die uns gefallen, die wir gerne mal besuchen würden. Und dann ging es aber bald auch darum, dass Ines sterben würde und wie sie damit klarkommt. Sie hatte erstaunlich wenig Angst vorm Sterben, es war ihr nur wichtig, dass sie keine großen Schmerzen haben würde. Ich fand, dass das für so eine junge Frau abgeklärt und lebensklug klang, aber ich hatte auch immer den Eindruck, dass sie etwas mit sich herumträgt, das sie noch loswerden will. Sie hat einige Male Andeutungen gemacht, aber ich wollte sie auch nicht drängen. Schließlich hat sie mir an einem Nachmittag, es war einer der ersten warmen Tage im März, erzählt, was sie bedrückt. Es gab da einen jungen Mann, mit dem sie zu Beginn der 1990er-Jahre eine Zeit lang zusammen war. Sie beschrieb ihn als einen beruflich ehrgeizigen und ihr gegenüber sehr einfühlsamen Menschen, der aber auch gelegentlich zu Jähzorn neigte und sehr eifersüchtig über sie wachte. Das hatte die Beziehung schon länger belastet, weil Ines eigentlich ein sehr lebensfrohes Mädchen war, das sich nicht vorschreiben lassen wollte, wann sie mit wem ausgeht. Na ja, sie hat es wohl auch mit der Treue nicht so ganz genau genommen, könnte man sagen. Ich konnte mir das gar nicht so richtig vorstellen, aber es lag ja auch schon einige Jahre zurück und sicher ist Ines im Laufe der Zeit erwachsener geworden.«

»Was war denn das, was sie so belastet hat?«

Frau Burholt nickte. »Dazu komme ich gleich. Es ist eigenartig, dass ich hier und heute darüber mit Ihnen spreche. Ich weiß gar nicht, warum die Polizei erst jetzt auf die Idee kommt, da mal nachzufragen, aber das müssen Sie ja selbst am besten wissen. Also, es war so: Ines hatte bei einem feuchtfröhlichen Abend zwei junge Männer kennengelernt, die zum Angeln nach Stralsund gekommen waren. Sie kennen das ja sicher, im Frühjahr, wenn die Heringe hier durch den Strelasund ...«

»Ja, das kenne ich«, sagte Sylke ungeduldig. Sie konnte den Fortgang der Geschichte kaum abwarten.

»Jedenfalls kam es wohl schon im Lokal zu ersten Annäherungen zwischen Ines und einem von den beiden Anglern, später haben die drei gemeinsam das Etablissement verlassen. Ines hat mit einem der beiden Angler die Nacht in dessen Zelt verbracht und ist erst am frühen Morgen nach Hause zurückgekehrt. Ihr Freund hat sich darüber maßlos aufgeregt und sie so lange bedrängt, bis sie ihm alles gestanden hat. Dann ist er furchtbar wütend geworden und hat die Wohnung unter Beschimpfungen verlassen. Ines hat ihn erst Tage später das nächste Mal gesehen. Und in diesen Tagen hat man auch in der Zeitung lesen können, dass ein junger Angler aus Westdeutschland tot an der Stralsunder Hafenmole angespült wurde. Als Ines das mitbekam, ist ihr regelrecht das Herz stehen geblieben. Aus der Beschreibung der Umstände war ihr bald klar, dass der Tote eben jener junge Mann war, mit dem sie am Wochenende zusammen war. Sie hat sich gar nicht getraut, ihren Freund darauf anzusprechen, hat aber von Tag zu Tag verfolgt, wie über den Fall berichtet wurde. Man war sich nicht sicher, ob es ein Unfall oder ein Verbrechen war. Als die Ermittler nicht weiterkamen, geriet die Sache allmählich in Vergessenheit, es war ja 1991, und in den Jahren war hier so vieles im Umbruch.

Ines hoffte natürlich, dass ihr Freund mit dem Tod des Anglers nichts zu tun hatte. Sie beobachtete ihn sehr genau, fand aber nicht, dass er sich verändert hatte. So redete sie sich ein, dass das alles ein dummer Zufall gewesen sein musste. Monate später packte sie Koffer für einen Sommerurlaub. Sie wollte, bevor sie losfuhren, das Auto ihres Freundes reinigen und fand in einem Fach in der Fahrertür eine Halskette. An der Kette, die zerrissen war, hing ein kleiner Blechschmuck mit einem eigenwilligen Blitzemblem. Ines war schockiert, denn sie hatte genau die gleiche Kette bei dem jungen Angler gesehen, mit dem sie damals eine Nacht verbracht hatte.

Sie wurde ganz verrückt vor Sorge und Angst. Sie konfrontierte ihren Freund am nächsten Tag mit ihrem Fund. Dabei rechnete sie mit dem Allerschlimmsten und nahm sich sogar Pfefferspray mit, um sich wehren zu können, falls er ausrasten würde. Er blieb aber ganz ruhig und sagte ihr ins Gesicht, dass er damals mit dem jungen Angler nachts rausgefahren sei, sich mit ihm auf dem Boot geprügelt habe und der arme Kerl dabei über Bord gegangen sei. Er habe nach ihm gesucht, aber es sei vollkommen aussichtslos gewesen während

der Nacht. Deshalb habe er das Boot irgendwo auf das Sund-
ufer gesteuert, damit es so aussah, als sei es dort steuerlos ge-
strandet. Wenn seine Mitschuld am Tod des Mannes bekannt
werde, dann sei seine berufliche Laufbahn und damit sein ge-
samtes Leben zerstört.

Ines war schockiert. Ihr Freund verkündete, dass er den Vorfall bedaure, dass sie aber auch ihren Anteil an der Geschichte
habe und damit leben müsse. Sie könne sich nun frei entscheiden, ob sie weiter mit ihm zusammen sein wolle oder nicht. Ines
stürzte davon und vergrub sich in ihrer Wohnung. Sie traten
den gemeinsamen Urlaub nicht mehr an und gingen insgesamt
getrennte Wege. Aber Ines brachte es nicht fertig, zur Polizei
zu gehen. Sie trug ihr Wissen jahrelang mit sich herum. Erst in
dem Augenblick, als sie ihren Tod vor Augen hatte, überkam sie
das Bedürfnis, diese Sache irgendwie aus der Welt zu schaffen.«

»Was haben Sie dazu gesagt?«

»Ich war der Meinung, dass es das Beste sei, wenn man ihren Ex-Freund überzeugen könnte, sich der Polizei zu stellen. Aber das hielt sie für ausgeschlossen. Und sie sah sich
auch nicht in der Lage, ihm noch einmal gegenüberzutre-
ten. Dazu hatte sie einfach keine Kraft mehr. Dann, so habe
ich ihr das gesagt, müsse sie, wenn sie diese Sache nicht mit
ins Grab nehmen wolle, eben selbst mit der Polizei sprechen.
Sie hat gesagt, sie müsse darüber nachdenken, und hat – ich
war sogar dabei – am nächsten Morgen die Polizei angerufen. Es hat dann erstaunlich lange gedauert, bis jemand kam,
um die Aussage aufzunehmen. Da ging es ihr schon ziemlich
schlecht, wenige Tage später ist sie gestorben.«

»Aber es war tatsächlich jemand da?«

»Ja, ich weiß es genau, ein älterer Herr, graue Haare, sehr gepflegte, kultivierte Erscheinung. Sie müssen die Aussage doch haben?«

Sylke nickte langsam. »Ja, das müssten wir.«

Frau Burholt blickte sie fragend an. »Warum …?«

»Es ist etwas kompliziert«, sagte Sylke. Sie wollte nicht darüber sprechen, welch ungeheures Versäumnis der Stralsunder Polizei in diesem Augenblick offenbar geworden war. »Was wissen Sie über den Freund von Ines Kazmierczak? Wie hieß er? Wo wohnte er? Was machte er beruflich?«

Die Krankenschwester schüttelte den Kopf. »Ich weiß wenig, eigentlich gar nichts. Sie hat es vermieden, mir gegenüber den Namen zu erwähnen. Bis zuletzt hatte sie das Gefühl, einen Menschen zu denunzieren. Aber das ist doch etwas anderes, oder?«

Sylke hatte sich fortlaufend Notizen gemacht. Sie blickte auf. »Die Wahrheit über ein Tötungsdelikt zu sagen, ist keine Denunziation. Wissen Sie noch von irgendwelchen anderen Leuten, die Ines hier besucht haben? Glauben Sie, dass ihre Eltern noch leben?«

»Tut mir leid, wirklich nicht. Die Eltern müssten sich doch finden lassen, wenn sie noch leben. Nur, ich glaube, dass Ines mit ihnen nie über solche Dinge gesprochen hat. Das war eher eine oberflächliche Beziehung.«

Sylke stand auf. »Sie haben mir sehr geholfen – auch wenn ich noch nicht weiß, wo das alles hinführt. Ich gebe Ihnen gerne Bescheid, wenn ich Weiteres herausgefunden habe.«

23

Am Morgen setzten Tom und Clara mit der Fähre nach Stralsund über. Der Himmel hatte sich über Nacht zugezogen, ein Tiefdruckgebiet mit Wind und Regen war angekündigt. Der Strelasund lag in einem milchigen Licht.

Clara hatte sich mit dem Umzug nach Altefähr arrangiert. »Vom Fähranleger zum Ozeaneum sind es ja nur ein paar Schritte – das ist total praktisch.«

Tom ging mit an Land, aber nur kurz. Er wollte wieder zurückfahren und den Vormittag drüben auf der anderen Seite des Strelasunds verbringen. Clara hatte das Gefühl, dass er Abstand von der Hansestadt brauchte – und genau das bot das kleine Fährdorf auf Rügen ja seit Jahrhunderten: einen eindrucksvollen, aber eben auch distanzierten Blick auf die Stadtsilhouette. Vom Campingplatzbetreiber hatten sie gehört, dass es Verhandlungen gab, das kleine Dorf zu einem Stadtteil von Stralsund zu machen, aber viele Leute in Altefähr wollten das nicht. Sie hatten das Gefühl, dass sie von ihrer eigenen Gemeindeverwaltung an den großen Raubfisch verfüttert wurden.

Nach der Ankunft im Ozeaneum gelang es Clara, sich voll und ganz auf den Malkurs zu konzentrieren. Den Vormittag über hielt sie sich mit den Kindern in der Nähe des riesigen Meerwasseraquariums auf. Die drei Jungen interessierten sich vor allem für den Sandtigerhai, der majestätisch seine Kreise zog, und für das Schiffswrack, das im bläulichen Licht dalag und sie zu verschiedenen Piraten- und Strandräubergeschichten anregte. Während sie wilde Unterwasserszenen aufs Papier brachten, suchten sich die Mädchen andere Objekte. Einige ließen sich von Fischen und Korallen zu interessanten Farbexperimenten inspirieren, von denen Clara begeistert war. Sie bewegte sich zwischen den Kindern, die mit Papphockern und Skizzenbüchern ausgestattet waren, hin und her. Die Kinder zeigten nach dem unerfreulichen Wochenauftakt keinerlei Unsicherheit mehr und waren mit großer Begeisterung bei der Sache.

Nach einer kurzen Mittagspause sichteten sie die Ergebnisse und überarbeiteten die Bilder, dann war der Kurs auch schon wieder zu Ende. Als die Eltern zum Abholen kamen, stellte sich heraus, dass eines der Kinder seinen Proviantrucksack vermisste. Clara versprach, sich noch einmal nach dem Rucksack umzusehen, und unternahm um kurz nach drei einen letzten Rundgang durch das Museum. Sie streifte durch alle Gänge und sah auch in den abgelegenen Winkeln nach, ohne den Rucksack zu entdecken. Allerdings bemerkte sie etwas anderes: einen Mann, der ihr schon am Vormittag aufgefallen war. Er war etwa vierzig Jahre alt, hatte kurzgeschnittene schwarze Haare und eine markante Nase. Mit seiner abgetragenen Jeans und einem schwarz-rot karierten Hemd gehörte er zu den eher nachlässig gekleideten Museumsbesuchern. Ohne sich etwas anmerken zu lassen, setzte Clara ihre Suchaktion fort. Schon nach wenigen Minuten war sie sich sicher, dass der Mann ihr folgte. Auf der Galerie über dem Foyer des Museums blieb sie stehen und rief Tom an. »Was soll ich machen? Der Kerl hängt an mir wie eine Klette.«

»Solange du im Museum bist, kann dir nicht viel passieren.«

Mit dieser Feststellung konnte Clara sich nicht zufriedengeben. Nach einem freien Vormittag in Altefähr schien Tom etwas träge geworden zu sein. »Das ist doch unglaublich!«, sagte Clara. »Was will dieser Typ? Reicht es denen nicht, wenn sie dir Angst einflößen? Soll ich die Polizei anrufen?«

»Ich glaube, die würden das nicht verstehen«, sagte Tom, der allmählich munterer klang. »Aber vielleicht kann uns dieser Herr ja irgendwie behilflich sein.«

»Behilflich? Wie denn das? Ich will, dass der hier verschwindet!«

»Tu einfach so, als ob du ihn nicht bemerkt hättest, und geh noch mal eine Runde durch die Ausstellungen! Ich bin in einer Viertelstunde da und rufe dich dann an.«

Clara steckte das Smartphone ein und blieb eine Weile auf der Galerie stehen, scheinbar in Gedanken versunken. Sie spürte, dass der Mann sie beobachtete. Es war mehr als unangenehm. Dann kam ihr eine Idee.

Langsam schlenderte sie zu der Halle am Ende des Rundgangs, in der die »Riesen der Meere« zu bestaunen waren. In magischem Halbdunkel schwebten dort Nachbildungen der größten Meeressäuger in originalgetreuen Abmessungen. Die Halle war in ein bläuliches Dämmerlicht getaucht. Klänge aus der Tiefsee wurden eingespielt, so konnte man sich in die Atmosphäre des Meeres einfühlen. Eine Sprecherstimme erzählte etwas von Buckel-, Blau- und Pottwalen und von den Gefahren, denen sie heute ausgesetzt sind. Clara näherte sich dem Raum von oben. Über mehrere Treppen gelangte man

bis auf die untere Ebene, wo die Besucher es sich auf Liegestühlen bequem machen und die Show verfolgen konnten.
Eben berichtete der Erzähler von den feinen Lauten der Or-
cas, die darüber hinwegtäuschen konnten, dass diese Schwert-
wale gefährliche Jäger sind. Clara hoffte, dass die spannende
Erzählung, die Sounds und das geheimnisvolle Halbdunkel
die Aufmerksamkeit ihres Verfolgers ein wenig vermindern
würden. Am Ende der ersten Treppe beschleunigte sie plötzlich ihre Schritte und verließ in dem kurzen Moment, in dem
sie sich außerhalb des Sichtfeldes des Mannes befand, den
mit einer roten Linie markierten Weg, um sich hinter einem
Wandvorsprung zu verstecken. Ihr Herz schlug bis zum Hals,
während sie sich in den finsteren Winkel drückte. Sie wartete. Zehn Sekunden. Zwanzig Sekunden. Eine halbe Minute.
Mittlerweile erzählte der Sprecher etwas darüber, wie Pott-
wale in der nachtschwarzen Tiefsee mithilfe von Klicklauten
auf die Jagd gehen. Clara hoffte, dass der Mann im karierten
Hemd keine derartigen Fähigkeiten hatte. Vorsichtig blickte
sie um die Ecke. Auf der Treppe und auf der Zwischenebene
war niemand zu sehen. Sie tastete sich vor bis zum Geländer, um einen Blick auf die untere Ebene der Wal-Arena werfen zu können. Etwa zwanzig Liegestühle waren mit Besu-
chern besetzt, andere lauschten im Stehen. Dann sah sie auch
den Mann im karierten Hemd. Er stand am Fuß der Treppe
und suchte mit zusammengekniffenen Augen den Raum ab.
Offensichtlich glaubte er, dass sich Clara irgendwo bei den
Liegestühlen aufhalten würde. Als er begriff, dass sie auf der
unteren Ebene nicht zu finden war, warf er einen Blick nach

oben. Clara wich zurück und wartete. Sie befürchtete, dass er sie entdeckt haben könnte, und behielt die Treppe im Blick. Der Mann tauchte dort jedoch nicht auf. Sie lief zurück nach ganz oben und stand wenig später wieder auf der Galerie, von der aus sie einen Teil des Foyers überblicken konnte. Nach einer Weile entdeckte sie ihren Verfolger, der unten quer durch die Halle schlenderte.

Er schien den gleichen Gedanken zu haben wie sie selbst: Dass jeder, der das Ozeaneum auf einem regulären Weg verlassen wollte, das Foyer passieren musste. Der Mann setzte sich auf ein Podest, von dem aus man den Ausgang gut im Blick hatte.

Clara zog sich ein Stück vom Geländer zurück und rief Tom an.

»Bin gleich da«, sagte er. »Was gibt's?«

»Ich habe den Mann in der Wal-Arena abgehängt. Er sitzt jetzt im Foyer und wartet vermutlich darauf, dass ich irgendwann wieder auftauche.«

»Ah, interessant. Dann übernehme ich ihn in etwa drei Minuten. Spätestens, wenn das Ozeaneum schließt, muss er ja rauskommen.«

»Und dann?«

»Mal sehen, was er macht. Vielleicht folge ich ihm, wenn das möglich ist.«

»Sei vorsichtig! Ich werde mir einen Hinterausgang aufschließen lassen und von hier verschwinden. Dann sehen wir uns nachher auf dem Campingplatz?«

»Ich melde mich, sobald ich etwas Neues weiß. Bis später.«

24

Tom stellte das Auto am Semlower Kanal ab und ging zur Vorderseite des Ozeaneums. Auf einem runden Holzpodest saßen bereits ein paar Touristen, die sich von den Anstrengungen des Tages ausruhten. Er mischte sich darunter und platzierte sich so, dass er den Haupteingang des Ozeaneums im Blick hatte. Claras Beschreibung war so gut gewesen, dass er den Mann im karierten Hemd sofort erkannte, als dieser eine halbe Stunde später das Museum verließ. Tom beobachtete ihn aus den Augenwinkeln. Zum Glück hatte er, bevor er losgefahren war, noch schnell eine Stoffmütze mit Sonnenschirm eingesteckt. Er zog sie tief ins Gesicht. Es war möglich, sogar wahrscheinlich, dass der Mann ihn kannte.

Der Karierte schlenderte langsam über den Kai bis zum Lotsenhaus und sah sich dabei mehrmals um. Vermutlich hoffte er noch immer, Clara wiederzufinden. Irgendwann schien er das Projekt aufzugeben. Er telefonierte kurz und machte sich auf den Weg in Richtung Innenstadt, blieb aber an der Brücke über den Semlower Kanal schon wieder stehen.

Wenig später näherte sich ein Motorrad. Der Fahrer hielt direkt neben dem Karierten und gab ihm einen Helm.

Tom fluchte. Er hätte sich das denken können. Bis zu seinem Mietwagen waren es noch 50 Meter. Zügig, aber ohne allzu sehr aufzufallen, eilte er zum Auto.

Der Motorradfahrer wendete und ließ den Mann im karierten Hemd aufsteigen. Dann fuhren sie los.

Tom konnte gerade noch sehen, wie das Motorrad nach links abbog. Er rannte die letzten Schritte zu seinem Auto und startete, aber bis er endlich die Kreuzung erreichte, war das Motorrad längst außer Sicht. Er fuhr bis zur nächsten Abzweigung und öffnete das Seitenfenster. Als er glaubte, das Röhren des Zweirads zu hören, folgte er dem Geräusch. Es war reines Glück: Beim Kreisverkehr am Ende des Frankenwalls gab es einen kleinen Stau, weil sich der Fahrer eines Sattelzugs verkalkuliert hatte und nicht gleich um einen ungünstig parkenden Lieferwagen herumkam. Tom konnte wieder aufschließen, er folgte dem Motorrad, das ein Hamburger Kennzeichen trug, nun in geringem Abstand.

Sie fuhren über den Tribseer Damm am Hauptbahnhof vorbei und zweigten dann in die Barther Straße ab, der sie eine ganze Weile folgten.

Mittlerweile war es schon früher Abend. Der ohnehin trübe Himmel hatte sich leicht verdunkelt, einige Autos hatten bereits das Licht eingeschaltet.

Tom fragte sich nach dem Sinn dieser Verfolgungsjagd. Was, wenn das alles doch nur ein Irrtum war? Wenn der Mann überhaupt nichts mit den Geschehnissen der letzten Tage zu tun hatte, sondern – schlimm genug – Clara belästigen oder nachstellen wollte? Tom hatte inzwischen das Gefühl, dass alle seine Bemühungen in eine falsche Richtung liefen. Seinem Ziel, Rocco Schulze zu entlasten, war er seit Montag nicht einen Millimeter näher gekommen. Er stocherte im Nebel einer politischen Intrige, in der es sicherlich um schwerwiegende Interessen ging. Aber gab es wirklich einen Zusammenhang mit Marko Heinens Tod? Ob er in dieser Sache viel ausrichten konnte, erschien ihm immer fraglicher. Und dann die Schüsse vom Turm der Marienkirche: Konnte das nicht auch etwas mit den Streitigkeiten um Roccos Verkaufskutter zu tun haben? Vielleicht hatte Rocco ja bereits vor seiner Verhaftung angefangen, seine Konkurrenten mit Buttersäure oder anderen Gemeinheiten zu bekämpfen. Dann könnte das Attentat auf Tom auch von dieser Seite gekommen sein. Man wollte verhindern, dass jemand sich mit der Fischbrötchenszene beschäftigte. Und vielleicht war es sein großer Fehler, dass er genau das bislang kaum getan hatte.

Er wurde aus seinen Gedanken gerissen, als das Motorrad vor ihm plötzlich bremste und von der Straße auf ein Gewerbegelände abbog.

Tom fuhr noch einige Meter weiter und ließ das Auto dann am Straßenrand stehen. Er ging zurück und beobachtete von der Einfahrt aus das Grundstück: ein kleiner Gewerbekomplex mit mehreren Gebäuden, die allesamt ziemlich heruntergekommen wirkten. Dazwischen verliefen löcherige Beton- und Schotterwege, in den Ecken lag Müll herum, ein paar rostige Laternen schienen noch aus der Pionierzeit der elektrischen Straßenbeleuchtung zu stammen.

Tom rief Clara an und berichtete ihr, was er sah.

»Klingt nicht sehr vertrauenerweckend. Was willst du tun?«

»Ich sehe mir das mal an.«

»Denk daran, was gestern passiert ist!«

»Was bleibt mir übrig, wenn ich etwas in Erfahrung bringen will?«

Anders als sonst zögerte Tom dieses Mal tatsächlich, das Gelände zu betreten. Von dem verfallenden Gewerbepark im Dämmerlicht ging etwas Bedrohliches aus. Und richtig, die beiden Schüsse, die am Vortag jemand auf ihn abgegeben hatte, hatten Spuren hinterlassen. Trotzdem ging er los, doppelt vorsichtig. Er hielt sich dicht an einen Flachbau, in dem ein Autoteilehandel und ein Tattoo-Studio angesiedelt war – zumindest behaupteten das zwei vergilbte Schilder. Die Fenster waren unbeleuchtet, das gesamte Gelände wirkte mehr oder weniger ausgestorben. Ein Bereich in der hinteren Ecke war von einem Drahtzaun umgeben. Reifenstapel, Autowracks und Gebäudereste bildeten eine bizarre Landschaft, von der ein Geruch nach Öl und Gummi ausging. Erst als Tom am Eingang zu diesem Areal vorbeikam, verstand er, worum es sich handelte: ein Paintball-Feld. Ein Spielplatz für Erwachsene, die gerne mit Farbpistolen herumballerten.

Im Zentrum des Gewerbeparks befand sich eine Halle, die die anderen Gebäude überragte. Noch immer konnte Tom das Motorrad, dem er gefolgt war, nirgendwo entdecken. Er ging an der Längsseite der Halle entlang und versuchte vorsichtig, die Tore zu öffnen. Die ersten beiden waren verschlossen. Erst das dritte, eine Schiebetür aus verrostetem Blech, war einen Spaltbreit offen.

Vorsichtig zwängte er sich durch die Öffnung und stand im Dämmerlicht eines hohen Raums, vermutlich eine ehemalige Autowerkstatt. An der rechten Seite waren die Überreste einer Hebebühne zu erkennen, umringt von zwei Autowracks und einem umgekippten Anhänger. Auf der linken Seite führte eine Treppe aus Metall auf eine zweite Ebene. Dort oben lagen an einem Gang mehrere Räume, vermutlich Büros. Geradeaus blickte Tom auf einen schmalen und unbeleuchteten Durchgang. Aus dieser Richtung waren leise Stimmen zu hören, drei oder vier Männer, wie Tom vermutete. Am Anfang des Durchgangs standen zwei Motorräder, eines davon trug das bekannte Hamburger Kennzeichen.

Er schlich an der rechten Wand entlang, näher zum Durchgang, um die Unterhaltung verstehen zu können. Aber noch bevor er sein Ziel erreicht hatte, wurden diese Stimmen plötzlich lauter. Die Männer kamen geradewegs auf ihn zu. Schnell wich er ein paar Schritte zurück und hockte sich hinter den umgestürzten Autoanhänger.

Es waren drei Männer, darunter der im karierten Hemd und der Motorradfahrer. Der dritte hatte eine imposante, aber ungepflegte Mähne und war sehr stämmig, ein wahrer Kraftprotz. Sie gingen quer durch den Werkstattraum, stiegen dann die Metalltreppe hoch und verschwanden in einem der oberen Büros.

Tom nutzte die Gelegenheit und eilte durch den Gang in den Raum, aus dem die Männer gekommen waren. Es war vermutlich einmal ein Lager gewesen, hohe Metallregale standen an den Wänden, in einigen davon lagen Reifen und andere undefinierbare Teile, vermutlich die Innereien ausgeschlachteter Fahrzeuge. Auf einem Tisch in der Mitte des Raumes entdeckte Tom einen altertümlichen Recorder, daneben eine Tonband-Kassette. Tom steckte die Kassette ein und wollte sich eben weiter umsehen, als er mit dem Fuß gegen einen Gegenstand aus Blech stieß. Es war eine Zierfelge, die schon lange keine Zierde mehr war, aber beim Umkippen ein schepperndes Geräusch erzeugte. Augenblicklich erstarrten seine Bewegungen. Er lauschte und hörte nur Sekunden später hektische Schritte auf der Metalltreppe. Verzweifelt sah Tom sich um. Wenn es aus diesem Raum keinen zweiten Ausgang gab, dann saß er in der Falle. Doch es gab ihn: In die Außenwand war, zugestellt mit einer großen Holzpalette, eine Blechtür eingelassen. Tom schob die Palette zur Seite und drückte die Klinke nach unten. Die Tür war abgeschlossen. Aber er merkte schon beim Niederdrücken, dass sie sich in einem Stadium des Verfalls befand, der ihm Hoffnung machte. Er hob die Holzpalette hoch, nahm zwei Schritte Anlauf und ließ sie mit seiner ganzen Kraft gegen die Tür donnern. Das verrostete Schloss brach heraus, die Klinke flog durch die Luft, die Tür sprang auf.

Tom sog dankbar die frische Luft ein und rannte hinaus in den milden Abend. Hinter sich hörte er eine raue Stimme.

»Bleib stehen, du Arschloch!«

Tom kümmerte sich nicht darum. Er bog scharf nach links ab, weil er vermutete, dass dieser Weg zurück zur Einfahrt auf das Gewerbegelände führte.

Der Mann hinter ihm – es war der im karierten Hemd – gab ein weiteres Kommando: »Ulli, du bleibst hier!«

Tom glaubte, einen osteuropäischen Akzent erkannt zu haben. Er rannte den Schotterweg an der langen Seite der Halle entlang. Und er wusste schon bald, dass er um sein Leben rannte, denn der Mann, der etwa dreißig Meter hinter ihm lief, war bewaffnet.

Tom zuckte zusammen, als ein scharfer Knall die Luft erzittern ließ. Eigentlich konnte er es schaffen: Die Straße war schon zu sehen, es waren nicht viel mehr als hundert Meter. Aber war es klug, jetzt über so ein großes freies Gelände zu laufen? Er hatte eine andere Idee: das Paintball-Feld, eine gewollt unübersichtliche Anlage mit vielen Möglichkeiten, sich zu verstecken. Schlagartig wechselte er die Richtung.

Rings um das Paintball-Feld standen Bäume und hohe Sträucher, sodass es in diesem Bereich des Gewerbeparks bereits recht dunkel war. Tom passierte den Eingang, warf hinter sich einen Stapel aus leeren Bierkisten um, die seine Verfolger wieder für einige Sekunden aufhalten würden. Er rannte in den hinteren Bereich, schlug außer Sichtweite der beiden Männer einen Haken und versteckte sich hinter einem großen Reifenstapel, einem regelrechten Gummigebirge. Als er einen Reifen berührte, merkte er, dass sich das Material bereits auflöste und alles, was damit in Kontakt kam, schwarz verfärbte. Es stank nach Öl und Teer. Trotzdem kletterte Tom ein Stück den Reifenberg hinauf. Von einem Vorsprung aus konnte er sehen, dass der Karierte und sein Helfer – es war der Kraftpotz mit der langen Mähne – am Eingang zu dem Gelände standen und warteten. Offenbar war nur der Mann im karierten Hemd bewaffnet, der andere mit der Gorillafigur beschrankte sich darauf, breitbeinig herumzustehen und seine baumstammdicken Arme baumeln zu lassen.

Der Karierte hob eine Hand und bedeutete dem anderen, über die rechte Seite des Geländes zu gehen, während er sich selbst zur linken Seite wandte.

Nun wurde es schwierig für Tom. Einen einzelnen Verfolger hätte er abhängen können, aber zu zweit konnten sie ihn in die Zange nehmen. Vielleicht, dachte er mit wachsender Sorge, hatte er doch die falsche Entscheidung getroffen, als er sich in diesem abgelegenen Bereich des Gewerbeparks verschanzte. Wenn seine Verfolger ihn hier erwischten und erschossen, würde es vermutlich nicht einmal bemerkt.

Tom konnte seine Gegner nicht sehen, aber er wusste, dass sie sich näherten, einer von links, der andere von rechts. Es gab nur einen Ausweg: mit viel Mut durch die Mitte. Vorsichtig, aber doch zügig kletterte er den Reifenstapel weiter hinauf. Seine Hoffnung bestand darin, in dem Moment, in dem die beiden am Ende des Geländes wieder zusammentrafen, den Gipfel des Reifenbergs bereits überwunden zu haben, um dann geradeaus zum Ausgang zu gelangen. Es war ein überraschend einfacher Plan – offensichtlich zu einfach.

Kurz bevor er die Spitze erreicht hatte, erblickte ihn der Gorilla, der auf seiner Seite bereits weiter vorgedrungen war als der Karierte. Sofort startete er durch und schickte sich an, Tom hinterherzuklettern. Er hielt es nicht einmal für nötig, seinen Kompagnon auf seine Entdeckung aufmerksam zu machen, so sicher war er sich, dass er Tom schon bald erreicht haben würde. Und tatsächlich kletterte der Gorilla wie ein echter Gorilla.

Tom wartete, bis er an einer steilen und instabilen Stelle angekommen war, dann packte er sich einen Reifen mit grobem Profil und schleuderte ihn den Stapel hinab.

Er hatte mehr Glück als Verstand: Der Gorillamann wurde schwer getroffen, verlor das Gleichgewicht stürzte unter lautem Geschrei mehrere Meter in die Tiefe. Er schien fürs Erste außer Gefecht gesetzt zu sein, aber sein Gebrüll hatte seinen Kompagnon aufmerksam werden lassen. Mit gezückter Waffe stürmte er von der anderen Seite heran.

Tom hatte zwar die Spitze des Reifenstapels inzwischen erreicht, musste aber erkennen, dass der Abstieg auf der anderen Seite komplizierter war, als gedacht.

Der Karierte umrundete den Reifenberg, um ihn von der anderen Seite abzufangen.

Tom fürchtete, dass er diesen Wettlauf verlieren würde, geriet in Panik und sprang mit waghalsigen Schritten abwärts. Dabei rutschte er von der Kante eines Reifens ab. Es gelang ihm nicht, den Sturz abzufangen, er überschlug sich, stieß mit Kopf und Nacken auf eine harte Kante und blieb einen Moment mit einem stechenden Schmerz in der Schulter liegen.

»So, du Schnüffler, das Spiel ist vorbei.« Die Stimme des Karierten war erschreckend nahe. Mit schussbereiter Pistole stand er nicht einmal drei Meter von Tom entfernt. »Komm runter, aber langsam!«

Tom rutschte schwerfällig von der letzten Stufe des Reifenbergs nach unten. Fieberhaft überlegte er, was er nun noch tun konnte, aber ihm fiel nichts mehr ein.

»Wo ist Annika?«

Er zuckte mit den Schultern. »Keine Ahnung.«

»Du weißt nicht, wo Annika ist? Na, hör mal!«

Es war jetzt entscheidend, eine Strategie zu entwickeln. ›Reden, irgendetwas reden‹, dachte er. »Du meinst diese Annika B., die verschwunden ist? Ich weiß es nicht, wirklich.«

»Und wenn ich dir dein Knie kaputtschieße, weißt du dann, wo Annika ist?« Der Mann hob die Waffe.

Tom sah in sein Gesicht und begriff in diesem Augenblick, dass er genau das tun würde, was er ankündigte. Woran das zu erkennen war, konnte Tom nicht sagen, auch später nicht, aber er spürte, dass ihn nur noch Sekunden vom Tod oder einer schweren Verletzung trennten. »Ich weiß nicht, wo Annika ist, aber ich habe eine Vermutung.«

»So, hast du das. Und wie lautet deine Vermutung?«

»Sie hatte Ärger mit ein paar Leuten und hat sich aus dem Staub gemacht. Sie ist in Magdeburg.«

»Red keinen Scheiß!«

»Doch bestimmt, sie hat da Freunde und …«

»Du hast ja überhaupt keinen Plan. Es lohnt sich nicht mal, eine zweite Patrone zu verschwenden.« Der Mann richtete die Waffe nun nicht mehr auf Toms Knie, sondern auf seinen Kopf.

Die Strategie des Redens war gescheitert. Toms Herz schien zu zerspringen, er bekam kaum noch Luft und streckte die Hände zur Abwehr von sich weg, alles in allem eine nicht sehr effektive Geste.

Der Schuss war ungeheuer laut. Tom hatte das Gefühl, dass dieser Schuss ein zum Zerreißen gespanntes Band mühelos durchtrennte. Aber die erwartete fatale Wirkung, der Schlag gegen seinen Körper, der bohrende Schmerz, die plötzliche Nacht, all das blieb aus. Der Knall schien gar nicht aus der Richtung des Karierten gekommen zu sein.

Tom sah staunend zu, wie sein Gegner sich um einen Viertelkreis drehte. Er griff mit der linken Hand nach der rechten

Schulter, wo sich die Karostruktur seines Holzfällerhemdes auflöste und sich stattdessen ein dunkelroter Fleck ausbreitete. Die Pistole war zu Boden gefallen, der Mann taumelte ebenfalls und ging auf die Knie.

Dann hörte er Claras Stimme. »Wo ist der andere?« Die Stimme hatte einen Klang, den Tom so noch nie gehört hatte. Leise, eindringlich, zugleich irgendwie hohl und von einem inneren Beben erfüllt. Sie eilte zu dem getroffenen Gegner, hob dessen Waffe auf und warf sie ins Dickicht. Dabei hielt sie ihre eigene Pistole auf den Karierten gerichtet, der stöhnend auf dem Boden hockte. »Pressen Sie die Hand auf die Wunde!«, rief sie und blickte sich suchend nach dem Gorilla um.

Der hatte das Interesse an der Auseinandersetzung verloren und rannte auf den Ausgang des Paintball-Feldes zu.

Clara hielt den Karierten weiterhin in Schach. »Scheiße!«, sagte sie leise. »Scheiße, scheiße, scheiße!«

25

Tom hatte registriert, was in den letzten Sekunden geschehen war, aber begriffen hatte er es noch nicht.

»Rufst du einen Krankenwagen?«, fragte Clara.

Tom nickte und wählte die Notrufnummer. Endlich fand er wieder Worte. »Du hast mich vor diesem Kerl gerettet«, sagte er, »da kann dir keiner einen Strick draus drehen.«

»Ich weiß es nicht.«

Als Tom den Notruf abgesetzt hatte, ging er zu Clara und sprach so leise, dass es der Karierte nicht hören konnte. »Die Polizei ist ja nicht gut auf uns zu sprechen. Sollten wir nicht einfach verschwinden?«

Clara schüttelte den Kopf. »Keine gute Idee. Ist auch zu spät.«

Tatsächlich raste ein Kleinwagen auf das Gewerbegelände und hielt unmittelbar vor dem Paintball-Feld. Mittlerweile war es so dunkel geworden, dass die Person, die dem Auto entstieg, nur schemenhaft zu erkennen war.

Tom sah, dass Clara ihre Waffe wieder schussbereit mit beiden Händen hielt. »Mist, wer kommt denn jetzt?«, flüsterte er.

Als die Gestalt bis auf zehn Meter herangekommen war, erkannte Tom, dass es sich um Sylke handelte. Sie hatte wohl den Gorilla weglaufen sehen und ihre Schlüsse daraus gezogen. Nun sah sie die Ceska in Claras Hand und den verletzten Mann auf dem Boden. Sie zog weitere Schlüsse und hob ihre Pistole. »Leg die Waffe auf den Boden!«, rief sie. »Clara, hörst du mich? Leg die Waffe langsam weg!«

Tom war klar, dass Sylke vollkommen logisch handelte. Einerseits. Andererseits wollte er nicht akzeptieren, dass nun das passieren würde, was passieren musste. Clara hatte ihm eben noch das Leben oder zumindest sein Knie gerettet. Dafür sollte man sie nicht festnehmen, dachte er. »Es war … es war Notwehr. Nein, das andere«, rief er, auf der Suche nach den richtigen Worten. »Der Typ wollte mich erschießen, er hatte den Finger schon am Abzug und …«

»Halt die Klappe!«, sagte Sylke kalt, während sie weiterhin Clara mit ihrem Wolfsblick fixierte. »Du meinst wahrscheinlich Notstand, Paragraf 34. Das wird sich alles klären. Jetzt will ich, dass du, Clara, deine Waffe auf den Boden legst!«

»Genau, es wird sich alles klären«, rief Tom, »aber du darfst Clara jetzt nicht einfach so festnehmen!«

»Was ich darf oder nicht darf, ist nicht deine Sache. Sie hat auf einen Menschen geschossen und ihn verletzt.«

Im Hintergrund setzte ein bedrohliches Knattern ein. Die beiden Motorräder kamen aus der Halle geschossen und rasten davon.

»Die solltest du jagen, Sylke! Die machen hier irgendwelche krummen Sachen. Die sind Clara schon den ganzen Tag gefolgt.«

Sylke kümmerte sich nicht um Toms Worte. »Waffe runter und auf die Knie!«

Clara hatte sich bis zu diesem Moment nicht bewegt. Jetzt ging sie langsam in die Hocke und legte die Ceska auf einen Treckerreifen. Alles sah danach aus, dass es vorbei war.

Sylke ging langsam auf Clara zu. Sie hatte die Pistole in der rechten, ein paar Handschellen in der linken Hand. Sie war ganz auf Clara fixiert. Ihr Weg führte dicht an Tom vorbei. Sie warf ihm aus den Augenwinkeln einen prüfenden Blick zu, blickte dann zu Boden, wo Stolperfallen lauerten. Es wurde immer dunkler, sie tastete sich Schritt für Schritt weiter vor.

Als sie beinahe an Tom vorüber war, schlug er zu. Es war ein harter Handkantenschlag auf das rechte Handgelenk.

Sylke schrie auf, ihre Pistole flog durch das Zwielicht dieses unsäglichen Abends.

Noch bevor sie sich von der ersten Schmerzwelle erholt hatte, hatte Tom die Waffe schon aufgehoben und auf das Dach einer verrottenden Garage geworfen. Mit wenigen Schritten war er bei Clara und nahm die Ceska vom Treckerreifen. Tom richtete die Waffe auf Sylke. Eigenartigerweise kam ihm genau in diesem Augenblick seine feierliche Erklärung in den Sinn, dass er die Waffe weder benutzen noch es überhaupt lernen würde. Wäre nicht alles so verworren, so bitter und ernst gewesen, hätte er vermutlich lachen müssen.

Sylke stand zusammengekrümmt da, wo sie Toms Handkantenschlag erwischt hatte. Sie hielt sich mit der Linken das rechte Handgelenk. »Du bist ja vollkommen wahnsinnig«, sagte sie zwischen den Zähnen hindurch.

Tom war jetzt aber plötzlich wieder sehr ruhig, beinahe kalt. »Du solltest jetzt keine Schwierigkeiten machen!«, sagte er drohend. »Clara und ich werden von hier verschwinden. Und du wirst uns nicht folgen! Wieso bist du überhaupt hier?«

»Deine Freundin hat mich gerufen«, zischte Sylke ihn an, »bevor sie selbst herkam und Unheil angerichtet hat.«

Tom blickte Clara irritiert an, aber es war nicht die richtige Zeit, über solche Fragen zu diskutieren.

Zumal sich Sylke allmählich wieder fing. Sie richtete sich auf und ging einen Schritt nach vorn, dann noch einen. Ihr Gesicht war verzerrt, vielleicht vor Schmerz, aber vielleicht auch vor Wut.

Tom spürte ihre Entschlossenheit. Das war gefährlich. »Komm nicht näher! Ich warne dich.« Seine Stimme kam ihm selbst fremd vor. Als hätte sie jemand in einem Ofen gehärtet.

Sylke setzte wieder einen Schritt nach vorn. Sie war keine fünf Meter mehr von ihnen entfernt. Tom hatte keine Ahnung, welches polizeipsychologische Programm sie gerade abspulte. Aber vielleicht war es auch einfach nur ihre ganz persönliche Empörung. Wieder machte Sylke einen Schritt nach vorn und blickte Tom dabei fest in die Augen.

Er richtete den Lauf der Pistole in die Luft und drückte ab. Nichts passierte.

Clara, die neben ihm stand, langte mit der Hand herüber und drückte an einem kleinen Hebel auf der linken Seite der Waffe. »Du musst die Pistole entsichern!«, flüsterte sie mit erstaunlicher Gelassenheit.

Sylke rückte einen weiteren Schritt nach vorn.

Dieses Mal ging der Warnschuss los. Der Rückstoß schüttelte Tom durch, der Knall war so scharf, dass etwas in seinen Ohren klingelte.

Sylke zog sich zwei Schritte zurück.

Toms Stimme klang heiser. »So ist das richtig. Und jetzt werden Clara und ich …« Er betrachtete die Waffe und sah dann aus den Augenwinkeln zu Clara hinüber. »Muss ich jetzt wieder irgendetwas machen, um schießen zu können?«, flüsterte er.

Clara schüttelte den Kopf. »Nein, die Waffe ist schussbereit. Es sind noch zwölf Patronen im Magazin, eine steckt im Lauf.«

»Interessant«, sagte Tom. Claras Schießunterricht hatte er sich etwas anders vorgestellt.

»Tom?«

»Ja?«

Clara sprach leise, eindringlich. »Für mich ist hier Schluss. Ich kann jetzt nicht abhauen. Das schaffe ich nicht. Ich habe einen Menschen schwer verletzt. Verstehst du das? Aber du musst das tun, was richtig ist!« Sie senkte ihre Stimme so weit, dass Sylke sie nicht verstehen konnte. »Ich bin mit den Kindern morgen um neun verabredet. Wir wollten Pinguine malen. Kannst du dich darum kümmern, wenn ich bis dahin nicht zurück bin?«

Tom wusste nicht, was er sagen sollte. Er nickte zu allem. Auch zu den Pinguinen. Obwohl das ja komplett verrückt war. Er umarmte Clara mit der Linken und hielt währenddessen die Waffe auf Sylke gerichtet. Im Nachhinein fand er, dass dies die merkwürdigste Situation seit langer Zeit gewesen war. Er kannte sie ja beide gut, Sylke und Clara, und irgendeine Ahnung sagte ihm, dass sich an diesem Abend etwas klärte, dass etwas zerbrach und irgendwie neu zusammengefügt wurde.

In der Ferne war ein Martinshorn zu hören.

»Ich werde jetzt da rausgehen«, sagte er laut zu Sylke, »und bis ich weg bin, rührst du dich nicht von der Stelle!«

»Tom, du machst einen Riesenfehler.«

Das Martinshorn wurde lauter.

»Ich tue das Richtige.«

»Du glaubst doch nicht, dass du damit durchkommst? Du bist ein unglaublicher Idiot.«

Sylkes Blick war nur schwer zu ertragen, aber Tom zwang sich, sie genau zu beobachten. »Wenn du etwas tun willst, dann lass dein Handy heute Nacht und morgen eingeschaltet. Bislang hast du meine Anrufe ja ignoriert.«

Er schaffte es bis zum Eingang des Paintball-Feldes. Die Dämmerung war weit fortgeschritten, doch noch konnte man bis zur Straße blicken. Das Martinshorn war verstummt, aber zwischen den Häusern sah Tom den Widerschein von Blaulichtern. Ein Rettungswagen bog auf das Gelände ein, gefolgt von einem Polizeifahrzeug. Tom rannte hinüber zum Hauptgebäude. Hinter ihm waren jammernde Motoren zu hören und Kies, der wegspritzte, als ein Auto bremste, Stimmen, die sich etwas zuriefen, dann wieder das Aufheulen eines Motors. Tom hörte Sylke schreien. Sie versuchte, ihre Kollegen auf seine Spur zu lenken. Aber noch jemand schrie. Es musste Clara sein, die Sylkes Anweisungen störte und zu übertönen versuchte. Tom rannte. Er musste die gesamte Längsseite der Halle hinter sich bringen. Es war der längste 100-MeterLauf seines Lebens. Seine Brust schmerzte. Er war kein guter Läufer. Noch zwanzig Meter. Das Motorengeräusch hinter ihm wurde lauter. Er erreichte die Gebäudeecke, bog scharf nach links ab, es waren nur noch ein paar Schritte bis zu dem schmalen Grünstreifen, der die Grenze zum Nachbargrundstück markierte. Ohne Skrupel stürzte er sich in das unbeleuchtete Dickicht. Er stieß gegen einen Zaun, aber der war so verrottet, dass man ihn beinahe umpusten konnte. Sofort rappelte er sich auf, lief noch einige Schritte weiter, hockte sich hinter eine Hecke und atmete kurz durch. Dann sprintete er im Schutz des Dickichts so weit an der großen Halle vorbei, dass er den Platz vor dem Paintball-Feld einsehen konnte. Weitere Fahrzeuge rollten auf das Gelände. Tom konnte erkennen, wie Clara zu einem Polizeibus gebracht wurde, der wenig später den Einsatzort verließ. Er bemerkte erst jetzt, dass seine Hand noch immer den Griff der Pistole umkrampfte. Was er tat, war unprofessionell und wahrscheinlich gegen jede Sicherheitsvorschrift, dachte er. Clara hätte ihm erklären können, wie er den entfesselten Schießprügel wieder zur Ruhe bringen konnte. Aber Clara war nicht da. Er hielt die Pistole gegen den Boden und bewegte den kleinen Hebel, den sie zum Entsichern benutzt hatte. Es gab ein unschönes Klacken, aber es fiel kein Schuss. Irgendetwas hatte er richtig gemacht. Und bei nächster Gelegenheit würde er eine Stunde Schießunterricht nehmen.

Vielleicht auch zwei.

26

Sylke stand unter Hochspannung, seit sie das Paintball-Feld
betreten hatte. Die unübersichtliche Situation, der verletzte
Mann am Boden, Clara mit der Pistole in der Hand, und am
Ende auch noch Toms Auftritt – das war viel auf einmal. Erst
jetzt, als Sanitäter sich um den Verletzten kümmerten und sie
das Paintball-Feld verlassen konnte, kam sie etwas zur Ruhe.
Und sie spürte wieder die bohrenden Schmerzen im Handgelenk, die sie Toms heftigem Schlag verdankte. Es war, als
hätte jemand den Unterarm, knapp hinter der Handwurzel,
mit einem spitzen Gegenstand durchbohrt. Und irgendwie
fühlte sie sich auch so – innerlich durchbohrt, hintergangen
und aus dem Rennen geworfen. Was bildete sich Tom nur ein,
ihr die Waffe aus der Hand zu schlagen und sie anschließend
mit einer Pistole zu bedrohen?

Sie konnte ihren Ärger vorerst nur an Clara auslassen. Die
hatte die Frechheit besessen, Sylke mit Geschrei ins Wort zu
fallen, als sie versuchte, die eintreffenden Polizisten dorthin
zu dirigieren, wohin Tom verschwunden war. »So viel Dumm-
heit wie heute Abend habe ich selten erlebt«, schimpfte sie
und gab Clara einen kräftigen Stoß gegen die Schulter, als
diese sich allzu zögerlich durch den engen Ausgang des Paintball-Feldes zwängte.

Clara nahm die Schikane wortlos hin. Auf dem Hof des
Gewerbeparks standen mittlerweile mehrere Streifenwagen,
Notarzt und Ambulanz. Scheinwerfer tauchten den Ort des

Schusswechsels in grelles Licht, während die heruntergekommenen Gebäude im Hintergrund allmählich von der Dunkelheit verschluckt wurden. Beamte in weißen Overalls betraten das Paintball-Feld und kletterten zwischen den Reifenstapeln herum.

Obwohl Sylke den Kollegen die Täterin übergeben konnte, hatte sie das Gefühl, eine Niederlage eingesteckt zu haben. Zwischen ihr und Tom war etwas zerbrochen. Etwas, das nie wirklich angefangen hatte, war vorbei. Aber vielleicht hatte diese Konfrontation auch nur etwas sichtbar gemacht, was sie lange Zeit verdrängt hatte. Sie konnte sich eingestehen, dass sie Tom hasste. Und dieser Hass war keinesfalls allein damit zu erklären, dass er sich gewaltsam gegen sie durchgesetzt hatte.

Kurz bevor sie den Polizeibus erreichten, drehte sich Clara plötzlich um. »Es wäre für alle Beteiligten vielleicht das Beste, wenn Toms Attacke auf dich nicht in den Akten landen würde.«

Sylke blieb stehen, als hätte jemand ihren Akku herausgenommen. Sie hatte bereits darüber nachgedacht, dass ihr dieser Zwischenfall nicht gerade Pluspunkte einbringen würde. So dumm, sich von einem Unbewaffneten die Pistole aus der Hand schlagen zu lassen, durfte man nicht sein. Sie hatte einfach nicht damit gerechnet, dass Tom dazu in der Lage sein würde. Trotzdem lehnte Sylke Claras subversives Angebot ab. »Das kannst du vergessen. Tom wird die Konsequenzen für sein Handeln tragen müssen.«

»Dir wird man auch einige unbequeme Fragen stellen. Wenn du sagst, dass Tom sich einfach nur meine Pistole geschnappt hat und weggelaufen ist, stehst du nicht ganz so doof da.«

Sylke schüttelte den Kopf, aber Clara ließ nicht locker.

»Denk drüber nach!«

Mit einer irgendwie stolzen Haltung ging Clara die letzten Schritte zum Polizeibus und stieg ein, ohne sich noch einmal umzudrehen. Sylke konnte nicht leugnen, dass der abgebrühte Auftritt dieser kunstbegeisterten Erzieherin aus Zingst sie verblüffte. Sie hatte sie immer für ein großes Mädchen gehalten, das nie so ganz erwachsen geworden war. Eine Schießerei mit zwielichtigen Typen in einem heruntergekommenen Gewerbepark gehörte nicht zu den Freizeitbeschäftigungen, die sie Clara zugetraut hatte. Ob der Mann auf dem Paintball-Feld tatsächlich kurz davor gewesen war, auf Tom zu schießen, dafür hätte Sylke nicht die Hand ins Feuer gelegt. Aber sie war sich sicher, dass Clara nicht ohne Grund auf einen Menschen feuern würde.

Ihr blieb keine Zeit, um länger über Claras Vorschlag nachzudenken. Ein schwarzer BMW fuhr auf den Platz und stoppte wenige Meter von Sylke entfernt. Es war Brehms Privatwagen. Dass außerdem auch Dana Reuter dem Fahrzeug entstieg, musste nichts heißen, aber Sylke fragte sich schon, ob die beiden wohl bei gemeinsamen Aktivitäten von der Nachricht einer Schießerei überrascht worden waren.

Brehm kam nicht direkt zu Sylke, sondern ließ sich erst vom Einsatzleiter der Schutzpolizei berichten – ein klares Zeichen dafür, dass er tatsächlich bald unangenehme Fragen stellen würde. Immerhin war Sylke dann seine zweite Station, bevor er den Schauplatz der Schießerei besichtigte.

Dana nickte ihr mit einem bemühten, vielleicht auch spöttischen Lächeln zu.

Brehm grüßte kühl und kam dann gleich zur Sache. »Ein Toter, ein schwer Verletzter innerhalb weniger Tage«, sagte er. »In beiden Fällen ist Frau Lehnhoff irgendwie beteiligt. Eine erst kürzlich eingestellte Ermittlerin kennt Frau L. persönlich und ist in einem Fall als erste Beamtin am Tatort. Erklären Sie mir bitte, was ich von diesem Szenario halten soll! Wie sind Sie hier involviert? Waren Sie am Ende diejenige, die geschossen hat?«

Obwohl es längst dunkel war und sich eine feuchte Kälte ausbreitete, fühlte sich Sylke wie ein Stück Butter in der Sonne. Es war eine Zumutung. Sie zog ihre Waffe aus dem Holster und reichte sie Brehm. »Bitte. Überprüfen Sie, ob aus dieser Waffe geschossen wurde!«

»Frau Bartel, ich will hier keine Szene machen. Ich möchte Erklärungen.«

»Frau Lehnhoff hat mich heute am späten Nachmittag darüber informiert, dass sie hierher fahren würde, weil sie sich Sorgen um ihren Lebensgefährten Tom Brauer mache. Ich habe das für übertrieben gehalten, bin dann aber nach kurzer Überlegung doch hergekommen. Eine reine Vorsichtsmaßnahme, ich wollte mir nicht vorwerfen lassen, einen Hinweis überhört zu haben. Als ich ankam, sah ich einen Mann von diesem Paintball-Feld weglaufen. Er humpelte und schien auf der Flucht zu sein. Ich fand dann Clara Lehnhoff und Tom Brauer vor, nebst einem Verletzten. Frau Lehnhoff hatte eine Waffe in der Hand. Nach einigem Zögern folgte sie meiner

Aufforderung, die Waffe niederzulegen. Aber Tom Brauer nahm sie an sich und rannte davon. Ich konnte nicht beide Personen gleichzeitig festhalten und entschied mich für Clara Lehnhoff, da sie die mutmaßliche Schützin war.«

»Okay«, sagte Brehm, »das war jetzt mal ein druckreifer Bericht. Schade, dass niemand mitgeschnitten hat. Dann müssten Sie morgen früh nur noch die Aufnahme abtippen. Und wo liegt der Fehler?«

Sylke zuckte zusammen. Sie glaubte für einen Moment, dass Brehm ihre Lüge durchschaut hatte. »Ich … ich hätte nicht alleine hierher fahren dürfen.«

Brehm ließ seinen erhobenen Zeigefinger im Rhythmus seiner belehrenden Worte hin und her tanzen. »Wenn Sie eine Gefahr sehen, dann geht das alle an. Wenn Sie keine sehen, bleiben Sie zu Hause. Was ist eigentlich mit Ihrem Handgelenk?«

Sylke fiel erst jetzt auf, dass sie während der gesamten Unterhaltung mit der linken Hand ihr rechtes Handgelenk umklammert hatte. »Ich bin gestolpert. Da drüben liegt alles voller Autoreifen. Und das Licht war schlecht.«

Brehm musterte sie skeptisch, sagte aber nichts. »Wissen Sie irgendetwas über die Leute hier? Darüber, warum die Lehnhoff und der Brauer mit denen in Streit gerieten?«

Sylke schüttelte den Kopf. Zur Abwechslung entsprach das der Wahrheit. »Absolut nichts. Es müssen mindestens drei Personen hier gewesen sein. Während ich hier die Lage sondierte, fuhren zwei Motorräder weg. Nummernschilder konnte ich nicht erkennen.«

Brehm blickte Dana Reuter an. »Wir haben morgen viel zu tun. Sie werden den Verletzten im Krankenhaus besuchen, ich nehme mir die Frau Lehnhoff vor. Wir müssen klären, ob das hier irgendetwas mit dem Fall Heinen zu tun hat oder mit dem Verschwinden von Annika Brieg.« Er wandte sich Sylke zu. »Ich schaue mich jetzt mal auf dem Paintball-Feld um. Und Sie …« – er zögerte einen Augenblick – »Sie fahren jetzt nach Hause und melden sich morgen früh um acht bei mir. Bis dahin weiß ich vielleicht, ob und wie ich Sie in meiner Abteilung noch einsetzen kann.«

Sylke ging mit weichen Knien zu ihrem Wagen. Sie wollte weg hier. Wieder eine Niederlage. Brehm schien ihr immer mehr zu misstrauen. Es klang so, als seien ihre Tage in Stralsund gezählt, in einem Job, auf den sie seit Jahren hingearbeitet hatte.

Sie brachte es nicht fertig, sofort nach Hause zu fahren, sie fürchtete sich davor, allein zu sein in der Wohnung, die noch gar nicht vollständig eingerichtet war. In der Altstadt war es besser, da konnte sie sich unter die Touristen mischen, die spät abends noch durch die Straßen schlenderten. Niemand kannte sie hier, alle hatten nur eine lose Verbindung zur Stadt. Am Alten Markt gönnte sie sich ein Eis. Sie betrachtete die Nikolaikirche, die in ein gelbliches Licht getaucht war. Die Kirche war ein Meisterwerk, aber seit Jahrhunderten unvollendet. Dem zweiten Turm fehlte seit einem Brand im 17. Jahrhundert eine krönende Spitze. Der Gedanke, dass auch eine amputierte Kirche zu einem bewunderten Blickfang werden konnte, hatte für Sylke etwas Tröstliches.

Sie zuckte zusammen, als ihr Smartphone summte. Es war Tom. Ob er sich entschuldigen wollte? Ob er eine sensationelle Neuigkeit hatte? Sie starrte auf das blinkende Display. Nein, freiwillig würde sie kein Gespräch mit ihm führen. Gründe dafür gab es reichlich: Brehms Misstrauen, ihr verletzter Stolz, die schlechten Erfahrungen, Selbstschutz. Als das Display wieder dunkel wurde, steckte sie das Gerät ein und machte sich auf den Heimweg.

27

Tom war in einem großen Bogen zu seinem Mietwagen zurückgekehrt und nach Altefähr gefahren. Auf dem Campingplatz fühlte er sich einigermaßen sicher. Clara würde kein Wort über diesen Rückzugsort verlieren. Wie dringend die Polizei nach ihm suchte, war Tom nicht klar. Bisher hatte er sich nur einer Aussage entzogen, aber die Attacke auf Sylke hatte eine andere Qualität. Da konnten sie ihm einen Strick draus drehen, vielleicht hatten sie ihn sogar zur Fahndung ausgeschrieben.

Es fühlte sich merkwürdig an, allein die kleine, muffige Hütte zu betreten. Genau genommen war es trist und deprimierend. Als er im Bad vor einem Spiegel stand, erschrak er: Er war über und über mit Dreck und schwarzen Gummiflecken verschmiert, seine rechte Wange war rotblau verfärbt, ein blutiger Kratzer zog sich über die Stirn. Tom nahm noch einmal die Ceska in die Hand und versuchte sich an einem unbewegt-unnahbaren Gesichtsausdruck. Hatte er jemals so sein wollen? Gab es irgendetwas in ihm, das sich danach sehnte, so zu sein wie Mark Wahlberg in »The Shooter«? Tom musste beinahe lachen, aber er tat es nicht. Es war kein Abend zum Lachen. Clara hatte mit genau dieser Pistole einen Menschen schwer verletzt.

Er dachte an den Vorabend, als sie die Waffe aus ihrem Koffer gezogen hatte. Tom hatte sich über sie gewundert. Aber er hatte nicht damit gerechnet, dass sie die Ceska so bald schon benutzen würde. Sie hatte ihm möglicherweise das Leben damit gerettet. Ging es tatsächlich nicht ohne solche Mittel? War er bislang einfach zu naiv gewesen?

Er nahm eine Dusche, aß ein paar belegte Brote und versuchte, das Geschehen dieses Tages einzuordnen. Ein Mann hatte Clara verfolgt, er hatte sich mit zwei anderen in einem heruntergekommenen Gewerbepark getroffen. Vermutlich war das ihr Stützpunkt, von dem aus sie ihre finsteren Aufträge ausführten. Wahrscheinlich waren diese Leute auch für die Schüsse von der Marienkirche verantwortlich. Man wollte Clara und ihn einschüchtern – warum? Hatte es mit dem Pipeline-Projekt zu tun? Welche Rolle spielte diese Annika? Tom hatte erst am Morgen in der Zeitung von der vermissten Annika B. gelesen. Was wollten die Männer von ihr? Und warum glaubten sie, dass Tom etwas über ihren Aufenthaltsort wusste?

Er räumte den Tisch ab – bis auf die Tonbandkassette, die er in der ehemaligen Autowerkstatt eingesteckt hatte. Einen derartig altmodischen Tonträger zu verwenden, konnte man unterschiedlich deuten: als Rückständigkeit oder als Zeichen eines ausgeprägten Stilbewusstseins. Tom hatte schon lange keinen Kassettenrecorder mehr. Es war mittlerweile nach 21 Uhr – also viel zu spät, um sich in einem Laden ein solches Gerät zu beschaffen. Er steckte die Kassette ein und machte sich auf den Weg zum Dänholm.

Detlef war nicht sehr begeistert über den späten Besuch. »Was willst du? Einen Kassettenrecorder?«

»Ich dachte, jemand wie du könnte so ein Gerät noch haben.«

»Warum dachtest du das? Weil du mich für total altmodisch hältst? Weil ich hier hinter dem Mond lebe? Pass bloß auf!«

Tom musste grinsen. »Nein, ich halte dich für jemanden, der sorgsamer mit den Dingen umgeht als ich. Meinen letzten Kassettenrecorder hatte ich mal mit auf der Mathilda. Hat bei unruhigem Wetter Spritzwasser abbekommen und war kurze Zeit später kaputt.«

Detlef gab ein grunzendes Geräusch von sich und verschwand in den Tiefen seiner Motorjacht. Wenig später kam er mit einem Ding wieder, das in seiner Faust beinahe verschwand. Es war ein Walkman, der eine sonderbar rundliche Form hatte und mit seinem in Pink gehaltenen Design so gar nicht zu einem Kerl wie Detlef passte.

»Na, wer hat dir denn dieses gute Stück vererbt?«, fragte Tom neckisch und wog das Gerät in der Hand.

Detlef wurde plötzlich eigenartig sentimental. »Na ja, ich hatte mal 'ne Zeit lang ein Mädchen auf meinem Boot. Aber der hat es irgendwann hier nicht mehr gefallen. Sie hat ihren kleinen Seelentröster hier vergessen und nie wieder abgeholt.«

»Ist schon 'ne Weile her, oder?«, sagte Tom.

Detlef zuckte mit den Schultern. »Kannste behalten, wenn du willst. Ich glaube nicht, dass das Mädel noch mal kommt. Die ist bestimmt längst glücklich verheiratet und lebt mit ihrem Mann und drei Kindern in einer gepflegten Vorortvilla. Ist sicher gut, dass ich darüber nichts weiß.«

Tom bedankte sich und fuhr wieder nach Altefähr. Zurück auf dem Campingplatz schloss er einen Kopfhörer an den Walkman an und legte die Kassette ein. Seine Stimmung hatte sich durch den kleinen Ausflug etwas gebessert, aber nun wurde er tief hineingezogen in eine merkwürdige und bedrückende Szenerie.

28

STIMME: So, das Aufnahmegerät läuft. Bist du in der Lage zu einer Befragung?

ANNIKA: Was für eine Befragung? Wer sind Sie eigentlich?

STIMME: Wie du an meiner Maskierung erkennen kannst, lege ich im Augenblick keinen Wert darauf, dass du mich später wiedererkennst. Du solltest nicht versuchen, daran etwas zu ändern. Das wäre dein Todesurteil.

ANNIKA: Ich habe Kopfschmerzen, mir ist schlecht. Was haben Sie mit mir gemacht?

STIMME: Du hast ein paar Dämpfe eingeatmet und dann einen Cocktail bekommen, der dich in einen tiefen Schlaf versetzt hat. Da an der Wand stehen mehrere Wasserflaschen, hier ist eine Schmerztablette. Ich lasse dir außerdem Verpflegung da und ein Buch, falls du dich mal langweilen solltest. Als Toilette kann ich dir nur einen Eimer zur Verfügung stellen.

ANNIKA: Das ist doch alles absurd.

STIMME: Erstes Verhör mit Annika Brieg, Samstag, der 5. Mai, 15 Uhr 32.

ANNIKA: Verhör? Sind Sie bekloppt?

STIMME: Beantworte nur meine Fragen! Du bist Annika Brieg, 24 Jahre alt, und arbeitest …?

ANNIKA: Ich mache nicht mit, wenn Sie mir nicht sagen, was das hier alles soll!

STIMME: … und arbeitest derzeit als Fitnesstrainerin im HanseDom in Stralsund. Mich interessiert ein früheres Arbeitsverhältnis. Du warst ab 2015 in einem Fitnessstudio in der Rostocker Chaussee tätig. Dann gab es aber irgendwann Schwierigkeiten. Korrekt?

ANNIKA: Ja, aber wozu …?

STIMME: Die Fragen stelle ich. Welche Schwierigkeiten waren das?

ANNIKA: ---

STIMME: Der Leiter wollte dich rauswerfen.

ANNIKA: Kann sein.

STIMME: Kannst du das bitte erläutern? Ich möchte dir nicht jedes einzelne Wort aus dem Mund ziehen.

ANNIKA: Der Leiter des Studios war neu und hatte mich von Anfang an auf dem Kieker. Dem gefiel mein Auftreten nicht. »Ein Piercing im Nasenflügel, ist doch ihh«, hat der gesagt, »und die Haare pechschwarz gefärbt.« 'Ne Zeit lang hatte ich rote Strähnchen drin. Der glaubte, dass ich die Kunden abschrecke. Das stimmte aber nicht und es geht den auch einen Scheißdreck an.

STIMME: Wie kam es, dass du dann doch noch eine Weile bleiben konntest?

ANNIKA: Es hat sich jemand für mich eingesetzt.

STIMME: Ein gewisser Dr. Karsten Schlood, seit einigen Jahren Kunde im Fitnessstudio.

ANNIKA: Woher wissen Sie …?

STIMME: Tut nichts zur Sache. Warum hat Schlood dir geholfen?

ANNIKA: Ich hatte schon 'ne ganze Weile für ihn die Trainingspläne gemacht und ihm öfter mal neue Übungen gezeigt.

Er war ganz charmant, so 'n bisschen dandyhaft. Manchmal hat er mit mir geflirtet. Ich habe mir dabei nicht viel gedacht.

STIMME: Aber das hat sich dann geändert.

ANNIKA: Ja.

STIMME: Na los, erklär doch mal!

ANNIKA: Bei einem Streit mit meinem Chef hat sich Karsten eingemischt und den Typen so richtig zur Schnecke gemacht. Das war total geil. Und später hat Karsten mich dann noch eingeladen. So fing das an.

STIMME: Und wie ging es weiter?

ANNIKA: Wir haben uns öfter getroffen, erst nur im Restaurant, später war ich dann auch bei ihm zu Hause. Er hat ein hübsches Reihenhaus in Devin, nicht weit vom Sund.

STIMME: Hat er keine Familie?

ANNIKA: Er ist geschieden, seine Tochter lebt in England.

STIMME: Und als Gegenleistung für seine Großzügigkeit wollte er Sex?

ANNIKA: Was soll der Scheiß? So war das nicht.

STIMME: Wie war es dann?

ANNIKA: Ich rede erst weiter, wenn ich weiß, wozu das hier gut sein soll.

STIMME: Die Regeln bestimme ich.

ANNIKA: Dann sage ich nichts mehr.

STIMME: Ich rate dir noch einmal, zu kooperieren, wenn du hier heil rauskommen willst.

ANNIKA: ---

STIMME: Ich habe Zeit.

ANNIKA: ---

STIMME: Erstes Verhör beendet um 15 Uhr 39.

ANNIKA: Moment! Sie können jetzt nicht einfach gehen!

STIMME: Klar kann ich das.

ANNIKA: Scheiße. Sie wollen jetzt abhauen? Wie soll das hier weitergehen? Was wollen Sie von mir? Das kann doch nicht …

29

Tom schaltete das Gerät ab, als die Aufnahme abbrach. Er fand dieses Gespräch bedrückend und schauerlich. Annika B., die also mit vollem Namen Annika Brieg hieß, war offensichtlich entführt worden. Und zwar von einem Mann, der einem sorgfältig ausgedachten Plan folgte. Er setzte seine Worte kühl und kontrolliert, wie ein Anwalt, der einen Zeugen Schritt für Schritt an den Punkt führte, an dem er ihn haben wollte.

Tom stand auf und begann, in der kleinen Hütte auf und ab zu gehen. Das brachte ihn auch nicht weiter. Er nahm sein Smartphone aus der Innentasche seiner vollkommen verdreckten Jacke. Vorsichtshalber hatte er den Akku herausgenommen. Aber er musste seine Vorsichtsmaßnahme jetzt aufgeben. Er zögerte einen Augenblick, dann rief er Sylke an, wahrscheinlich keine kluge Idee. Sylke musste extrem sauer auf ihn sein und hatte vermutlich wenig Interesse, vertrauliche Gespräche mit ihm zu führen.

Wie zu erwarten war, hörte er nur die Mailboxstimme. Er kappte die Verbindung und wählte die Nummer von Marten Oldtorp.

Der meldete sich immerhin persönlich, wirkte aber gereizt und leicht angetrunken. »Was gibt's?«

»Ich habe hier eine Tonaufnahme, die Sie sich anhören sollten.«

»Was ist drauf? Ich mag vor allem die guten Songs der 90er, Red Hot Chili Peppers, Radiohead und so was.«

»Ich glaube, Marko Heinen hat vor seinem Tod eine junge Frau entführt.«

Oltdorps Stimme rückte plötzlich ganz dicht an Toms Ohr, sie klang jetzt klar und präsent. »Unbedingt muss ich das hören. Kommen Sie vorbei, jetzt sofort!«

Tom beendete die Verbindung und nahm den Akku wieder aus dem Telefon. Wenn die Ermittler wissen wollten, wo er sich befand, dann konnten sie das herausbekommen. Es war ihm jetzt egal. Er packte die Kassette und den rosa Walkman ein, zog seine Jacke über und machte sich auf den Weg. Die Luft war kaltfeucht, die Nacht sehr dunkel, weder Mond noch Sterne waren zu sehen. Er fuhr langsam über die Altefähr Rüttelpiste und dann auf den Rügendamm. Auf den Straßen war wenig los. So wenig, dass er noch auf der Brücke die Warnblinkanlage einschaltete und kurz anhielt. Er musste für einen Augenblick innehalten und versuchen, einen klaren Kopf zu bekommen.

Dass auf der Tonbandkassette die Stimme von Marko Heinen zu hören war, hatte Tom schon nach den ersten Sätzen vermutet. Heinen war Jurist, er war Aktivist, ein Kämpfer, der sich das Recht nahm, Grenzen zu überschreiten, um seine Ziele zu erreichen. Ein Sea Shepherd, ein Hüter des Meeres, der sich auf dem Festland vielleicht in einen gefährlichen Wolf verwandelt hatte. Es fügte sich ein Bild zusammen: Heinen hatte Annika entführt, um an brisante Informationen zu kommen, die ein verschworener Zirkel Berliner und Brüsseler Politiker dringend erwartete. Leider war der Aufnahme nicht zu entnehmen, um welche Informationen es sich handelte. Und unglücklicherweise war Heinen vor Abschluss seiner Aktion ermordet worden. Wo aber war nun Annika Brieg? Wenn Heinen der einzige Entführer war, dann saß sie möglicherweise noch immer in ihrem Gefängnis und wartete darauf, dass er zurückkehrte. Von seinem Tod konnte sie dann ja nichts wissen. Tom erschauderte bei der Vorstellung, was die junge Frau in diesem Fall gerade durchmachen würde.

Über dem Wasser des Strelasunds hing ein feiner Dunstschleier, die Luft stand beinahe still – das hatte Tom an dieser Stelle noch nie erlebt. Von der Brücke aus wirkten die von gelblichem Licht angestrahlten Türme der großen Kirchen wie Bauwerke aus einer fremden, fantastischen Welt. Die vielen Lichter der Stadt spiegelten sich im kaum bewegten Wasser und schienen zu einem Aquarell zu zerfließen. Irgendwo tuckerte der Motor eines Fischkutters. Es war ein schöner Anblick. Für ein paar Atemzüge hatte er das Gefühl, dass alles, was in dieser Stadt passierte, nur eine verrückte Geschichte war, ein Traum, der bald zu Ende sein musste. Ein letztes Mal sog er die Luft ein, dann kehrte er zurück in die Realität. Er durfte jetzt nicht zu viel Zeit verschwenden.

Zehn Minuten später stand er wieder in dem eigenartig geschnittenen Hotelzimmer von Marten Oltdorp. Er fragte sich, ob es sein Schicksal war, dass er den Politiker immer nur in einem zerknitterten und zerzausten Zustand zu sehen bekam. Auf dem Schreibtisch stand eine angefangene Flasche Whiskey.

Als Oltdorp Toms Blick bemerkte, lächelte er gequält. »Das musste sein, es gibt hier einen gut sortierten Whiskey-

Laden, ironischerweise befindet er sich in der Wasserstraße. Da konnte ich nicht vorbeigehen. Wollen Sie auch ein Glas?«

Tom zögerte einen Moment, lehnte dann aber ab. Sein klarer Kopf war ihm wichtiger. Er erzählte Oltdorp, wie er an die Kassette gekommen war, und erwähnte auch die Schüsse von der Marienkirche.

Der Politiker legte die Stirn in Falten. »Das klingt alles nicht gut. Gar nicht. Wenn Ihre Freundin einen guten Anwalt braucht, würde ich mich gleich morgen früh darum kümmern.«

»Ja, das wäre sicher hilfreich.«

»Jetzt lassen Sie uns aber hören, was auf diesem Tonband ist!«

Tom packte den Walkman aus und legte die Kassette ein. Er spielte Oltdorp die Aufnahme vor und stoppte das Band.

Der Politiker starrte auf das pinkfarbene Gerät und schüttelte den Kopf. »Das ist irre. Vollkommen irre. Haben Sie überprüft, ob die Kassette noch etwas anderes enthält?«

Tom spulte ein Stück nach vorn und drückte die Abspieltaste. Es war nur ein leises Grundrauschen zu hören. »Ich habe das Band ein oder zwei Minuten weiterlaufen lassen. Da war aber nichts mehr.« Abermals spulte er ein Stück vor. »Ich glaube nicht, dass auf diesem Band …« Plötzlich waren wieder Stimmen zu hören. »Doch – da ist ja noch etwas!« Er spulte ein Stück zurück, drückte die Abspieltaste und wartete, bis die zweite Aufnahme einsetzte. Sie teilten sich den Kopfhörer. Jeder bekam einen Ohrstecker, dann lauschten sie auf den zweiten Teil einer gespenstischen Aufnahme.

STIMME: Zweites Verhör mit Annika Brieg, Sonntag, der 6. Mai, 0 Uhr 15.

ANNIKA: Wie … wie spät ist es … nach Mitternacht? Ich … habe wohl geschlafen … das heißt, es ist jetzt dunkel draußen?

STIMME: Üblicherweise ist es nachts dunkel. Ich konnte nicht früher kommen. Bist du bereit für die Fortsetzung unseres Gesprächs?

ANNIKA: Wann komme ich hier raus? Bitte, mir geht es schlecht.

STIMME: Wenn du kooperierst, wirst du bald schon wieder in deiner schönen Wohnung auf dem Sofa liegen. Hier, trink einen Schluck Wasser! Wir waren stehen geblieben, als du …

ANNIKA: Ich brauche eine Uhr. Wenn ich nicht weiß, ob Tag oder Nacht ist, drehe ich durch.

STIMME: Von mir aus.

ANNIKA: Können Sie mir eine Kerze und ein Feuerzeug mitbringen? Das Licht ging aus und plötzlich war es hier komplett dunkel … Ich habe die totale Panik bekommen. Wissen Sie, wie das ist, wenn man nicht weiß, ob man jemals wieder …?

STIMME: Ich kann mir nicht vorstellen, dass die Lampe vorübergehend ausgehen soll. Aber okay, du bekommst auch die Kerze. Jetzt aber wieder zum Thema: Wie war das mit dir und Karsten Schlood? Was war das für eine Beziehung?

ANNIKA: Wir mochten uns. Sicher, er ist viel älter, aber er hält sich fit und ist im Kopf irgendwie noch richtig jung.

STIMME: Wo habt ihr euch getroffen?

ANNIKA: Fast immer bei ihm zu Hause. Einmal sind wir für ein Wochenende nach Dresden gefahren, so richtig mit Kultur und so. Und im Sommer waren wir ein paar Tage im Harz.

STIMME: Du bist also bei ihm samstags aufgekreuzt und dann …

ANNIKA: Nein, so einfach war das nicht. Karsten hatte da sehr genaue Regeln. Er ist gut im Aufstellen von Regeln. Er wollte nicht, dass die Nachbarn über ihn reden. Hätte ja mein Vater sein können. Also haben wir es so gemacht, dass er mich an einer bestimmten Bushaltestelle abgeholt hat, dann sind wir direkt in die Garage gefahren, von dort gab es einen Durchgang ins Haus. Am nächsten Tag hat er mich in der Stadt abgesetzt.

STIMME: Wie praktisch. So eine Art Sugar-Daddy.

ANNIKA: Das ist ein Scheißwort, so war das nicht. Wie gesagt, wir haben uns gemocht.

STIMME: Aber dann ist etwas passiert?

ANNIKA: Ja, das war letzten Herbst. Wir saßen in der Küche. Dann klingelte es. Karsten ging zur Tür und kam mit zwei Männern zurück.

STIMME: Was waren das für Männer?

ANNIKA: Sie wirkten sehr bedrohlich. Der eine, das war der Chef, der trug einen Anzug, war aber 'n schmieriger, sehr unangenehmer Kerl, vielleicht ein Anwalt oder so was. Der andere war eher fürs Grobe zuständig, Typ Türsteher. Er hatte einen russischen Namen, den ich aber vergessen habe, und er sprach auch mit so einem komischen Akzent.

STIMME: Was passierte dann?

ANNIKA: Sie haben mich nach oben geschickt. Der Typ im Anzug hat noch so einen Spruch gemacht, so was wie, ob ich auch zu ihm auf die Couch kommen würde. Totaler Arsch.

STIMME: Du bist also nach oben gegangen?

ANNIKA: Ja, aber nur zum Schein. Ich habe die Tür zum Kinderzimmer von Karstens Tochter aufgemacht und wieder zugeknallt, sodass sie dachten, ich wäre da drin. War ich aber gar nicht. Ich habe oben am Treppenabsatz gelauscht. Die beiden haben Karsten gewaltig eingeheizt.

STIMME: Wie soll ich das verstehen?

ANNIKA: Sie haben ihm irgendein Dokument gezeigt, wo gleich klar war, dass es für Karsten wahnsinnig gefährlich ist. Der war komplett fertig, wollte wissen, wo sie das herhaben und so weiter. Aber der Anwaltstyp hat sich auf nichts eingelassen, hat nur gesagt, dass Karsten das Dokument im Original bekommen würde, wenn er genau das tut, was die beiden von ihm wollten.

STIMME: Was sollte er tun? Ging es um die Genehmigung von Eastern Line?

ANNIKA: Woher wissen Sie das?

STIMME: Spielt keine Rolle. Erzähl genau, was die von Karsten wollten! Jedes Detail ist jetzt wichtig.

ANNIKA: Ich hatte ja keine Ahnung von Karstens Arbeit, ich wusste nur, dass er beim Bergamt einen wichtigen Posten hat. Diese beiden Männer sprachen über ein Gutachten, das Karsten aus dem ganzen Genehmigungsverfahren raushalten sollte.

STIMME: Worum ging es bei dem Gutachten?

ANNIKA: Keine Ahnung, irgendwas mit Umwelt. Der Anzugtyp hat ihm haarklein erklärt, mit welcher Begründung er das Gutachten zurückweisen und wie er das nach außen verkaufen sollte. Dann ging es um eine Umweltprüfung, die wohl eigentlich vorgeschrieben war, weil … weil …

STIMME: … weil der Antrag für die Pipeline noch mal verändert worden ist?

ANNIKA: Ja, richtig, so war es. Wenn Sie das sowieso alles wissen, dann …

STIMME: Für mich ist wichtig zu wissen, dass es nicht Schlood selbst war, der sich das ausgedacht hat, sondern dass diese Leute ihm diktiert haben, was er tun sollte.

ANNIKA: Ja, das ist das richtige Wort: diktieren. Karsten hat sich Notizen gemacht. Die Männer haben das überprüft, als wäre er ein Schuljunge.

STIMME: Und dann?

ANNIKA: Sind die beiden wieder verschwunden. Haben ihm noch mal gedroht, niemandem etwas zu sagen, weil sie sonst sein Haus anzünden würden. Am Schluss haben sie ihm noch »Viel Spaß mit der kleinen Hure« gewünscht.

STIMME: Was geschah dann?

ANNIKA: Es war von diesem Tag an alles anders. Karsten war am Boden zerstört. Er wurde total launisch, mal depressiv, mal aggressiv.

STIMME: Hast du mit ihm über diesen Vorfall gesprochen?

ANNIKA: Ich habe es versucht, aber ganz schnell wieder gelassen. Er wurde total wütend und hat verlangt, dass ich mit niemandem darüber rede.

STIMME: Wie ging es weiter?

ANNIKA: Immer nur abwärts. Mit ihm, mit mir, mit uns. Ich war schon im Frühjahr endgültig beim Fitnessstudio rausgeflogen, es ging mir nicht gut. Ich hatte ein paar Aushilfsjobs und habe mir manchmal Geld von Karsten geliehen. Aber er wurde immer unerträglicher. Ich hatte das Gefühl, dass er mich nur noch brauchte, weil er es am Wochenende allein noch weniger aushielt. Ich habe ihm vorgeschlagen, dass wir uns eine Zeit lang nicht sehen, aber da ist er richtig wütend geworden und hat gemeint, er hätte so viel für mich getan, und ich sei undankbar.

STIMME: Tauchten die beiden, die ihn erpresst haben, noch einmal auf?

ANNIKA: Karsten wollte nicht darüber reden, aber diese Geschichte hat ihn rund um die Uhr beschäftigt. Ich bin mir sicher, dass er haarklein das gemacht hat, was die Typen ihm befohlen haben. Und ja, vermutlich waren sie noch öfter bei ihm.

STIMME: Was wurde aus euch beiden?

ANNIKA: Hab ich doch schon gesagt, es ging abwärts. Ich habe es nicht mehr ausgehalten … Ich … ich will darüber nicht reden.

STIMME: Es wäre besser, wenn du es erzählst!

ANNIKA: Es gab da diesen Tag, an dem alles explodierte. Ich habe ihn vor die Wahl gestellt: Entweder er wird wieder so wie früher oder ich trenne mich von ihm. War wahrscheinlich etwas naiv, aber genauso habe ich es ihm gesagt.

STIMME: Wie hat er reagiert?

ANNIKA: Er ist ausgerastet. Hat rumgebrüllt, ich hätte ja keine Ahnung, was er durchmacht, und ich sei ja nur ein kleines Flittchen. Lauter so Sachen. Er hat sonst wenig Alkohol getrunken, aber an diesem Tag schon. Ich wollte meine Sachen packen und gehen, da ist er total durchgedreht und hat mich geschlagen, immer wieder, ins Gesicht, bis ich in der Ecke lag. Dann ist er ins Wohnzimmer gegangen und hat Fernsehen geguckt. Ich habe mich aus dem Haus geschlichen.

STIMME: Annika, ist alles in Ordnung?

ANNIKA: (schluchzt)

STIMME: Gut, bis hierhin. Ich glaube, du bist ziemlich am Ende. Ich muss jetzt auch weg. Morgen früh komme ich wieder. Wenn das weiterhin so läuft, bist du bald wieder frei.

31

Oltdorp war der Erste, der etwas sagte, nachdem die Aufnahme zu Ende war. »Das ist ein Albtraum.«

»Ja, das kann man wirklich sagen.«

Der Politiker sprang auf und begann, im Zimmer auf und ab zu gehen. »Was ist mit unserer Demokratie passiert? Erpressung und Korruption in einem so wichtigen Genehmigungsverfahren. Ein leitender Beamter wird von mafiosen Gestalten gezwungen, seine Arbeit zu manipulieren. Wo leben wir hier?«

Tom sah Oltdorp erstaunt an. »Ich hatte jetzt eigentlich an die Entführung gedacht – ist doch auch nicht in Ordnung, oder?«

»Nein, nein, das ist überhaupt nicht in Ordnung«, sagte Oltdorp eilig, »ich hätte das Marko niemals zugetraut. Er war immer sehr konsequent und entschlussfreudig, aber dass er so weit gehen würde … Ich mag mir gar nicht ausmalen, was das für unsere Kampagne bedeutet, wenn das an die Öffentlichkeit kommt.«

»Sind Sie denn sicher, dass es sich bei dem Mann um Marko Heinen handelt?«

»Ganz eindeutig. Die Stimme klingt durch die Maske zwar gedämpft, aber es ist sein Duktus, sein Sprechstil. Das ist spektakulär, was er da herausgefunden hat. – Können Sie mal testen, ob noch mehr auf der Kassette ist?«

Tom spulte die Kassette abschnittweise vor und ließ dann das Band jeweils ein kurzes Stück in normaler Geschwindigkeit laufen. Es folgte nur noch Stille.

Während er sich mit dem Walkman beschäftigte, setzte Oltdorp seinen Gedankengang fort. »Man müsste es genauer wissen: Was ist das für ein Dokument, mit dem Schlood erpresst wurde? Wo ist das jetzt, wie kam es dahin? Kann man an dieses Dokument irgendwie rankommen? Wenn wir das Ganze etwas präziser darstellen könnten, dann würde das gesamte Verfahren infrage gestellt. Es ist genau das, was wir brauchen.«

»Und denken Sie auch an die junge Frau, an Annika Brieg?«

»Ja, mein Gott, schrecklich. Möglicherweise sitzt sie jetzt noch immer in einem Kellerloch und wartet, dass Heinen wiederkommt. Wenn er der Einzige war, der davon wusste, dann … dann …«

» … dann ist sie entweder schon tot oder sie muss sehr, sehr schnell gefunden werden. Aus dem Gespräch geht hervor, dass der Raum keine Fenster hat. Vielleicht tatsächlich ein Keller. Das Gebäude ist verlassen oder sehr gut schallisoliert oder es befindet sich außerhalb der Stadt. Allzu weit kann es aber nicht entfernt sein, wenn Heinen dort in so kurzen Abständen auftaucht.«

»Diese Anhaltspunkte sind sehr dürftig – da kommt jeder zweite Keller in Stralsund infrage.«

»Es muss ein Ort sein, den Heinen sehr genau kannte, vermutlich schon länger. Hat er mal irgendetwas angedeutet?«

»Nein, um Himmels Willen. So gut kenne ich ihn ja gar nicht. Ich will damit wirklich nichts, aber auch gar nichts zu tun haben.«

Tom sah Oltdorp nachdenklich an. Bei ihrem ersten Treffen war er fasziniert von seiner Entschlossenheit, eine so große

Kampagne gegen das Pipeline-Projekt zu starten. Aber nun hatte sich etwas verändert. Er sprach nicht mehr so offen und klar. Stattdessen wog er ab, was er sagte, je nachdem, ob es sich eher vorteilhaft oder eher nachteilig für ihn auswirkte.

Oltdorp unterbrach Toms Gedanken. »Marko kündigt im zweiten Gespräch an, dass er am Sonntag wiederkommen wird. Wenn er etwas sagt, dann tut er es auch, da bin ich mir sicher. Er wurde ja erst am späten Sonntagabend ermordet. Es müsste also noch ein drittes Gespräch stattgefunden haben. Warum haben wir davon keine Aufnahme? Kann es sein, dass sich in dieser Autowerkstatt noch eine andere Tonbandkassette befand?«

»Nein, die hätte sicher auch auf dem Tisch gelegen. Entweder haben die Leute diese zweite Kassette nicht oder sie haben sie mitgenommen. Vielleicht gibt es sie auch gar nicht. Ich finde es jedenfalls rätselhaft, wie diese Kassette dorthin gelangt ist. Sie muss Marko Heinen entwendet worden sein. Und diejenigen, die das getan haben, könnten auch seine Mörder sein.«

Oltdorp stand auf, ging einmal quer durchs Zimmer und presste dabei Daumen und Zeigefinger seiner linken Hand gegen die Schläfe. »Es ist ein Albtraum, wirklich. Als ich anfing, mich für Politik zu interessieren, habe ich nicht für möglich gehalten, dass es so etwas gibt – außer vielleicht in Süditalien. In Afrika oder Südamerika. Jetzt ist das ganz anders. Es gab politische Morde auf Malta und in der Slowakei – wann wird bei uns der erste Journalist erschossen? Ich weiß gar nicht, wie viel ich davon Johannes erzählen darf.«

»Das ist Ihr Kompagnon?«

Oltdorp nickte. Er nahm die Kassette in die Hand und hielt sie prüfend in die Luft. »Wenn Marko in diesem dritten Verhör herausbekommen hat, wie dieser Fall von Erpressung weitergelaufen ist, dann wäre das fantastisch. Es wäre sein Vermächtnis. Marko ist zwar zu weit gegangen, aber wir könnten ihn als den Mann darstellen, der für seine Mission in den Tod gegangen ist.«

»Ein Märtyrer?«

»Das haben Sie gesagt. Das Wort ist natürlich nicht akzeptabel.« Oltdorp schien wieder Hoffnung zu schöpfen. Er blickte an die Decke, während er auf die Ereignisse der nahen und ferneren Zukunft vorausblickte. Es klang so, als habe er die Fähigkeit, Dinge herbeizureden. »Wir brauchen bis morgen Abend diese Aufnahme. Dann könnten wir am Freitagmorgen mit den wichtigsten Fakten an die Öffentlichkeit gehen. Wir würden einen gewaltigen Sturm entfachen, eine Welle, die sich bis zum Abend aufbauen würde. Sie würde über das Bundesverfassungsgericht hinwegschwappen und das Urteil unter sich begraben, egal, wie es ausfällt. Es würde ihnen nichts anderes übrig bleiben, als das gesamte Genehmigungsverfahren neu aufzurollen. Ein halbes Jahr wäre mindestens gewonnen, wahrscheinlich ein ganzes – wichtige Monate, in denen sich die Stimmung gegen die Gaspipeline immer weiter aufschaukelt. Aber die Aufnahmen dürfen nicht zu früh an die Öffentlichkeit gelangen.«

Tom richtete sich auf. »Ich denke, die Polizei muss diese Aufnahmen so bald wie möglich bekommen. Vielleicht kann man durch technische Untersuchungen irgendetwas raushollen. Leise Hintergrundgeräusche oder so etwas.«

Oltdorp nickte. »Ja, sicher. Aber – nein – das halte ich für ausgeschlossen.« Er steckte die Kassette in die Innentasche seines Jacketts.

Tom sah beunruhigt zu. »Sie geben diese Aufnahmen der Polizei? Kann ich mich darauf verlassen?«

»Sicher, das mache ich.«

»Wann?«

»Bald.«

»Morgen früh.«

»Ich werde die Kassette dem Behördenleiter übergeben, dann gelangt das Ding schnell in die richtige Abteilung. Und Sie versuchen, die Aufnahme des dritten Verhörs zu finden?«

»Im Augenblick habe ich keine Idee, wo ich danach suchen sollte.«

»Versuchen Sie etwas! Irgendwas! Wir haben noch einen Tag Zeit. Dann ist es vorbei.« Er klopfte von außen auf seine Jackettasche. »Das hier reicht noch nicht.«

Tom war unzufrieden. Zu leichtfertig hatte er die Kassette aus der Hand gegeben. Nun war er in der unterlegenen Position. Oltdorps verschlossener Gesichtsausdruck verriet ihm, dass es keinen Sinn machte, die Kassette zurückzufordern. Er verabschiedete sich und machte sich auf den Rückweg nach Altefähr.

32

Donnerstag

Tom hatte das Gefühl, dass sich immer neue und immer schwierigere Aufgaben vor ihm auftürmten, ohne dass sein eigentlicher Auftrag, Rocco Schulzes Unschuld zu beweisen, auch nur im Ansatz erledigt wäre. Es war Donnerstagmorgen, kaltfeuchte Windböen peitschten über den Campingplatz von Altefähr, in den Wipfeln der umstehenden Bäume tobten sich die Ausläufer eines Zwischentiefs aus.

Tom versuchte die Ruhe zu bewahren und notierte auf einem Zettel die Herausforderungen, die auf ihn warteten:

Roccos Unschuld beweisen

Gibt es eine weitere Aufnahme?

Clara aus der Klemme helfen

Was ist mit Annika Brieg passiert?

Welche Rolle spielt Florian Treibel?

Es war mehr, als ein einzelner Mensch leisten konnte. Also brauchte er eine Reihenfolge. Bei Annika Brieg ging es möglicherweise um Leben und Tod, sie bekam den ersten Platz, für Clara blieb nur der zweite und alle anderen Fragen schob Tom auf die hinteren Ränge, so sehr die Zeit auch drängte. Was Florian Treibel anging: Er hatte einige Male versucht, ihn anzurufen, aber weder ihn selbst noch eine Mailbox erreicht. Seit dem Vorfall an der Marienkirche schien er abgetaucht zu sein. Hatte er Angst oder war er am Ende irgendwie in den Mord an Heinen verwickelt?

Tom ärgerte sich immer mehr darüber, dass er Oltdorp die Kassette mit den brisanten Aufnahmen überlassen hatte. Auch dem Politiker traute er nicht mehr. Und Rocco Schulze? Der konnte im Augenblick froh sein, überhaupt noch auf der To-Do-Liste aufzutauchen. Angesichts der vielen Herausforderungen war es geradezu unsinnig, dass Tom noch einen sechsten Punkt auf die Liste setzte.

Pinguine malen

Aber er hatte es Clara versprochen, und solche Versprechen waren ihm heilig. Pünktlich um neun Uhr traf er die Kinder der Malgruppe vor dem Ozeaneum. Die Museumspädagogin war nicht sehr glücklich darüber, dass Clara nicht kommen konnte. Tom suchte nach einer Formulierung, die weder gelogen war noch verriet, dass sich Clara in Polizeigewahrsam befand. »Es geht ihr nicht gut«, sagte er, »aber ich denke, morgen kommt sie wieder.«

Die Museumspädagogin warf Tom einen skeptischen Blick zu. »Und Sie können diese anspruchsvolle Aufgabe übernehmen?«

Er versuchte sich an einem großherzigen Lächeln. »Ich bin Experte für Pinguinmalerei. Trotzdem wäre es schön, wenn Sie vielleicht … bald … also, dazukommen könnten.«

»Ich habe noch eine Besprechung, gegen zehn löse ich Sie ab«, sagte die Museumsangestellte und verschwand.

Tom war erleichtert. Anders als behauptet hatte er nicht die geringste Ahnung vom Malen im Allgemeinen und von der Pinguinmalerei im Besonderen. Er war froh, dass die Kinder motiviert waren und keine schwierigen Fragen stellten.

»Die haben es ja toll hier«, rief einer der drei Jungen, die schon vorausgelaufen waren und einen Blick auf die Pinguinanlage geworfen hatten.

»Pinguine sind schlau, die suchen sich natürlich den besten und höchsten Platz im Museum aus«, sagte Tom und kam sich dabei reichlich altklug vor. »Sie können zwar nicht fliegen, aber von hier haben sie eine tolle Aussicht auf die Stadt.« In der Tat hatten die flugunfähigen Vögel mit der Dachterrasse einen besonders exponierten Platz abbekommen. Man blickte auf Teile der Hafeninsel und tief unten lag der Semlower Kanal. Roccos Fischbrötchenkutter und diejenigen seiner Konkurrenten waren gut zu sehen. Um diese Zeit pilgerten allerdings erst wenige Menschen zu den schwimmenden Theken. Bei Roccos Kutter war nicht ein einziger Kunde zu entdecken.

Die Pinguinanlage war so gestaltet, dass man die Tiere sowohl auf ihren künstlichen Felsen als auch beim Schwimmen und Tauchen beobachten konnte – durch Glasscheiben, hinter denen sie in eleganten Bögen eine türkisfarbene Unterwasserwelt durchquerten. Die Kinder malten an diesem Tag mit Buntstiften. Da es windig und regnerisch war, gingen sie immer nur kurz in die Außenanlage, um die Pinguine zu betrachten. Tom gab den Kindern kleine Beobachtungsaufgaben – beobachten lag ihm mehr als malen. Einige fotografierten mit ihren Smartphones. Dann kehrten sie in den Innenraum zurück, wo sie ihre Malblöcke auf dem Boden ausbreiteten.

Tom zog sich die Kapuze über den Kopf und blieb noch eine Weile draußen. Seine Untätigkeit stieß nicht überall auf Begeisterung.

»Malst du kein Bild?«, fragte ein Mädchen. »Clara hat immer ganz tolle Bilder gemalt.«

Er musste lachen. »Da kann ich nicht mithalten. Aber ich werde mir jetzt ansehen, wie es bei euch aussieht.«

Er machte einen Rundgang durch den Innenraum und würdigte die entstehenden Pinguinbilder.

Die meisten Kinder versuchten sich an einer realitätsnahen Darstellung, nur bei Jonas, einem schlaksigen Jungen mit Hornbrille, schien der Pinguin auf einer Art von Schrank zu sitzen, der mit einer Reihe schwarzer und weißer Balken verziert war.

»Was ist denn das Interessantes?«, erkundigte sich Tom bei ihm.

»Ein Klavier.«

»Ein Pinguin auf einem Klavier? Wie bist du denn auf die Idee gekommen?«

Jonas setzte mit feinen Strichen einen Stummelflügel an den noch unfertigen Pinguinkörper. Seine Erläuterungen klangen etwas gelangweilt. So, als ob es für den Betrachter eigentlich klar sein müsste, warum dieser Pinguin auf schwarzen und weißen Tasten saß. »Es ist das Klavier meiner Oma. Die kann nicht mehr gut laufen und ist immer allein in ihrer Wohnung. Da dachte ich, sie freut sich, wenn ich einen Pinguin in ihre Wohnung reinmale.«

»Das ist eine tolle Idee! Deine Oma wird sich freuen.«

»Wenn ich sie das nächste Mal besuche, dann frage ich sie, wo ihr Pinguin ist«, sagte Jonas und versank wieder in seiner Fantasiewelt.

Als Tom wenig später von der Museumspädagogin abgelöst wurde, war er froh, trotz aller drängenden Probleme die Malstunde mitgemacht zu haben. Gerade zog wieder ein Schauer über die Hafeninsel weg und Tom drückte sich eng an die Gebäude, während er zu seinem Auto ging. Noch bevor er den Wagen erreicht hatte, klingelte sein Telefon. Er schloss die Tür auf und nahm das Gespräch an, während er einstieg.

Es war der Anwalt, den Marten Oltdorp organisiert hatte, um Clara zu unterstützen. »Wenn Sie etwas für Ihre Lebensgefährtin tun wollen, dann machen Sie bitte umgehend eine Aussage zu den gestrigen Vorfällen!«, sagte er ohne Umschweife.

Tom hatte das befürchtet. »Was passiert, wenn ich es nicht tue?«

»Dann wird gegen Clara Lehnhoff ein Haftbefehl wegen gefährlicher Körperverletzung beantragt, und ich bin mir nicht sicher, ob ich die Untersuchungshaft abwenden kann.«

»Wissen Sie, ob ich nur als Zeuge aussagen soll oder … ob ich … also, ob mir auch etwas vorgeworfen wird?«

»Ihnen? Nicht, dass ich wüsste.« Er schien in einer Akte zu blättern. »Sie haben die Pistole mitgenommen, mit der geschossen worden sein soll. Das war natürlich ausgesprochen dumm und ist strafbar. Die Waffe muss dringend untersucht werden.«

»Und sonst? Körperverletzung oder so etwas?«

»Das ist hier … nein, sehe ich nicht.«

Tom nickte und merkte gar nicht, dass der Anwalt das nicht hören konnte. Sollte Sylke verschwiegen haben, dass er ihr die Waffe aus der Hand geschlagen hatte? Hatten sich Sylke und Clara abgesprochen? Das erschien Tom, nach allem was passiert war, sehr unwahrscheinlich. Er hörte die ungeduldige Stimme des Anwalts.

»Herr Brauer, sind Sie noch da? Sie müssen nicht zum Kriminalkommissariat kommen, Sie können die Aussage auch im Polizeihauptrevier in der Böttcherstraße zu Protokoll geben.«

»Danke, ja, dann weiß ich Bescheid«, sagte Tom und verabschiedete sich.

Regen prasselte auf Autodach und Straße, so heftig, dass die hochspringenden Tropfen dicht über dem Asphalt eine feine nebelartige Schicht aus Sprühwasser bildeten. Das Bild von einem Pinguin auf einem Klavier ging Tom nicht aus dem Kopf – irgendetwas wollte ihm dieses Bild sagen, aber er kam nicht darauf, was es war.

Bis zur Böttcherstraße waren es gerade einmal fünf Minuten Fußweg. Er hatte keine Lust auf diesen Gang – genauer gesagt: Er fürchtete sich davor. Immerhin hatte er eine Polizistin tätlich angegriffen. Was, wenn die Aufforderung zu einer Aussage zugunsten von Clara nur eine Finte war? Wenn sie ihn gleich im Polizeirevier festnehmen würden? Seit den Schüssen von der Marienkirche war er verunsichert. Wem konnte man in dieser Stadt noch trauen?

Mittlerweile war die Scheibe des Mietwagens von innen beschlagen. In der Ablage der Fahrertür fand er einen Lappen. Als er ihn herauszog, kamen gleich noch ein paar Werbematerialien mit, die jemand im Wagen zurückgelassen hatte. Sein Blick fiel auf eine Postkarte mit einer Einladung zur Besichtigung der Spielkartenfabrik, einer Art Schauwerkstatt.

»Spielkartenfabrik«, murmelte Tom. Er wischte die Scheiben des Mietwagens ab und setzte ihn in Bewegung. Auf dem Frankenwall umrundete er die Altstadt und parkte am Knieperwall. Von dort waren es nur ein paar Schritte bis zur Spielkartenfabrik. Es war ein schöner, etwas abgewetzter Backsteinbau, früher eine bedeutende Produktionsstätte für Spielkarten, inzwischen eine eigenwillige Mischung aus Museum, Manufaktur und kunstpädagogischem Verein. Alte Druck- und Setzmaschinen, Pressen und Schneidmaschinen standen dicht an dicht in einem weitläufigen Raum. Vorne saßen einige Jugendliche um einen großen Tisch und zeichneten an Kartenentwürfen. Tom wandte sich an die Frau, von der er glaubte, dass sie den Workshop anleitete. »Können Sie mir sagen, ob Florian Treibel hier ist?« Er bemerkte sofort, dass er ins Schwarze getroffen hatte. Warum war ihm nicht früher eingefallen, dass Florian schon bei ihrem ersten Zusammentreffen sein Engagement für die Spielkartenfabrik erwähnt hatte?

Die junge Frau strich ihre Haare zurück und tauschte einen Blick mit einem Mann im grauen Arbeitskittel. Er reinigte im Hintergrund eine urtümliche Setzmaschine. Dann wandte sie sich Tom zu und sagte: »Tut mir leid, ich habe ihn schon länger nicht gesehen.«

Tom ging auf sie zu und ließ sie nicht aus den Augen. »Sie sollten vielleicht selbst mal ein Seminar besuchen!«, sagte er leise. »Lügen für Anfänger oder so was.«

Die Frau wurde rot. »Sorry, aber was soll das jetzt? Ich kann dazu wirklich nichts sagen.«

»Aber Sie kennen Florian Treibel?«

»Sicher, der hilft uns bei Tischlerarbeiten und gibt manchmal Workshops.«

Der Kollege im grauen Kittel war mittlerweile zu einem Telefon gegangen und sprach in den Hörer. Tom bedankte sich und wandte sich zum Ausgang. Noch bevor er die Tür geöffnet hatte, hörte er draußen die Schritte einer Person, die es sehr eilig hatte. Er rannte los. Florian musste aus einem der oberen Stockwerke gekommen sein. Tom sah noch, wie er durch das Tor auf die Straße lief und nach links abbog. Er nahm die Verfolgung auf. Noch immer fiel ein leichter Regen, der Gehweg war glitschig. Tom musste sich auf seine Schritte konzentrieren. Als er aufblickte, konnte er Florian plötzlich nicht mehr sehen. Er lief weiter. Rechterhand, in der Poststraße, war kein Mensch unterwegs. Ein paar Schritte weiter zweigte ein Fußweg nach links ab, einer jener Wege, durch die man die erhöht liegende Altstadt verlassen konnte. Ein schmaler Durchgang durch die alte Stadtbefestigung führte zum Knieperwall. Tom sah Florian unten an der Straße. Er überquerte sie, rannte aber nicht mehr. Am Rand eines kleinen Parks holte Tom ihn ein. »Was soll das? Warum rennst du weg? Warum bist du nicht zu erreichen?«

Florian sah nicht gut aus. Seine Haare waren zerzaust, er hatte sich seit Tagen nicht rasiert. »Es ist alles … Es ist so schlimm.«

Sie gingen ein Stück weiter, ein Fußweg auf einem Damm führte ein Stück auf den Knieperteich hinaus. Auf einer kleinen Brücke hielten sie an. Ein feiner Regenflaum lag über dem

Wasser und vermischte sich mit der Gischt einer Fontäne, die am südlichen Ende des Teichs aufstieg. Stralsund war ja ohnehin eine Stadt des Wassers, dachte Tom, aber bei diesem Wetter war geradezu alles in Wasser getaucht, es kam ihm beinahe so vor, als wäre die Stadt der eigentliche Fremdkörper in einer Welt, die nicht aus Steinen, sondern aus Tropfen zusammengesetzt war. »Ich finde, ich habe einen Anspruch auf eine Erklärung«, sagte Tom. »Du verhältst dich sehr widersprüchlich. Mal wünschst du dir meine Hilfe, dann gehst du mit mir an einen Ort, an dem auf mich geschossen wird. Du willst mich im letzten Moment aus der Schussbahn ziehen und später sagst du einen Satz, der nahelegt, dass du etwas über diejenigen weißt, die auf mich oder uns geschossen haben. Jetzt läufst du erst vor mir weg und dann bleibst du doch wieder stehen. Was ist das für ein Spiel?«

Florian blickte über den Teich. Sein blasses Gesicht war mit feinen Wassertröpfchen bedeckt, seine dunkelblonden Haare klebten an der Stirn. Er schien sich mit den Blicken an etwas Fernes klammern zu müssen, um die richtigen Worte zu finden. »Du musst denken, dass ich verrückt bin. Das ist schon klar. Und das tut mir leid. Ich bin in eine … eine vollkommen idiotische Situation geraten.«

»Wie wäre es, wenn du mir einfach erzählst, was los ist!?«

»Kann ich mich darauf verlassen, dass du dann nicht gleich zur Polizei gehst?«

Tom verzog den Mund. »Das ist der Weg, den ich im Augenblick auch scheue. Ich kann dir versprechen, dass ich dich nicht verrate, wenn du nicht gerade ein Kapitalverbrechen begangen hast – und ich gehe stark davon aus, dass das nicht der Fall ist.«

In Florians Gesicht regte sich überhaupt nichts.

Tom war irritiert. »Also … du hast doch nicht … Ich meine, du bist nicht in den Tod von Marko Heinen verwickelt, oder?«

»Nein, nein, das nicht, auf keinen Fall. Aber ich vermute, dass Marko etwas mit dem Verschwinden dieser Annika Brieg zu tun hat. Kurz vor seinem Tod hat er davon gesprochen, dass er einer wichtigen Informantin auf der Spur ist, die etwas über das Genehmigungsverfahren weiß. Er sagte außerdem, dass sie vermutlich nicht freiwillig mir ihm reden würde. Er war in diesen Tagen sehr angespannt und beinahe besessen von dem Gedanken, dass man die Pipeline noch verhindern könne.«

»Und wie hast du reagiert?«

»Ich habe gesagt, ich wolle nichts damit zu tun haben, wenn er illegale Dinge macht. Und dass er vorsichtig sein soll. Wir alle wissen doch, wie viel Geld in dieser Pipeline bereits steckt und wie viel Geld das russische Unternehmen damit verdienen wird. Marko hat meine Haltung akzeptiert. Aber ich mache mir Vorwürfe. Ich hätte ihn aufhalten müssen.«

Tom überlegte, was er Florian sagen konnte und durfte. Er entschied sich dafür, das Risiko einzugehen. »Marko hat Annika entführt. Ich habe die Aufnahme von Gesprächen gehört, die er mit ihr geführt hat. Es könnte sein, dass sie noch immer irgendwo eingesperrt ist.«

Es war, als hätte Florian einen Messerstich bekommen. Er sank zusammen und schüttelte sich. »Ich hab's geahnt. Das ist ja noch schlimmer, als ich dachte. Ich hätte es verhindern müssen!«

»Was weißt du über diese Entführung? Was genau wollte Marko von Annika wissen?«

Florian schluckte und blickte zu Boden. »Ich glaube, ich muss dir einiges erklären. Wo soll ich anfangen?«

»Am besten ganz vorn.«

Ein kühler Wind war aufgekommen und blies Tom den Nieselregen ins Gesicht. Sie beschlossen, sich zu bewegen, und gingen den Weg, der über den Knieperteich führte. Florian begann zu erzählen. »Marko wurde schon seit einiger Zeit beobachtet. Irgendwer hatte mitbekommen, dass er versucht, etwas über das Genehmigungsverfahren zum Bau der Eastern Line herauszubekommen. Es ist schon länger bekannt, dass ein gewisser Karsten Schlood die maßgebliche Figur beim Bergamt ist. Dieser Mann galt immer als seriös und hatte auch bei Naturschutzverbänden einen einigermaßen guten Ruf. Aber das, was hier passierte, passte überhaupt nicht zu ihm. Es war alles intransparent, bis heute weiß kein Mensch genau, welche Umweltdaten in die Genehmigung einflossen und welche nicht. Die Betreiber der Pipeline wurden mit Samthandschuhen angefasst und konnten ohne neue Umweltprüfungen ihre Anträge verändern. Deshalb auch die Klagen durch alle Instanzen. Die Leute vom Naturschutzverband glaubten, dass diese Art der Genehmigung nicht rechtens sein kann. Aber bis zum Verfassungsgericht ging alles irgendwie durch.«

»Und da versuchte Marko es auf der persönlichen Schiene.«

»Richtig. Lange Zeit kam er nicht weiter, dann aber, wenige Tage vor seinem Tod, hatte er eine heiße Spur. Er war oft lange unterwegs, erzählte aber nichts.«

»Du hast gesagt, er wurde beobachtet?«

»Richtig, ihm fiel auf, dass ihm manchmal ein Taxi folgte, wenn er durch die Stadt fuhr. Einmal konnte Marko das Nummernschild notieren. Mit viel Druck gelang es ihm, beim Taxiunternehmen den Auftraggeber der Fahrt in Erfahrung zu bringen. Marko gab mir Namen und Adresse und bat mich, den Mann unter einem Vorwand zu besuchen. Der Kerl heißt Dietmar Fichtner und wohnt in Knieper-West, so einer Plattenbau-Vorstadt mit nicht sehr gutem Ruf. Ich hatte mich vorsichtshalber mit Pfefferspray bewaffnet und du kannst mir glauben, dass mir ganz schön die Pumpe ging, als ich da klingelte. Ehrlich gesagt, rechnete ich damit, dass ich im nächsten Moment in den Lauf einer Kalaschnikow blicken würde. Ich hatte vor, zu behaupten, dass vor dem Haus ein Wagen mit eingeschaltetem Licht stehe, von dem ich glaubte, es sei seiner. Aber ich kam gar nicht dazu. Der Mann, der mir öffnete, trug eine Sonnenbrille, ein Abzeichen für Sehbehinderte und schleppte sich mit einem Rollator durch seine Wohnung. Ich musste mich beherrschen, um nicht in Gelächter auszubrechen, sagte irgendwas von Irrtum und ging einfach wieder.« Florian musste bei der Erinnerung an den Vorfall lachen und auch Tom fand die Sache ausgesprochen skurril. »Es war der totale Reinfall«, sagte Florian. »Wahrscheinlich eine Verwechslung bei der Adresse. Der Mann rief mir allerdings noch etwas Eigenartiges hinterher: ›Ich will euch doch nichts tun!‹«

Tom wurde wieder ernst. »Er sagte ›euch‹«?

»Ja, ich dachte, es sei ein Irrtum. Und dass er vielleicht doppelt sähe mit seiner komischen Brille. Aber er hat es ganz sicher gesagt.« Er musste schon wieder lachen.

Tom spürte, wie viel Druck auf dem jungen Mann lastete. »Erzähl mal weiter! Was war jetzt eigentlich mit der Marienkirche los?«

Die Frage war Florian unangenehm. »Es war so …«, sagte er zögernd. »Ich bekam am Montagnachmittag einen sehr unheimlichen Anruf. Es war ein Mann mit einer tiefen, unangenehmen Stimme. Er wollte wissen, was ich dir erzählt habe. Ich war ziemlich perplex und wollte schon auflegen, als er mich aufforderte, auf die Straße zu gucken. Das tat ich und sah dort einen großen, stämmigen Mann in Lederkluft stehen. Er blickte zu mir hoch und fuhr sich mit der Hand quer über den Hals. Es war eine sehr, sehr eindeutige Geste. Der Mann am Telefon fragte mich, ob ich das verstanden hätte. Dann forderte er mich auf, mich mit dir in der Eisbar an der Marienkirche zu verabreden. Ich wollte wissen, was der Anrufer vorhätte, und er sagte, er wolle dich nur etwas erschrecken – nix Schlimmes.«

»Und das hast du geglaubt?«

»Ich … ja, … ich dachte, wenn die dich umbringen wollen, dann zeigen sie sich doch nicht so offen vor meinem Haus.«

»Hast du denn Mann auf der Straße erkannt?«

»Nein, es war schon zu dunkel.«

»Dann kannst du auch nicht sagen, dass sie sich offen gezeigt haben, oder? Du hast einfach gemacht, was sie verlangt haben. Du hast mich in eine sehr blöde und gefährliche Falle gelockt.«

Florian druckste herum. »Ja, es war Mist, ich weiß. Ich hätte das nicht tun sollen. Aber ich hatte echt Angst vor diesen Typen. Die schienen alles zu wissen. Dass wir uns getroffen und miteinander geredet haben.«

»Sie haben eure Wohnung beobachtet. Ich vermute, es sind dieselben Leute, bei denen ich später diese Tonaufnahme gefunden habe. Vielleicht haben sie Marko umgebracht.«

Tom war in Gedanken schon längst wieder woanders, aber Florian kämpfte noch mit dem Vorwurf, dass er ihn verraten habe. »Immerhin habe ich dann ja versucht, dich vor den Schüssen zu retten«, sagte er etwas wehleidig.

Tom sah ihn verächtlich an. »Schon gut. Die Schüsse wären wohl sowieso vorbeigegangen. Ich habe geglaubt, ich könnte dir vertrauen.«

Florian blickte finster vor sich hin. »Es ist alles wegen dieser Annika. Wenn ich nicht wüsste, dass Marko sie zwingen wollte, mit ihm zusammenzuarbeiten, dann hätte ich kein schlechtes Gewissen. Und dann hätte ich mich auch nicht auf dieses gemeingefährliche Spiel eingelassen.«

Tom strich sich das Wasser aus dem Gesicht. Sie hatten inzwischen den Knieperteich überquert und waren ein Stück an der Friedrich-Engels-Straße entlanggegangen. Er sah vor sich ein großes Wohnhaus mit winzigen Balkonen. Einige von ihnen waren in den Gebäudewinkel montiert wie Schwalbennester. »Hier wohnt übrigens Annika Brieg«, sagte Tom, »ich habe in der Zeitung ein Foto von dem Haus gesehen.«

Florian wandte sich ab, als könne er den Anblick des Hauses nicht ertragen. »Lass uns zurückgehen! Ich will das jetzt nicht sehen.«

33

Kriminalhauptkommissar Brehm war schon am frühen Morgen mit schlechter Laune zur Arbeit gekommen. Er hatte Sylke eine weitere fünfminütige Strafpredigt wegen ihres unüberlegten Handelns im Fall Paintball gehalten, ohne dabei etwas anderes vorzubringen, als er schon am Vorabend gesagt hatte. »Derzeit ist jeder Mitarbeiter hier in der Abteilung unverzichtbar, weswegen Sie weiterhin zum Ermittlungsteam gehören. Allerdings werden Sie vorläufig nur im Innendienst arbeiten.« Das war eine Galgenfrist, nicht mehr und nicht weniger. Brehm schob Sylke einen Datenstick zu. »Dieses Video ist heute Nacht in sozialen Medien aufgetaucht. Sehen Sie sich das genau an! Notieren Sie alle Erkenntnisse, die wir daraus ziehen können! Ich erwarte Ihren Bericht in der Konferenz um zehn Uhr.«

Im Laufe des Vormittags breitete sich auf den Fluren des Kriminalkommissariats eine Atmosphäre krisenhafter Anspannung aus. Nach und nach wurden auch die wahren Gründe für Brehms schlechte Laune bekannt: Ein vernichtender Zeitungsbericht hielt der Polizei vor, zum Mord an Marko Heinen bislang wenig Verwertbares zusammengetragen oder aber die Öffentlichkeit nur unzureichend informiert zu haben. Dann kam noch die Schießerei vom Vorabend dazu und das unerklärliche Verschwinden von Annika Brieg. Der Autor des Zeitungsberichtes sprach von überforderten Polizeikräften und Verhältnissen wie in den Vorstädten von Chicago. Eine maßlose Übertreibung. Aus Brehms Zimmer waren Fragmente eines lautstark geführten Telefonats zu hören. Es war kein Geheimnis, dass er unter Druck stand.

Sylke holte sich einen Kaffee und sah sich das Video an. Der Clip dauerte nicht länger als zwanzig Sekunden, aber er hatte es in sich. Man sah Marko Heinen und einen Mann, der mit ihm diskutierte und der Kamera den Rücken zuwandte. Die Szenerie spielte sich offensichtlich bei Nacht auf der Hafeninsel ab. Das Aufnahmegerät befand sich vermutlich nur wenige Meter von den beiden entfernt, sodass trotz des schlechten Lichts und eines leichten Nieselregens das Wesentliche zu erkennen war. Der Ton fehlte, aber aus den Gesten ließ sich leicht ablesen, dass die beiden Männer unterschiedlicher Meinung waren. Der Unbekannte hielt Marko Heinen einen länglichen Gegenstand vor die Nase und schien ihn zu bedrängen, Heinen stand aufrecht und hatte die Hände beschwichtigend erhoben. Trotz der angespannten Situation kam die Eskalation überraschend. Der Mann holte so schnell aus, dass man die Bewegung auf dem Video kaum nachvollziehen konnte. Er ließ das längliche Objekt kraftvoll auf Heinens Kopf niedergehen. Dieser versuchte noch eine Ausweichbewegung, wurde aber trotzdem massiv an der Schläfe getroffen. Seine Hand fuhr schützend zum Kopf, er verharrte einen Augenblick so und brach dann zusammen. Der Täter schien von den Folgen seines Gewaltausbruchs erschrocken zu sein. Regungslos verfolgte er, wie Heinen zu Boden ging. Dann blickte er sich hektisch in alle Richtungen um, warf die Waffe auf den Boden und rannte davon. Für einen kurzen Moment zeigte er dem Kameraauge sein Gesicht. Sylke fand, dass der Mann Rocco Schulze ähnelte, aber die Bildqualität war nicht gut genug, um es eindeutig zu erkennen.

Sie sah sich den Clip zweimal an und warf einen Blick auf das Videoportal, in dem er veröffentlicht worden war. Es handelte sich um eine englischsprachige Seite, die sich darauf spezialisiert hatte, skurrile und brutale Gelegenheits-Videos zu veröffentlichen. Einige Nutzer hatten hämische Kommentare hinterlassen, die in groben und zumeist unbeholfenen Worten formuliert waren.

Sylke stand angeekelt auf und holte sich eine weitere Tasse Kaffee. Was sie mit dem Video anfangen sollte, war ihr unklar. Die bevorstehende Teambesprechung machte sie nervös. Sie hatte das ungute Gefühl, dass sich die angespannte Stimmung auf irgendeine, ihr nicht bekannte Weise entladen würde.

Auf dem Rückweg zum Büro begegnete ihr Adrian, ein Polizeischüler, der für einige Wochen in der Abteilung war, ein schlaksiger junger Mann mit guten Absichten und klaren blauen Augen, aber stark fettenden Haaren. »Sylke, kommst du mal kurz mit?«

»Muss das sein? Gleich beginnt die große Runde.«

»Nur ganz schnell. Ich habe etwas Interessantes gefunden.« Sylke hatte Adrian zwei Tage zuvor gebeten, Informationen zu Dietmar Fichtner zusammenzutragen. Es sollte eine Art Übungsaufgabe sein – mit bahnbrechenden Erkenntnissen hatte sie nicht gerechnet. »Der Fichtner hatte vor sieben Jahren einen schweren Verkehrsunfall«, sagte Adrian.

Sylke antwortete knapp, kurz angebunden. Sie wollte Adrian nicht so abservieren, aber sie tat es trotzdem. »Weiß ich. Hat er mir erzählt.«

»Ein Autofahrer hat vermutlich eine Fußgängerampel übersehen und Fichtner umgefahren. Der Mann hatte keine Chance. Anschließend ist der Autofahrer weitergefahren und konnte bis heute nicht ermittelt werden. Es war später Abend und Fichtner wurde erst Stunden später gefunden.«

»Nicht schön. Der arme Kerl kann kaum noch gehen. Können wir das Gespräch nicht verschieben?«

Adrian schien nicht zu bemerken, dass sie jetzt nicht mit ihm reden wollte. »Hast du gesehen, dass er nicht gehen kann?«

»Er pendelt mit seinem Rollator zwischen seiner Wohnung und einer Sitzecke im Supermarkt.«

Adrian kniff die Augen zusammen.

Der Junge machte Sylke noch wahnsinnig.

»Das hast du mit eigenen Augen gesehen?«

»Adrian, was soll das? Nach unserem Treffen in dem Supermarkt-Café hat er sich an den Tischen entlang bis zur Garderobe gehangelt. Da stand sein Rollator.«

»Und dann ist er mit dem Rollator weggegangen?«

»Ja. Also nein. Ich habe es nicht gesehen, aber die Situation war völlig klar. Er hat sich auf dem Rollator abgestützt und ihn aus der Ecke gezogen. Dann hat er bemerkt, dass ich noch draußen stand, und hat mir zugewinkt.«

»Und war noch jemand in dem Café?«

»Ein Ehepaar, das sich vom Einkauf erholt hat, und eine alte Frau, die die ganze Zeit aus dem Fenster starrte.«

»Also könnte auch die alte Frau die Besitzerin des Rollators gewesen sein.«

»Herrgott, warum sollte Fichtner mir etwas vorspielen?«, fragte Sylke ungeduldig.

Adrian nahm einen Zettel vom Schreibtisch. »Also«, las er vor, »Dietmar Fichtner hat in den letzten sieben Jahren mehrfach Autofahrer angezeigt, die zu schnell oder bei Rot über eine Ampel gefahren sind. Diese Anzeigen bezogen sich auf verschiedene Kreuzungen über das gesamte Stadtgebiet verteilt. In einem Fall hat er sich auch mit einem Autofahrer angelegt. Es kam zu einer Prügelei. Fichtner hat den Autofahrer mit einem Gehstock niedergeschlagen.«

»Das muss eine Verwechslung sein«, sagte Sylke.

»Hier ist das Protokoll.« Adrian reichte ihr einen Computerausdruck.

»Der Hass auf Autofahrer muss ihn wohl beflügelt haben«, murmelte Sylke. »Aber du hast recht – ist schon etwas merkwürdig.«

»Und noch eine Sache habe ich gefunden. Ich bin noch einmal die Kamerabilder durchgegangen, die im Zusammenhang mit dem Mord an Heinen ausgewertet wurden. Das war eine Heidenarbeit, sage ich Ihnen. Es waren Hunderte von Menschen. Und erstaunlicherweise war auch Dietmar Fichtner auf einer Aufnahme zu sehen. Das ist niemandem sonst aufgefallen, weil er im Zusammenhang mit dem Heinen-Mord bislang keine Rolle spielt.«

»Ist ja interessant. Wo und wann erscheint er denn auf der Bildfläche?«

»Eine Kamera in der Nähe der Gastwirtschaft Zur Alten Fähre. Es sind drei Minuten Fußweg bis zum Tatort, die Aufnahme entstand eine Stunde vor der Tatzeit und es ist die einzige Aufnahme, auf der Fichtner zu sehen ist. Das kann natürlich auch Zufall sein.«

Sylke blickte auf ihre Uhr. »Oh, verdammt, wir müssten schon längst in der Konferenz sein.«

Sie eilten zum Besprechungsraum. Alle saßen bereits auf ihren Plätzen.

Brehms bohrender Blick erfasste sie wie der Strahl eines Laservisiers. »Da wir jetzt vollzählig sind, können wir die aktuelle Lage besprechen«, verkündete der Abteilungsleiter. »Seit gestern Abend ist einiges passiert.«

Auf ein Zeichen Brehms hin erhob sich ein junger Kollege. »Gestern gab es einen Schusswechsel auf einem Gewerbegelände, das nicht weit von hier an der Barther Straße liegt. Ein Mann wurde schwer verletzt, er ist derzeit noch nicht vernehmungsfähig. Abgegeben wurde der Schuss von Clara Lehnhoff aus Zingst, sie befindet sich in Polizeigewahrsam. Ihrer Aussage zufolge hat sie durch den Schuss versucht, ihren Lebensgefährten Tom Brauer zu schützen. Der Getroffene soll ihn zuvor mit einer Pistole bedroht und angekündigt haben, Brauers Knie zu zerschießen, wenn er ihm nicht den Aufenthaltsort von Annika Brieg verrät. Beteiligt waren offenbar auch zwei weitere Männer, die jedoch auf Motorrädern geflohen sind. Sie konnten durch die Verkehrsüberwachung ermittelt werden. Es handelt sich um Mitglieder der Hamburger Rockerszene.«

»Danke«, sagte Brehm. »Was ist bisher über den Mann bekannt, der derzeit im Krankenhaus liegt?«

»Er heißt Konstantin Shirov, ist russischer Staatsbürger und lebt seit dreizehn Jahren legal in Deutschland. Einige Jahre hat er für ein Sicherheitsunternehmen gearbeitet. Vor drei Jahren hat er sich selbstständig gemacht. Er bietet Bewachungsdienstleistungen an, der Firmensitz befindet sich in dem Gewerbepark, in dem er angeschossen wurde. Im letzten Jahr war sein wichtigster Auftraggeber die Baltica Logistik GmbH, eine Gesellschaft, die wiederum für das Pipeline-Projekt Eastern Line tätig ist.«

»Hm«, sagte Brehm, »bringt uns das irgendwie weiter? Ich glaube nicht. Wenn wir mal unterstellen, dass die Angaben von Clara Lehnhoff zutreffen, dann haben wir hier also Leute, die sich für die verschwundene Annika Brieg interessieren. Und die mit diesem Duo infernale aus Clara Lehnhoff und Tom Brauer zusammengerasselt sind. Gibt es irgendwelche Anhaltspunkte dafür, warum das so war?«

Ein Ermittler, der sonst nie etwas sagte, meldete sich zu Wort. »Clara Lehnhoff hat angegeben, dass ihr Lebensgefährte sich für den Mord an Marko Heinen interessiert. Abgesehen davon, dass die Aufklärung unsere Sache ist, fällt mir auf, dass wir hier immer wieder auf die gleichen Figuren stoßen: Rocco Schulze ist Hauptverdächtiger beim Heinen-Mord, er kannte Annika Brieg. Nun versuchen Leute von Tom Brauer den Aufenthaltsort von Annika Brieg zu erfahren. Kann es sein, dass wir hier mit einem größeren Netzwerk zu tun haben, zu dem auch Rocco Schulze und Annika Brieg gehören?«

»Was sollte das für ein Netzwerk sein? Mit welchem Ziel und von wo gesteuert?«, gab Brehm zurück.

Der sonst schweigsame Ermittler gab es auf, seine Vermutung zu untermauern und fiel zurück in seinen lethargischen Zustand.

Sylke fiel es schwer, sich auf die Diskussion zu konzentrieren. Sie musste an das denken, was Adrian herausgefunden hatte. Dieser Polizeischüler schien weitaus pfiffiger zu sein, als sie erwartet hatte.

»Dann halten wir uns doch an das, was da ist«, sagte Brehm in die sich ausbreitende Atmosphäre der Ratlosigkeit hinein. »Zum Mord an Marko Heinen haben wir ja auch noch eine andere Neuigkeit. Heute Nacht ist ein Video aufgetaucht, das eben diese Tat zu zeigen scheint. Ich habe Sie, Frau Reuter, sowie Frau Bartel gebeten, unabhängig voneinander Erkenntnisse zu diesem Video zu sammeln. Fangen Sie doch gleich an, Frau Reuter!«

Sylke musste gegen ein plötzlich einsetzendes Schwindelgefühl ankämpfen. Warum ließ Brehm sie und Dana hier gegeneinander antreten? Wollte er die Krise komplett eskalieren lassen?

Dana schien sich auf den Auftritt gut vorbereitet zu haben. Sie schaltete ihren Rechner und den Beamer zusammen und ließ das Video laufen. Einige der Ermittler zuckten zusammen, als der Täter Marko Heinen mit einem einzigen Schlag niederstreckte. »Nach meinem Eindruck ist die Sache relativ klar«, sagte Dana. Sie sprach wohlartikuliert und unterstrich ihre Aussagen mit Gesten, als hätte sie gerade eine Präsentationsschulung besucht.

Sylke hasste sie mehr als je zuvor.

»Marko Heinen ist eindeutig zu erkennen. Das Video enthält keine zeitliche Markierung, aber an den Lichtern sieht man, dass es Nacht ist. Tatort und Tatwaffe sind bekannt. Am Ende dreht sich der Täter um – ich habe das Gesicht ausgeschnitten, vergrößert und die Darstellung optimiert.« Dana zeigte ein Standbild aus dem Video. Das rot umrandete Gesicht des Schlägers rutschte nach vorn und wurde größer, die stark verpixelte Zeichnung gewann auf mysteriöse Weise an Schärfe – und plötzlich sah man auf der Projektionsfläche ein Porträtbild von Rocco Schulze, das auch als Führerscheinfoto hätte durchgehen können. »Es kann keinen Zweifel geben, dass es sich um Rocco Schulze handelt«, resümierte Dana. »Er muss kurz nach der Tat noch einmal zurückgekommen sein, um die Tatwaffe in den Müllcontainer zu werfen, ein etwas plumper Versuch, sie verschwinden zu lassen. Wer das Video ins Netz gestellt hat, ist nicht nachzuvollziehen. Es wurde auf einem britischen Videoportal anonym gepostet und verbreitete sich innerhalb weniger Stunden.« Dana warf Brehm einen kurzen Blick zu.

Sylke kam der Verdacht, dass sie ihr Resümee mit dem Abteilungsleiter bereits abgestimmt hatte.

»Meiner Meinung ist dieses Video ein klarer Beweis dafür, dass der Richtige in Untersuchungshaft sitzt.«

Brehm nickte. »Vielen Dank. Ein klares Statement. Und Sie, Frau Bartel?«

Sylkes Pulsschlag beschleunigte wie ein Ferrari. Hatte nicht Dana alles gesagt, was zu sagen war? Wenn es Bedenken gab, dann mussten sie sehr gut vorgetragen werden. Dana hatte eine mustergültige Hightech-Präsentation vorgelegt, Sylke war nicht einmal dazu gekommen, sich Notizen zu machen. »Ich .... ich bin etwas anderer Meinung«, begann sie. Eine ungute Pause entstand. War sie wirklich anderer Meinung? Was redete sie da? »Ich ... ähm ... habe mich gefragt, woher dieses Video stammt.« Wieder eine Pause. Sylke spürte die schnell wachsende Ungeduld im Raum. »Es ist keine Überwachungskamera, sondern eine private Kamera – gezielt dort installiert. Eine Kamera an solch einer abgelegenen Stelle, und dann zeigt sie exakt die beiden Männer? Das kann ja kein Zufall sein.«

»Frau Bartel«, unterbrach Brehm, »können Sie vielleicht zum Punkt kommen?«

Sylkes Hand krampfte sich um einen Bleistift. »Jemand hat die Kamera dort aufgebaut, jemand, der über Ort und Zeitpunkt dieses Treffens informiert war – also entweder Rocco Schulze oder Marco Heinen. Es ist ja zu vermuten, dass die beiden Ort und Zeitpunkt ihres Treffens nicht bekannt gegeben haben, also, es war ja ein geheimes Treffen. Rocco Schulze scheidet als Kameramann aus – das würde überhaupt keinen Sinn ergeben, dass er seine eigene Prügelattacke dokumentiert. Also Marko Heinen. Er hat sich bei seinem konspirativen Treffen gefilmt.«

»Warum sollte er das getan haben?«, warf Brehm ein.

»Das ist die Frage«, sagte Sylke, zögerte aber mit der Antwort. »Möglicherweise zum eigenen Schutz. Oder als Beweis für Schulzes Bestechungsversuch.«

»Frau Bartel, inwiefern helfen uns diese Überlegungen weiter?«

Sylke richtete sich auf. Sie spürte die geballte Ablehnung im Raum, aber sie spürte auch, dass sie sich jetzt, in diesem Augenblick, klar wurde über das, was sie sagen wollte. »Ich glaube, dass dieses Video das Gegenteil von dem aussagt, als es den Anschein hat. Die Kamera muss nach Heinens Tod, aber noch vor dem Eintreffen der Polizei abmontiert worden sein. Von wem? Heinen war tot und Rocco Schulze kann es schlecht gewesen sein. Er war in Panik, und ich bin mir auch nicht sicher, ob er überhaupt zurückgekommen ist.«

»Und wie stellen Sie sich das Ganze dann vor?«

Sylke war nun voll in Fahrt. Sie sprach schnell, viel zu schnell. Sie spürte, dass die Kollegen ihre Aussagen nicht verstanden und sprach noch schneller, um die ganze Sache abzukürzen. »Es war jemand in der Nähe, der die Bluttat beobachtet hat. Dieser Jemand hat die Kamera gesehen und mitgenommen. Nun benutzt er das Video, um den Verdacht gegen Rocco Schulze zu unterstreichen. Wer hat ein Interesse daran, Schulze zu belasten? Ist doch klar: der Täter. Der Täter wäre also nicht Rocco Schulze, sondern jemand, der sich jetzt noch im Hintergrund befindet. Nachdem Schulze in Panik weggerannt ist, geht der Täter zu dem bewusstlosen oder zumindest wehrlosen Marko Heinen, schlägt ihn endgültig tot und nimmt die Kamera mit.« Sylke spürte, wie ihr Herz die Stille im Raum mit einem flotten Samba untermalte. Der Bleistift in ihrer rechten Hand war zerbrochen, aber sie konnte sich nicht erinnern, davon etwas mitbekommen zu haben.

Brehm zierte sich noch, ein Urteil zu sprechen. »Hm – was meinen die anderen?«

»Klingt kompliziert, aber auch irgendwie abenteuerlich«, sagte ein Kollege. »Ich würde eher für die Version von Dana Reuter plädieren. Ohnehin spricht alles gegen Rocco Schulze.«

»Mir kommt das so vor, als würde die Kollegin Bartel ein sehr umfangreiches Gedankenkonstrukt aufbauen, um Rocco Schulze zu entlasten. Ich will da nichts unterstellen, aber vielleicht sollte man mal nach den Gründen fragen, warum die Kollegin sich hier so für Schulze einsetzt.«

»Das ist eine unverschämte Unterstellung«, rief Sylke empört.

Selbst einigen Kollegen ging dieser Vorwurf zu weit. Gemurmel kam auf.

Sylke rief mit scharfer Stimme dazwischen: »Dana kann nicht erklären, warum diese Kamera existierte und wieso das Video gerade jetzt gepostet wurde. Und wieso eigentlich nur dieser Ausschnitt? Warum nicht der Moment, als Schulze zurückkommt und das Tatwerkzeug entfernt?«

»Weil das für die Voyeure vor den Computerbildschirmen nicht mehr so spannend ist«, warf ein Kollege ein. Einige lachten kurz auf.

»Schluss jetzt!«, rief Brehm in die wachsende Unruhe hinein. »Frau Bartel, ich erkenne Ihre Bemühungen an, letzte Widersprüche zu finden. Wir alle werden das gerne noch einmal durchdenken. Aber zunächst stimme ich Dana Reuter zu. Das Video spricht eine klare Sprache und belastet Rocco Schulze. Wir werden es der Staatsanwaltschaft weiterleiten und sehen, ob die bisher gesammelten Indizien schon für eine Anklageschrift reichen.«

»Das ist unklug«, murmelte Sylke, aber es hörte niemand mehr zu.

Als Brehm wenig später die Sitzung beendete, beeilte Sylke sich, aus dem Besprechungsraum zu kommen. Sie fühlte sich vorgeführt und ausgespielt. Brehm hatte sie bewusst ins Messer laufen lassen. Aber lag es nicht auch an ihr? Warum hatte sie ihre Analyse so stockend und verworren vorgetragen? Es war diese Situation, in dieser Abteilung, die vielen Kollegen, die sie nur duldeten. Es gab niemanden, der sie schätzte.

Jemand tippte ihr auf die Schulter. Es war Adrian, der Polizeischüler. Wenigstens einer, der sich trotz ihres peinlichen Auftritts nicht von ihr abwandte. »Was machen wir jetzt?«, wollte er wissen.

Sylke spürte eine Welle trotziger Entschlossenheit. Sie nahm die Welle in sich auf und ließ sich von ihr tragen. »Wir lassen den ganzen Quatsch hier hinter uns und fahren zu Fichtner.«

34

Dietmar Fichtner öffnete seine Wohnungstür exakt so, wie Florian es beschrieben hatte: mit der Binde für Sehbehinderte um den Arm, einer Sonnenbrille auf der Nase und gestützt auf einen Rollator.

»Herr Fichtner? Ich würde gerne mit Ihnen reden. Es geht um den Tod von Marko Heinen.«

Der Mann war nicht sehr groß, hatte graubraune Haare, einen Backenbart und ein irgendwie verschmitztes Gesicht, fand Tom. Er schien aber keine Lust auf ein Gespräch zu haben und wollte die Wohnungstür gleich wieder schließen.

Tom musste sich mühsam überwinden, das zu tun, was er nun tat. Er wusste einfach nicht, wie er sonst weiterkommen konnte. Mit Schwung warf er sich gegen die Wohnungstür und gelangte mit einem Sprung in Fichtners Wohnung.

Dem Mann wurde dabei die Klinke aus der Hand gerissen, er verlor eine Stütze. Tom rechnete damit, dass er sich mit dieser Hand nun auch am Rollator festhalten würde, aber im Moment der ersten Überraschung tat Fichtner genau das Gegenteil. Er ließ den Rollator los und trat Tom gegenüber, mit zwei Händen, die bereit zur Verteidigung waren. »Was fällt Ihnen ein!? Sind Sie denn vollkommen …?«

»Schließen Sie die Wohnungstür, sonst sehen Ihre Nachbarn, dass Sie kein bisschen gehbehindert sind.«

Fichtner warf einen blitzschnellen Blick zum herrenlosen Rollator und kniff die Lippen zusammen. Er warf die Tür krachend ins Schloss. »Ich bin sehr wohl gehbehindert«, schimpfte er. »Wer sind Sie? Was soll dieser Auftritt?«

»Entschuldigen Sie bitte die Grobheit, das ist sonst nicht meine Art. Mein Name ist Tom Brauer. Ich interessiere mich für den Tod von Marko Heinen. Ich habe nichts mit der Polizei zu tun und habe auch nicht die Absicht, Sie lange zu behelligen. Ich weiß aber, dass Sie Marko Heinen verfolgt und beobachtet haben. Vielleicht können Sie mir weiterhelfen.«

Fichtner sah Tom misstrauisch an. »Wenn Se sich von jetzt an besser benehmen, könn'n wir uns in der Küche unterhalten. Ich hab Kaffeewasser auf'm Herd.« Fichtner humpelte tatsächlich etwas, konnte sich aber problemlos ohne Hilfsmittel bewegen. Er ließ Tom vorgehen und bot ihm einen Platz an einem winzigen Tisch an.

»Danke, ich stehe lieber.« Tom postierte sich am Küchenfenster, von wo aus man den Gehweg vor dem Haus und ein Stück vom Parkplatz überblicken konnte. Ein paar Birken, die noch das helle Frühlingslaub trugen, werteten die Aussicht bedeutend auf.

Fichtner lehnte sich gegen die Spüle und betrachtete Tom grimmig. »Sie müssen mir bitte etwas über Ihre Absichten erzählen!«

Tom berichtete ihm von Rocco und seinem Auftrag, ihn zu entlasten. Außerdem erwähnte er, dass es wohl einen Zusammenhang zwischen dem Mord und dem Verschwinden von Annika Brieg gebe, er diesen Zusammenhang aber nicht kenne. Alles andere, insbesondere die politischen Verwicklungen, ließ er weg.

Fichtner wiegte den Kopf. Er hatte mittlerweile die Sonnenbrille abgesetzt und in seine Hemdtasche gesteckt. »Ein Privatermittler, soso. Recht ungewöhnlich. Und wer sagt mir, dass das alles stimmt?«

Tom bemühte sich um einen treuherzigen Blick. »Ich hoffe, dass Sie mir glauben. Es interessiert mich wirklich nicht, warum Sie sich hier als hinfällig darstellen, aber …«

»Oh, es geht mir durchaus nicht gut. Ich hab zahlreiche Operationen hinter mir. Und in der Tat hatte ich ein gewisses Interesse an Heinen, aber ich fürchte, ich werd' Ihnen nich sehr viel weiterhelfen können. Er is tot und damit is für mich das Kapitel abgeschlossen.«

»Aber für andere nicht. Ein Mann, der aller Wahrscheinlichkeit nach nicht der Täter ist, sitzt in Untersuchungshaft.«

Fichtner nickte nachdenklich. »Ja, erstaunlich, wie viele Feinde dieser Mann hatte. Hart gearbeitet, intensiv gelebt, früh gestorben. Was ich Ihnen sagen kann: Heinen war neben seiner beruflichen Tätigkeit offenbar in zwielichtige Geschäfte verwickelt. Er hat sich in letzter Zeit mehrere Male spätabends mit diesem Mann verabredet, der dann festgenommen wurde.«

»Auch an dem Abend seines Todes?«

»Das weeß ich nich.«

»Sie waren da nicht in der Nähe?«

Fichtner zögerte. Er musterte Tom und schüttelte den Kopf. »Nee, tut mir leid.«

»Warum haben Sie Heinen beobachtet?«

»Er hat große Schuld auf sich genommen.«

»Das klingt dramatisch.«

»Sollte es nich, aber es entspricht der Wahrheit. Das Melodramatische liegt mir gar nicht. Ich bin eher der trockene Typ, nich wahr?«

»Ist mir ganz recht.« Tom hatte das Gefühl, dass Fichtner mehr wusste. Aber er schien dieses Wissen für sich behalten zu wollen. Auf der Suche nach einem neuen Gesprächsansatz blickte Tom aus dem Fenster. Auf dem Parkplatz traf eben ein roter Kleinwagen ein. »Also, Herr Fichtner, wie kommen wir weiter?«

Es war eine dumme Floskel und die Antwort folgte prompt. »Ich fürchte, gar nich. Und das sollte Sie nach Ihrem stürmischen Auftritt auch nich wundern. Gibt es da draußen etwas zu sehen?«

Tom konzentrierte sich in der Tat wieder auf den Plattenweg und den Parkplatz. »Ja, mir scheint, das wird jetzt interessant«, sagte er zögernd. Ein Mann und eine Frau standen da unten und sahen sich suchend um. Den Mann kannte Tom nicht, aber bei der Frau war das anders. »Erwarten Sie Besuch von der Polizei?«

Fichtner fluchte leise. »Is das wieder die Kommissarin mit den dunkelblonden Locken? Frau Bordel oder so ähnlich?«

»Sie heißt Sylke Bartel«, sagte Tom, während er sich auf den Weg zur Wohnungstür machte. »Ich ziehe es allerdings vor, ihr nicht zu begegnen, jedenfalls nicht hier.«

Fichtner humpelte in bemerkenswerter Geschwindigkeit hinter ihm her.

Als Tom die Türklinke der Wohnungstür bereits in der Hand hatte, spürte er Fichtners Griff um seinen Arm. Es war ein harter, fast schmerzhafter Griff. Fichtner sprach direkt in Toms Ohr, schnell und leise. »Sie verraten mich nich, oder? Mit dem Mord an Heinen hab ich nix zu tun. Ich geb Ihnen etwas, das Ihnen weiterhilft. Vielleicht könn'n Se mehr damit anfangen als ich oder die Polizei.«

Die hektisch hingeworfenen Sätze klangen in Toms Ohren unlogisch. Bevor er durch die Wohnungstür schlüpfte, spürte er, dass der seltsame Mann ihm einen Gegenstand in die Jackentasche steckte. Er hörte bereits Schritte im Treppenhaus und glaubte, Sylkes Stimme zu erkennen. Schnell, aber leise eilte er in die entgegengesetzte Richtung und drückte sich hinter einen Mauervorsprung. Kurz darauf hörte er die schnarrende Wohnungsklingel. Worte wurden gewechselt, eine Tür schloss sich. Dann war es still. Tom fühlte nach dem Gegenstand in seiner Jackentasche. Er hatte die Abmessungen einer Kassettenhülle.

35

Sylke ging offensiv auf Fichtner zu. Sie drängte ihn regelrecht in das Innere seiner Wohnung. Er wich zurück, klammerte sich dabei an seinen Rollator, aber Sylke glaubte zu erkennen, dass er im Rückwärtsgehen eigentlich überhaupt keine Stütze benötigte. »Sie haben mich belogen, Herr Fichtner.«

»Was … was woll'n Se hier?«

»Sie sind gar nicht so behindert, wie Sie tun.«

Fichtner kniff die Lippen zusammen.

Sylke legte nach. »Sie zeigen fortlaufend Autofahrer an, die angeblich bei Rot über die Ampel gefahren sind. So richtig blind sind Sie dann ja wohl auch nicht.«

»Das hab ich auch nie … Also, ich versteh nich, worauf Se …«

Während Sylke Fichtner bedrängte, blickte sich Adrian in der Wohnung um, so, wie sie das vorher besprochen hatten.

Fichtner bemerkte es trotzdem. »Hallo, Sie! Darf der das? Hat der einen Durchsuchungsbeschluss?«

Adrian kehrte schon wieder aus dem Bad zurück, in der Hand einen geflochtenen Papierkorb.

»Ich glaube, Herr Fichtner müsste uns mal erklären, warum in seinem winzigen Bad ein so riesiger Papierkorb steht. Und warum im Klo ein zusammengeknüllter Zeitungsartikel liegt.«

»Aha«, rief Sylke mit gespielter Empörung.

Adrian hatte sich Handschuhe übergezogen. Er faltete das noch tropfende Papierstück auseinander und legte es auf den Wohnzimmertisch.

Das alles musste für Fichtner demütigend sein, und das war Sylkes Absicht.

Nach dem Debakel bei der Besprechung wollte sie endlich wieder etwas erreichen. Sie wollte handeln. »Ein Bericht über den Unfall vor sieben Jahren«, rief sie. »Damals haben Sie sich diese schlimmen Verletzungen zugezogen, Herr Fichtner, nicht wahr?«

Auf Fichtners Stirn standen Schweißperlen.

Sylke war zufrieden.

Seine Stimme klang brüchig. »Hören Se, das is … das is einfach nur unverschämt, was Se hier machen.«

»Warum wollten Sie diese Zeitungsartikel über das Klo entsorgen? Wir sollten sie nicht zu sehen bekommen, stimmt's? Was genau wollen Sie verbergen?«

»Nix! Rein gar nix.«

»Und wie ist das mit Ihrer vorgetäuschten Behinderung? Wollten Sie mir signalisieren, dass Sie niemals in der Lage zu einer körperlichen Auseinandersetzung mit einem erwachsenen Menschen wären, zum Beispiel einem Mann wie Marko Heinen? Na los, jetzt erzählen Sie mal!«

Fichtner ließ sich auf die Lehne seines Sofas fallen.

Sylke hielt mit ihren Angriffen inne. Sie wartete. Der Gegner hatte einen schweren Schlag eingesteckt. Aber er wehrte sich noch.

»Ich möcht' Sie bitten, meine Wohnung zu verlassen!«

»Herr Fichtner, Sie wissen, dass Sie auf Dauer nicht vermeiden können, mit uns zu reden. Und je eher Sie meine Fragen beantworten, umso besser ist das für Sie.«

Der Mann blickte zwischen Sylke und Adrian hin und her. »Sie woll'n mich fertigmachen, oder? Sie ham doch längst einen Verdächtigen festgenommen. Warum brauchen Se mich denn noch?«

Sylke begann, weitere Zettel aus dem Papierkorb zu fischen und aufzufalten. Sie sortierte sie auf zwei Stapel. »Hier links liegen die Artikel über den Unfall. Die Zeitungen haben damals ausführlich berichtet. *Fahrerflucht, ein Mann liegt halb tot am Straßenrand* und so weiter. Und hier rechts, das sind Texte über Marko Heinen. *Neustart in der Heimat – Marko Heinen soll Marktwesen neu ordnen.* Oder das hier: *Sorgt der Neue für Frieden unter den Marktbeschickern?* Wenn ich das so sehe, dann frage ich mich natürlich unwillkürlich: Wie hängen diese beiden Themen zusammen – der Unfall und Marko Heinen? Und warum sind all diese Texte, die jemand über Monate und Jahre gesammelt hat, wenige Tage nach dem Tod Heinens in einem Papierkorb gelandet? Warum sollten wir von der Polizei diesen Papierkorb nicht sehen? Herr Fichtner, können Sie uns das erklären?«

Fichtner schluckte.

Sylke spürte, dass sein Widerstand bald genauso brüchig sein würde wie seine Stimme, es fehlte nicht mehr viel. Aber etwas eben doch.

»Ich … ich … werd dazu keen Wort sagen, bevor ich nich mit meinem Anwalt gesprochen hab.«

»Gut, dann werden wir Sie jetzt zum Kommissariat mitnehmen. Von dort können Sie Ihren Anwalt benachrichtigen. Alle diese Papiere sind als Beweisstücke beschlagnahmt.«

36

Clara kam gerade rechtzeitig, um mit der Nachmittagsfähre den
Strelasund zu überqueren. Die Regenfront, die seit dem Morgen einen Grauschleier über die Stadt gelegt hatte, war abgezogen und hatte eine angenehm klare und frische Luft zurückgelassen. Bis auf ein paar weißgraue Schlieren im Osten und
Süden war der Himmel blau, das Wasser funkelte. Clara suchte
sich einen Platz an Deck und genoss ihre wiedergewonnene
Freiheit, während die Fähre den Hafen von Stralsund hinter
sich ließ. Im Gegenlicht einer tief stehenden Sonne erschienen
die Backsteinbauten der Hansestadt dunkel, geradezu schwarz.
Nur die weißen Baukörper des Ozeaneums hoben sich davon
ab und setzten einen hellen Akzent.

Dieser Anblick fügte sich in Claras innere Bilderwelt ein –
die Stadt war für sie zu einem Schauplatz dunkler Geschich-
ten geworden, nur das Ozeaneum und ihre Aufgabe dort hatten nach wie vor einen lichten und fröhlichen Charakter. Sie
freute sich auf den letzten Tag mit den Kindern. Die Erlebnisse
der vergangenen 24 Stunden hingegen erschienen ihr wie Szenen aus einem Film, in den sie versehentlich hineingeraten
war. Die Befragungen durch die Ermittler, die kriminaltech-
nischen Untersuchungen ihrer Hände auf Schmauchspuren –
hier draußen auf dem Strelasund waren das Erinnerungen an
eine bizarre und unfreundliche Welt.

Beim Gespräch mit dem Haftrichter war es ihr schwergefallen, sich auf die Sache zu konzentrieren. Immer wie-

der hatte sich dieses eine Bild vor ihr inneres Auge geschoben: der Mann im karierten Hemd, der mit seiner Pistole auf Tom zielte; die Waffe in ihrer eigenen Hand; der eine Herzschlag, der fehlte, in dem Moment, als sie den Abzug nach hinten zog; diese verblüffende und erschreckende Wirkung, als der Karierte zusammenzuckte und stürzte. Dieser Augenblick war für sie mit einem Gefühl tiefer Angst verbunden. Sie wusste nicht genau, ob es Angst vor der Bedrohung durch diese Männer war, Angst vor der Gewalt allgemein oder auch Angst vor ihrer eigenen Tat, vor dem Gefühl einer unheimlichen und nie gewollten Macht, die sie ausgeübt hatte und für die sie sich verantworten musste. Im Schlepptau dieser Erlebnisse tauchten Erinnerungen auf, von denen sie erst recht nichts wissen wollte: an ihren Onkel Miro, die Faszination, die er anfangs auf sie ausgeübt hatte, seine suggestive Art, seine Zudringlichkeit.

Clara spürte in diesem Moment, in dem sie etwas Abstand von der Stadt gewann, dass die Erlebnisse der vergangenen Tage ihr Leben verändert hatten. Sie war erleichtert, dass sie sich wieder frei bewegen durfte, aber es lag ein Schatten über dieser Freiheit. Bevor sie das Polizeigebäude verlassen hatte, war sie von Hauptkommissar Brehm noch einmal zu einem kurzen Gespräch gebeten worden. Er hatte sie sehr höflich aufgefordert, sich ein kurzes Video von der Tatnacht anzusehen. Bevor er das Video startete, warnte er sie wegen der Brutalität der Bilder.

Mit angehaltenem Atem hatte Clara dann auf den Bildschirm gestarrt. Sie sah Marko Heinen und einen weiteren

Mann, der einen länglichen Gegenstand in der Hand hielt – es musste sich um den von ihr gestalteten Holzfisch handeln. Ohne jede Vorwarnung hatte er Heinen mit einem einzigen Schlag niedergestreckt. Zwanzig Sekunden dauerte dieser Horrorfilm. Am Schluss blickte der Täter kurz in die Richtung der Kamera.

Brehm hatte das Video gestoppt und Clara gefragt, ob sie den Täter erkenne.

Den Schlag zu sehen, das hatte Clara verkraften können, aber nun etwas zu dem Mann zu sagen, das war die reinste Folter. »Was erwarten Sie von mir?«, hatte sie Brehm gefragt, ohne den Blick von dem verwaschenen Standbild zu wenden.

»Ich erwarte, dass Sie sagen, was Sie Ihrer Meinung nach sehen.«

»Sie wollen wissen, ob ich in diesem Mann Rocco Schulze erkenne.«

»Das ist genau das, was wir uns fragen.«

Clara hatte den Kopf geschüttelt und war aufgestanden. »Ich möchte dazu nichts sagen – wirklich nicht. Ich bitte um Verständnis.«

Brehm hatte genickt und etwas ratlos die Hand gehoben. »Wir haben mit Hilfe von Computertechnik ein sehr eindeutiges Ergebnis bekommen. Aber ich würde mir wünschen, dass jemand, der Rocco Schulze persönlich kennt, dieses Ergebnis bestätigt.«

Er hatte Clara hinausgeleitet und ihr noch einmal angekündigt, was sie längst wusste: dass ihr ein Verfahren wegen schwerer Körperverletzung bevorstand.

Diese Tage markierten einen Einschnitt – das spürte sie sehr deutlich. Nicht nur für sie selbst, auch für Tom, für ihre Beziehung. Sie fragte sich, ob das, was auf dem Paintball-Gelände passiert war, weiterhin Teil ihres Lebens sein konnte oder durfte. Selbst wenn sie sich in Zukunft aus Toms Ermittlungen heraushielt, würde doch immer wieder diese Angst aufbrechen, wenn er sich in Gefahr begab. Wollte sie das wirklich? Wollte sie so leben?

In diesem Fall hatte sie ja selbst den Anstoß gegeben. Sie hatte Tom aufgefordert, Informationen zu Roccos Entlastung zu sammeln. Sie hatte nicht ahnen können, wohin das führen würde, aber sie trug doch eine Verantwortung. Ohne ihre Initiative wäre Tom nicht zu diesem Gewerbepark gefahren. Und ohne ihre Einmischung hätte er den Tag vielleicht nicht überlebt. Sie mussten sich beide fragen, wie es weitergehen sollte. Ob sie diese Art von Gewalt in ihrem Leben akzeptieren wollten.

Als sie in Altefähr an Land ging, gönnte sie sich noch einen Moment in dem kleinen Hafen, der auf sie so angenehm entspannt wirkte. Hier gab es keine großen Events, kein Gedränge und keine Enge. Gerade kam eine Gruppe von Jugendlichen vom Strand zurück. Sie trugen Neoprenanzüge und wirkten nach ihrem Surfkurs erschöpft, aber auch erfüllt von dem, was sie geschafft hatten. Auf der Terrasse der Inselbar fingen ein paar Touristen die wärmenden Strahlen der Nachmittagssonne ein. Clara ging ein einige Schritte Richtung Strand und über den äußeren Holzsteg, der u-förmig in den Strelasund hineinragte. Auf einigen der Segeljachten saßen Bootsbesatzungen, man trank Bier oder Kaffee und genoss den milden Tag.

Als sie wenig später die kleine Hütte auf dem Campingplatz von Altefähr erreichte, saß Tom auf dem Bett, neben sich einen pinkfarbenen Walkman, in den Ohrmuscheln zwei schwarze Knöpfe. Er sprang auf und lachte. Sie umarmten sich lange.

»Schön, dass du wieder da bist«, sagte Tom. »Ich wollte ja eigentlich …«

»Du solltest eine Aussage machen, du Schlafmütze, und bist nicht gekommen.«

»Entschuldige bitte, es war … Ich musste noch etwas Dringendes erledigen und habe tatsächlich einen ganz entscheidenden Fortschritt gemacht. Diese Aufnahme hier, die beweist …«

Clara legte ihm den Zeigefinger auf den Mund. »Warte, du kannst mir das gleich alles erzählen, aber ich würde gerne zuerst unter die Dusche gehen. Die Ausstattung dieser Polizeizelle war – wie soll ich sagen – eher schlicht.«

Später saßen sie bei Keksen und Tee an dem winzigen Küchentisch und tauschten ihre Erlebnisse aus.

»Dieser Anwalt, der da heute morgen auftauchte, war ziemlich gerissen«, sagte Clara. »Er hat es irgendwie geschafft, mich da rauszuholen, obwohl du meine Aussage noch nicht bestätigt hast. Freiheit scheint in diesem Land doch noch zu den Grundrechten zu zählen, die man nicht leichtfertig aufgibt. Ich hoffe, die Rechnung wird mich nicht ruinieren.«

»Den Advokaten hat Marten Oltdorp organisiert. Und ich denke, er kann auch die Kosten übernehmen. Ich habe hier etwas bekommen«, er hielt den pinken Walkman hoch, »wonach er sich dringend sehnt. Deshalb muss ich auch gleich los.«

Clara nahm Toms Hand. »Warte bitte noch einen Moment! Ich habe mir viele Gedanken gemacht. Diese ganze Angelegenheit, die so eskaliert ist – ich war letztendlich diejenige, die dich da hineingezogen hat. Im Nachhinein betrachtet war das wohl ein Fehler. Ich hätte dich nicht so drängen dürfen, dich für Rocco einzusetzen.«

»Aber du kannst doch gar nichts dafür. Du hast mir gestern mein Knie und vielleicht mein Leben gerettet – ich mache dir überhaupt keinen Vorwurf.«

Clara sah ihn an und musste lächeln. »Na ja, es stimmt natürlich, dass ich einiges für dich getan habe. Zum Beispiel habe ich Sylke dazu gebracht, dass sie deine Attacke auf sie unter den Tisch fallen lässt und …«

»… das hast du tatsächlich geschafft? Hätte ich nicht erwartet. Ihr beide seid ja echt gerissen.«

»Wir beide haben ziemlich viel Mühe miteinander. Sylke war sehr abweisend und hat meinen Vorschlag erst weit von sich gewiesen, aber dann hat sie ihn offenbar exakt umgesetzt. Jedenfalls war beim Haftprüfungstermin von einem Angriff nicht die Rede. Nur, dass du die Waffe mitgenommen hast …«

»Ja, ich weiß, die werden wir wohl abgeben müssen.«

»Das werde ich tun«, sagte Clara entschlossen. »Und zwar morgen früh, bevor ich zum Ozeaneum gehe.«

Tom war damit sehr einverstanden. »Das wäre toll.« Er warf einen Blick durch das kleine Fenster. Vor dem benachbarten

Zelt baute ein Mann in bunten Shorts einen Grill auf. »Ich muss jetzt unbedingt los und …«

»Eine Sache noch«, unterbrach ihn Clara. »Es ist beinahe die wichtigste. Sie haben mir vorhin bei der Polizei ein Video von der Tatnacht gezeigt. Es ist im Internet aufgetaucht. Kennst du dieses Video?«

Tom schüttelte den Kopf.

»Es ist erschütternd, schlimm und enttäuschend. Und es zeigt mir, dass ich mich zutiefst getäuscht habe. Man sieht auf dem Video, dass Rocco auf.Marko Heinen einschlägt – mit dem Holzfisch, den ich ihm gegeben habe! Ich war mir so sicher, dass er so etwas nicht tun würde, aber er hat es doch getan.«

Tom kratzte sich am Kopf. »Bist du dir sicher, dass er es war? Das hat sich doch mitten in der Nacht abgespielt.«

»Das Gesicht ist etwas verschwommen, aber es stimmt alles: die Haltung, die Art, sich zu bewegen, die Tatwaffe. Er muss es sein! Ich habe mich geweigert, etwas zu dem Video zu sagen, aber ich bin unglaublich wütend auf ihn. Wir hatten besprochen, was er Heinen sagen und wie er mit dessen Reaktion umgehen sollte. Und dann stellt sich der Kerl da hin und schlägt einfach zu.«

»Und dann ist Heinen tot?«

»Das weiß ich nicht, es war auf dem Film nur ein Schlag zu sehen, aber ich nehme an, dass sie mir nicht alles gezeigt haben. Es ist deprimierend. Vor ein paar Tagen habe ich geglaubt, dass ich ihn kenne, aber ich habe mich so getäuscht wie selten zuvor. Zu glauben, dass du einen Menschen, mit dem du als Kind viel erlebt hast, wirklich verstanden hast, ist wohl eine Illusion. Ich hätte von Anfang an anders mit der ganzen Sache umgehen müssen.«

Tom musste aus unerfindlichen Gründen lachen. »Das ist jetzt beinahe komisch. Dein 150-prozentiger Einsatz für Rocco hat mich tatsächlich zunächst eher skeptisch werden lassen. Aber jetzt, wo du an ihm zweifelst, würde ich gerne dagegen halten: Ich glaube nach wie vor nicht, dass Rocco Marko Heinen erschlagen hat.«

Clara war nicht zum Lachen zumute. »Das musst du mir erklären.«

Tom griff nach dem pinken Walkman, der noch immer auf dem Bett lag. »Hier, aus diesen Tonaufnahmen, geht hervor, dass Rocco und Heinen an diesem Abend gar nicht nur um den Verkaufskutter gestritten haben. Heinen war auf der Suche nach Informationen über Unregelmäßigkeiten bei der Genehmigung der Gaspipeline. Annika Brieg hatte diese Informationen. Sie wollte mit Rocco zusammen ihren Ex-Geliebten Karsten Schlood erpressen. Als Rocco begriff, dass Annikas Informationen genau das waren, was Heinen benötigte, wechselte er die Strategie. Er täuschte Annika und bot Heinen ihre Informationen an, um im Gegenzug die gewünschten Verbesserungen für seinen Verkaufskutter zu erhalten. Heinen wiederum wollte sich auf keine Erpressung einlassen. Zum Zeitpunkt des nächtlichen Gesprächs auf der Hafeninsel hatte er Annika längst entführt, um sich die Informationen direkt von ihr zu holen. Er hat Rocco über den Tisch gezogen und brauchte ihn nicht mehr. Durch sein Wissen und seine Verbindung zur Berliner Politik ist Heinen für einige Leute sehr gefährlich geworden.«

Clara brauchte einen Augenblick, um die verwickelte Intrige nachzuvollziehen, aber dann nickte sie. »Das würde einiges erklären.«

»Mit diesen Aufnahmen wollte Heinen an ein Dokument kommen, das das gesamte Pipeline-Projekt gefährdet. Und deshalb muss ich auch gleich in die Stadt, um mich mit Oltdorp zu treffen.«

»Warte, bitte nichts überstürzen! Ich habe heute während der Entlassungsprozedur mitbekommen, dass die Polizei in dem Gewerbepark ein Gewehr sichergestellt hat, das erst kürzlich benutzt worden ist. Das muss die Waffe sein, die für das Attentat auf dich verwendet wurde. Und der Typ, auf den ich geschossen habe, war vermutlich der Schütze. Dann könnten wir doch eigentlich auf den Dänholm zurückkehren, oder? Ich finde es auf der MATHILDA sehr viel angenehmer als hier.«

Tom hatte bereits den Walkman in seinem Rucksack verstaut. Nun hielt er inne. »Du willst dieses Risiko eingehen? Gut, ich bin dabei. Lass uns alles zusammenpacken! Dann bringe ich dich auf den Dänholm und fahre von dort in die Stadt.«

37

Clara war glücklich, sich wieder auf der MATHILDA einrichten zu können. Die alte Barkasse war nach zahlreichen Umbauten gut ausgestattet. Und überhaupt gefiel ihr das Leben im Hafen besser als auf dem Campingplatz. Zum Hafen gehörte das Gefühl von Aufbruch und Bewegung. Man spürte die Elemente und jede Änderung des Wetters unter den eigenen Füßen. Schließlich gab es auch noch Detlef und seinen aufmerksamen Hund.

Nachdem Tom wieder Richtung Stralsund aufgebrochen war, unternahm Clara einen Abendspaziergang. Sie hatte sich während der vergangenen Tage immer wieder gefragt, wie es auf der anderen Seite des Hafens aussah, auf dem Kleinen Dänholm. Dieser Teil war durch die Anlage des alten Marinehafens vom Hauptteil der Insel komplett abgespalten und nur über eine Brücke erreichbar, die zugleich den Freizeithafen vom Materiallager des Wasserstraßen- und Schifffahrtsamtes trennte. Clara ging über genau diese Brücke und betrat damit den letzten Zipfel des Dänholms, der sich noch etwas einsamer und etwas sonderbarer ausnahm als die Hauptinsel. Neben einer Dependance des Meeresmuseums gab es hier nicht mehr viel. Ein Bootsverleih, der Anlandepunkt eines kleinen Fischereibetriebs, ein paar verstreute Wochenendhäuser. Verbunden waren diese Bauten durch einen Fahrweg, der sich in Längsrichtung über die bewaldete Miniinsel zog. Zum Strelasund hin grenzte sich der Kleine Dänholm durch einen Wall ab, eine alte Befestigungsanlage, die allerdings längst überwuchert und teilweise auch zerstört war.

Die Dämmerung war bereits weit fortgeschritten, als Clara den lehmigen Weg entlangwanderte. Eigentlich hatte sie vorgehabt, bis zur Landspitze im Südosten zu gehen, aber sie fragte sich, ob sie sich diesen Gang nicht für tagsüber aufheben sollte, um mehr sehen zu können. Sie blieb stehen und sah sich um. Ein schmaler Weg zweigte nach links ab und führte zu einer scheinbar verlassenen Hütte am Hafen. Nach rechts konnte man ein Stück durch den Wald gehen. In etwa fünfzig Metern Entfernung war ein Einschnitt in der Wallanlage zu erkennen. Das machte Clara neugierig. Sie wandte sich dorthin und passierte ein kleines, aber massiv gebautes Gebäude, das vielleicht früher einmal eine Unterkunft für Wachtruppen gewesen war. Dann ging es durch den Einschnitt in dem hoch aufragenden Wall. Das Wasser plätscherte gegen das flache Ufer, der Strelasund öffnete sich hier nach Süden hin. Weit draußen waren noch die Lichter der Stralsunder Hafen- und Werftanlagen zu sehen. Es war für Clara kaum vorstellbar, dass sich hier, an diesem überaus einsamen Ort, einmal größere Schlachten ereignet haben sollten. Aber warum sonst hatte man diese mehrere Meter hohen Wälle errichtet, in denen es nach wie vor auch Gänge und unterirdische Räume gab? Sie stellte sich vor, wie von der südlichen Seeseite her große Segelschiffe den Dänholm angriffen, hörte das Donnern der Kanonen und spürte den Pulverdampf in ihrer Nase. Aber stopp! Hing da nicht wirklich der Geruch nach Verbranntem in der Luft? Oder verwirrten ihre Fantasiebilder nun auch schon ihre Sinneswahrnehmungen?

Sie ging ein paar Schritte zurück und betrachtete das graue Haus am Fuß der Wallanlage. Es hatte nur ein Stockwerk, die Tür war verschlossen, die Fenster entweder vergittert oder mit Brettern vernagelt. Clara beobachtete den Schornstein und glaubte eine feine Rauchfahne zu erkennen, die daraus in die Höhe stieg und recht bald vom Wind verwirbelt wurde. Nun war sie sich auch sicher, dass der Geruch nicht von herbeifantasierten Kanonen stammte, sondern von einem ganz realen Verbrennungsvorgang. Irgendjemand zündelte in diesem hermetisch abgeschlossenen Haus mit Papier – und das mitten im Mai. Wie konnte das sein?

Clara umrundete das Gebäude und rüttelte an der Tür. Aber sie war fest verschlossen. Auch sonst deutete nichts darauf hin, dass es in letzter Zeit genutzt worden war oder gar bewohnt wurde. Ihr kam ein Gedanke, der ihren Herzschlag beschleunigte und den sie zugleich wieder von sich wies. Nein, das war unmöglich. Das war absurd. Aber der Gedanke ließ sie nicht los. Tom hatte ihr von diesem Verhör erzählt, von den Tonaufnahmen, die der Politiker inzwischen an sich genommen hatte. Clara hatte sich gefragt, warum Annika von Heinen eine Kerze und ein Feuerzeug haben wollte. Die Behauptung, das elektrische Licht ginge manchmal aus, fand sie merkwürdig. Entweder ist eine Stromversorgung da oder nicht. Entweder ist eine Glühlampe kaputt oder sie funktioniert. Warum also diese Kerze?

All das ging Clara wieder durch den Kopf, als sie schon längst im Laufschritt unterwegs war. Der Hafen war nicht sehr gut beleuchtet, es herrschte jetzt, kurz bevor endgültig die Nacht hereinbrach, ein unheimliches Zwielicht. Sie rannte auf den Steg und stieg auf Detlefs Motorjacht. Mit der Faust schlug sie gegen den Aufbau und rief nach dem Bootsbesitzer. Der Hund begann zu bellen, dann tauchte auch Detlef auf, verschlafen und nicht gerade gut gelaunt. Aber Clara kümmerte das jetzt nicht mehr. Es dauerte keine zwei Minuten, dann waren sie schon wieder unterwegs, ausgerüstet mit einer Brechstange und zwei Lampen, zurück über die Brücke auf den Kleinen Dänholm. Clara ging allmählich die Puste aus, aber Detlef wurde immer wacher. Ohne zu zögern, machte er sich an der massiven Holztür des kleinen Hauses zu schaffen, während Clara leuchtete.

»Keine Ahnung, wozu diese Hütte hier früher gebraucht wurde«, brummte er. »Irgendwas vom Militär, schätze ich.«

Die Tür gab ihren Widerstand auf, nachdem Detlef sie an mehreren Stellen aus dem Rahmen gehebelt hatte. Er schaltete seine Lampe ein und betrat das Innere. Es roch muffig, ein winziger Flur, dann der Hauptraum, der angefüllt war mit zertrümmerten Möbeln. Über allem lag eine dicke Staubschicht. Detlef leuchtete auf den Boden. »Hier sind eine ganze Menge Spuren, noch nicht sehr alt.«

Sie folgten den Fußstapfen bis in die Mitte des Raumes. Die Spur endete an einer Falltür, die mit einem Querriegel verschlossen war.

»Aha.«

Detlef schlug den Riegel zur Seite und hob die Falltür ein wenig an. Ein unguter Geruch drang von unten zu ihnen rauf, ein Gemisch aus feuchtem Beton, verbranntem Papier und

Latrine. Er öffnete die Klappe bis zum Anschlag und rief hinunter: »Hallo, ist da jemand? Hallo? Wir kommen, um zu helfen.« Er leuchtete den Kellerraum aus. Er war sehr eng und leer.

Clara war enttäuscht. Das hatte sie nicht erwartet. »Hier war aber vor kurzer Zeit noch jemand«, sagte sie trotzig.

Detlef war zwei Stufen nach unten geklettert und leuchtete noch einmal in alle Winkel. »Moment mal«, rief er, »da ist noch eine Tür.«

In die Kellerwand war eine Eisentür eingelassen, nicht viel höher als einen Meter. Im Schloss steckte ein Schlüssel.

»Warte hier oben, ich sehe erst mal nach! Es ist vielleicht nicht so gut, wenn zwei Leute gleichzeitig auf dieser Treppe stehen.«

Er tastete sich Schritt für Schritt die morsche Holzstiege hinab. Sie knarrte, aber sie hielt. Unten angekommen, wandte er sich der Eisentür zu. Er drehte langsam den Schlüssel und öffnete sie vorsichtig – um gleich darauf laut stöhnend zurückzuweichen. »Mein Gott, was für ein Gestank!«

Beim zweiten Versuch war er gewarnt. »Hallo, ist hier jemand?«

Clara sah, wie sich Detlef durch den niedrigen Durchgang zwängte. Es war ihr vollkommen unklar, aus welchem Grund man derartige Türen konstruierte. Sie wartete. Eine unendliche Zeit lang war weder etwas zu hören noch zu sehen.

Dann plötzlich ein Schlag, ein Schrei, das Scheppern von Metall auf Beton.

»Ist alles in Ordnung?«, rief Clara. »Detlef?«

Es kam keine Antwort, aber der Gestank hatte mittlerweile auch die obere Luke erreicht. Es war ein schwer erträglicher Cocktail: Schweiß, Exkremente, Verbranntes. »Detlef, warum antwortest du nicht?«

Clara begann nun auch die Stiege hinabzusteigen. Sicherheitshalber nahm sie die Brechstange mit, die Detlef oben gelassen hatte. »Detlef?«

Aus dem Raum hinter der Zwergentür war nichts zu hören. Es war mehr als unheimlich. Clara pirschte sich heran, der Gestank nahm zu und raubte ihr die Fähigkeit, klar zu denken. Wenn das hier tatsächlich das Verlies war, in dem Marko Heinen seine Geisel festgehalten hatte, dann war das eines der schlimmsten Gefängnisse, die man sich vorstellen konnte. Unter was für Ängsten musste diese junge Frau gelitten haben? Hier zurückgelassen zu werden, das war mehr als die Vorhölle, das war schon die Haupthölle. Aber noch war ja nichts klar. Noch wusste sie nicht, ob sie wirklich das entdeckt hatten, was sie vermutete. Es war unmöglich, in das Innere des zweiten Raums zu gelangen, ohne sich einem möglichen Angriff preiszugeben. Sie ging das Risiko nur ungern ein, aber was blieb ihr anderes übrig? »Hallo, ist da jemand? Detlef, jetzt antworte doch!«

Das Schweigen aus dem stinkenden Loch war bedrückend. Clara versuchte hineinzuleuchten, aber der Weg führte um eine Ecke herum, sodass sie nur einen schmalen Streifen des Raums einsehen konnte. Auf dem Boden lag etwas Langes, Flaches, es konnte eine Matratze sein. »Frau Brieg, sind Sie da drinnen? Sie müssen keine Angst haben. Wir wollen Sie hier rausholen.«

Nichts. Keine Antwort, kein Laut. Vielleicht, dachte sie, ging es noch weiter hinab und Detlef war abgestürzt. Oder von den unerträglichen Gasen bewusstlos geworden. Sie hatte schon von Höhlen gehört, in denen sich Kohlendioxid und andere giftige Gase sammeln konnten. Wenn es so etwas war, dann befand sich Detlef in Lebensgefahr. Was für ein Desaster!

Mit dem Mut der Verzweiflung ging Clara hinein. In der linken Hand hielt sie die Taschenlampe, in der rechten die Brechstange. Sie ging Schritt für Schritt voran, allmählich weitete sich der Blick auf den Raum. Sie sah ein Matratzenlager, Flaschen und diverse Lebensmittelverpackungen, an der Wand lehnend eine rechteckige Platte, vielleicht von einem Tisch. Ein Eimer mit einem Deckel darauf, eine Camping-Toilette, an der Decke eine verbeultes Drahtgestell, es mochte einmal eine Kellerlampe gewesen sein.

Als Clara an die Stelle kam, an der sie den letzten Winkel des Raumes einsehen konnte, sah sie zwei Schuhe, in denen Füße steckten. Detlef! Er lag auf dem Boden. Clara wollte zu ihm hin eilen, aber im gleichen Moment sprang ihr aus dem letzten verborgenen Winkel eine schmale Gestalt entgegen, eine Frauengestalt. Viel mehr konnte sie nicht erkennen. Sie spürte, wie etwas Längliches auf sie zuraste, hob die Brechstange, aber die war schwer und ihre Abwehrbewegung war zu langsam. Ihr Arm mit dem Eisen in der Hand wurde gegen ihren Kopf geschleudert. Sie stolperte und schlug hart auf den Boden auf. Ihr wurde schwarz vor Augen, aber sie glaubte noch zu hören, wie eine schwere Tür ins Schloss fiel.

38

STIMME: Verhör Annika Brieg. Es ist Sonntag, der 6. Mai, 9 Uhr 17. Guten Morgen!

ANNIKA: ---

STIMME: Hier ist, wie versprochen, eine Uhr, eine Packung Kerzen, dazu ein Feuerzeug. Ich habe auch eine Chemie-Toilette beschafft, das ist sicher besser als der Eimer. Ist alles in Ordnung? Hast du schlafen können?

ANNIKA: Scheiße, ich glaube, ich bin krank, habe Fieber. Ich habe die ganze Nacht gefroren.

STIMME: Das tut mir leid.

ANNIKA: »Tut mir leid?« – Sie waren es, der mich hier eingesperrt hat, oder? Ich will raus. Hier stinkt's. Ich will duschen.

STIMME: Beim nächsten Mal bringe ich dir eine zweite Wolldecke und Aspirin mit. Du hast Seife und Wasser – mehr geht leider nicht. Mit Wasser solltest du etwas sparsamer sein.

ANNIKA: Ich hab doch jetzt alles gesagt, dann können Sie mich auch freilassen! Wieso schnappen Sie sich denn nicht einfach Karsten? Der weiß das doch alles besser.

STIMME: Das hat strategische Gründe. Das verstehst du nicht.

ANNIKA: Arschloch.

STIMME: Annika, mir ist klar, dass das hier für dich kein Spaziergang ist. Es geht aber nicht nur um dich. Es geht um die Zukunft unseres Landes.

ANNIKA: Ich habe auch eine Zukunft.

STIMME: Du wirst noch ein paar Fragen beantworten müssen! Dann steht deiner Freilassung nichts mehr im Weg.

ANNIKA: Also, wenn ich jetzt alles sage, was ich weiß, dann kann ich gehen?

STIMME: Nicht sofort, weil …

ANNIKA: Wann denn?

STIMME: Das wird sich bald zeigen. Wir müssen sichergehen, …

ANNIKA: Ich will wissen, wann.

STIMME: In ein paar Tagen.

ANNIKA: Scheiße, das ist nicht wahr, oder? Sie wollen mich hier noch tagelang festhalten? Wenn Sie Ihre scheiß Informationen haben, wozu brauchen Sie mich noch?

STIMME: Die Leute, mit denen wir es zu tun haben, sind gefährlich. Es geschieht auch zu deinem Schutz.

ANNIKA: Ich brauche Ihren Schutz nicht.

STIMME: Ich möchte jetzt die Fragen stellen.

ANNIKA: ---

STIMME: Du hast gesagt, Karsten Schlood wurde mit einem Dokument erpresst. Was steht in diesem Dokument?

ANNIKA: ---

STIMME: Gut, ich weiß so viel, dass es um irgendeine Straftat vor vielen Jahren ging. Muss ja etwas Größeres gewesen sein, sonst hätte er sich nicht so unter Druck setzen lassen.

ANNIKA: ---

STIMME: Du hast schon vor deiner Trennung von Schlood gelegentlich in Rostock gearbeitet und dabei Rocco Schulze kennengelernt. War es deine oder seine Idee, dass ihr Schlood ebenfalls erpressen könntet.

ANNIKA: ---

STIMME: Annika, du musst etwas sagen! Sonst gehe ich jetzt. Dann gibt es aber auch keine Wolldecke, kein Aspirin und zwei Tage lang nichts zu essen.

ANNIKA: Rocco hatte die Idee. Er war ganz verrückt danach, Schlood zu erpressen, weil … Moment, hat Rocco mit Ihnen gesprochen? Hat er Ihnen verraten, was wir vorhaben?

STIMME: Das spielt keine Rolle.

ANNIKA: Und ob! Hat Rocco mich verraten? Das ist nicht wahr, oder?

STIMME: Annika, ich werde …

ANNIKA: Wenn ich das Arschloch kriege, dann ist was los!

STIMME: Du kannst dich darauf verlassen, dass Rocco seine Strafe bekommen wird. Noch mal: Ihr habt euch verabredet, Schlood zu erpressen. Wie seid ihr vorgegangen?

ANNIKA: Rocco meinte, wir müssten noch mehr über dieses Dokument wissen. Deshalb habe ich mich noch mal mit Karsten getroffen.

STIMME: Du warst wieder bei ihm?

ANNIKA: Ja, Mann. Ich hab ihn am Bergamt abgepasst und ihm erzählt, dass ich viel an ihn denke und mir Sorgen mache und mich oft an unsere schönen Stunden erinnere und so weiter.

STIMME: Und wie hat er reagiert?

ANNIKA: Wie ein Mann halt reagiert. Also ein normaler Mann. Nicht so einer wie Sie.

STIMME: Du bist wieder zu ihm gefahren?

ANNIKA: Ja, wir hatten zwei schöne Tage. Karsten stand sehr unter Spannung, aber mir gegenüber hat er sich Mühe gegeben. Es tat mir fast leid, dass ich ihn so ausspioniert habe.

STIMME: Was hast du rausbekommen?

ANNIKA: Erst mal gar nichts. Aber am Sonntagabend kamen die beiden Typen, die ihn erpressen. Ich musste nach oben und konnte dieses Mal nichts hören, weil sie alle Türen verschlossen haben. Danach war Karsten ziemlich fertig. Ich habe versucht ihn aufzubauen, war einfach nett zu ihm. Und da hat er dann halt etwas erzählt.

STIMME: Was genau?

ANNIKA: Er hat gesagt, dass er in seiner Jugend mal einen großen Scheiß gebaut hat. Und darüber gibt es ein Polizeiprotokoll, das aber nie in den Akten gelandet ist, weil ein alter Kumpel ein bisschen auf Karsten aufgepasst hat. Dieser Kumpel war aber auch für den russischen Geheimdienst tätig. So ist das Dokument nach Moskau gelangt. Die Betreiber der Eastern Line haben da Verbindungen und nutzen das Dokument jetzt, um Karsten unter Druck zu setzen. Aber er hat gesagt, dass bald alles ausgestanden ist.

STIMME: Weil er die Forderungen erfüllt hat?

ANNIKA: Richtig. Er hat gesagt, die Russen hätten ihm versprochen, ihm demnächst das Original dieses Protokolls zu übergeben, damit er es vernichten kann. Als ich das gehört habe, wusste ich natürlich, dass wir uns mit der Erpressung beeilen müssen. Ich bin zu Rocco gegangen, und der war auch ganz begeistert. Aber dann sagte er, er müsse noch etwas organisieren. Ich habe tagelang nichts von ihm gehört – und jetzt wird mir alles klar: Das Arschloch ist zu Ihnen gegangen, um irgendeinen scheiß Deal zu machen.

STIMME: Ja, das war Pech für dich. Jetzt musst du mir noch sagen, wann und wo dieses Dokument an Schlood zurückgegeben wird.

ANNIKA: Das werde ich aber nicht tun.

STIMME: Warum nicht?

ANNIKA: Mann, sind Sie bekloppt?! Diese Information ist meine Lebensversicherung. Wenn Sie das wissen, können Sie mich hier schön verhungern lassen. Wird ja kein Mensch merken.

STIMME: Ich verspreche dir, dass du in wenigen Tagen frei bist.

ANNIKA: Sonst noch was? Ich sage Ihnen, wann die Übergabe stattfindet, sobald ich frei bin. Und gegen eine angemessene Beteiligung.

STIMME: Es geht mir nicht um Geld.

ANNIKA: Aber mir.

STIMME: Ich brauche die Information.

ANNIKA: Stimmt, es ist nämlich nicht mehr viel Zeit.

STIMME: Sag mir jetzt, was du weißt! Du kommst frei. Versprochen.

ANNIKA: ---

STIMME: Los, sag schon! Ort und Zeit der Übergabe.

ANNIKA: Hey, lassen Sie mich los!

STIMME: Sag es! Jetzt!

ANNIKA: Aua! Was machen Sie denn?!

STIMME: Na, los, wird's bald? Oder soll ich dir den Finger brechen?

ANNIKA: Aaaaah!

STIMME: ---

ANNIKA: ... auf dem Greifswalder Bodden .... Da wartet ein Schiff ... zehn Uhr ... der Tag, an dem ... dieses Urteil ... vom Verfassungsgericht ... Lassen Sie mich jetzt bitte los!

STIMME: Na, bitte! Geht doch.

39

»Er ist zu weit gegangen«, murmelte Oltdorp. »Das darf nie an die Öffentlichkeit gelangen. Woher haben Sie das?« Der Politiker zog die Ohrhörer ab und gab Tom den pinkfarbenen Walkman zurück.

Sie standen an der Nordmole des Stralsunder Hafens. Es war später Abend geworden, bis Oltdorp endlich eingetroffen war. Ein kräftiger Westwind hatte den Himmel endgültig freigeräumt und ein leicht angefressener Mond nutzte die Gelegenheit für einen wirkungsvollen Auftritt.

»Es gibt jemanden, der Heinen schon seit einiger Zeit beobachtet hat, vermutlich auch in der Mordnacht. Er muss die Kassette dem Toten abgenommen haben.«

»Und woher hatten diese anderen Typen die erste Aufnahme?«

»Ich weiß es nicht, vielleicht haben sie Heinens Auto aufgebrochen oder sie waren in der Wohnung.«

Oltdorp blickte grimmig über den Hafen hinweg. Das aufgewühlte Wasser plätscherte hektisch gegen Bootsrümpfe und Stege. »Wir haben diese eine, letzte Chance. Wenn es uns gelingt, Karsten Schlood bei der Übergabe des Dokumentes zu erwischen, dann haben wir ihn.«

»Dafür bleiben keine zwölf Stunden Zeit.«

»Wir müssen alles in Bewegung setzen. Polizei, Küstenwache, notfalls die Marine.« Oltdorps Augen glänzten im Widerschein der Hafenbeleuchtung.

Tom hatte den Eindruck, dass der Politiker wieder den einen oder anderen Whiskey getrunken hatte. »Mein Optimismus, ob das gelingen kann, hält sich in Grenzen«, sagte Tom. »Karsten Schlood gilt der Polizei bis zum jetzigen Zeitpunkt als harmloser Bürger – den können Sie nicht einfach mal festnehmen oder observieren lassen. Und wir kennen auch nicht die genaue Position, an der Schlood das Dokument erhalten soll. Der Greifswalder Bodden ist um ein Vielfaches größer als die Müritz.«

Oltdorp legte die geballte Faust auf die Brüstung. »Dass das aber auch so knapp sein muss!«

»Wenn Sie die Kassette mit den ersten beiden Aufnahmen sofort der Polizei übergeben hätten, dann wären wir sicher schon weiter«, sagte Tom und steckte den Walkman demonstrativ in seinen Rucksack.

»Ich habe ein paar Leute informiert, die könnten sich morgen früh im Hafen umsehen.«

Tom überlegte. »Meine Barkasse liegt drüben auf dem Dänholm«, sagte er, »aber sie ist nicht besonders schnell. Eher so eine ältere Dame.«

»Sie haben ein Boot? Das ist ja fantastisch«, rief Oltdorp. »Was haben Sie gesagt? Man benötigt etwa zwei Stunden bis in den Greifswalder Bodden? Dann halten Sie sich ab halb sieben Uhr morgens bereit. Wenn einer meiner Leute Karsten Schlood entdeckt, dann meldet er das und Sie nehmen die Verfolgung auf.«

Tom fand den Plan einigermaßen irrsinnig. »Und dann? Ich kann doch Schlood nicht verhaften.«

»Sie folgen dem Boot und machen Fotos. Außerdem geben Sie laufend die Position durch. Sobald es mir gelungen ist, die Polizei von der Wichtigkeit der Vorgänge zu überzeugen, wird die Küstenwache eingreifen.«

»Was sagt eigentlich Ihr Verbündeter aus dem Bundestag zu diesen Aktionen?«

Oltdorp hob genervt die Augenbrauen. »Ich konnte ihn bis jetzt mit viel Mühe hinhalten. Wenn er etwas von der Entführung Annika Briegs wüsste, wäre er längst ausgestiegen. Aber wenn das Ergebnis unserer Aktivitäten stimmt, dann ist er morgen Mittag sicher dabei.«

»Gut«, sagte Tom, »ich mache nur unter einer Bedingung mit – nein, zwei Bedingungen.«

Oltdorps Laune schien sich zu bessern, seit so etwas wie ein Plan Gestalt annahm. »Schießen Sie los!«

»Erstens möchte ich unabhängig vom Ausgang des Abenteuers bezahlt werden – und zwar jetzt. Zweitens will ich, dass Sie noch heute Nacht die Kassette mit den ersten beiden Gesprächen der Polizei zur Verfügung stellen. Morgen früh muss die Polizei mit einer Suchaktion im gesamten Stadtgebiet beginnen. Die Kassette mit der letzten Aufnahme, die für den guten Ruf Heinens sicher besonders schädlich ist, können wir von mir aus noch einen Tag lang unter Verschluss halten.«

Oltdorp schien zum ersten Mal so etwas wie Respekt zu empfinden. Mit klaren Forderungen konnte er umgehen. »Ihre Vorschläge sind hervorragend«, sagte er. Sein Händedruck war fest, beinahe schmerzhaft. Er klopfte Tom auf die

Schulter und zog dann seine Geldbörse aus der Innentasche seines modischen Kurzmantels.

Tom zählte die Scheine nicht nach, aber sie fühlten sich an wie viel Geld.

»Wir hören uns. Gutes Gelingen!«

40

Als Tom auf den Dänholm zurückkehrte, war es bereits kurz vor Mitternacht. Er schlich sich auf die MATHILDA, um Clara nicht zu wecken, und gönnte sich noch eine Flasche Bier an Deck. Die Luft war klar und kühl, ein stetiger Wind ging durch den Hafenkanal. Nur auf wenigen Booten waren noch Lichter zu sehen. Als er seine Zahnbürste und sein Handtuch holen wollte, bemerkte er, dass Clara gar nicht an Bord war. Ihr Fehlen wunderte ihn, beunruhigte ihn aber nicht. Vermutlich war sie noch spazieren gegangen. Nach einem Tag und einer Nacht in der Polizeizelle war das gut nachvollziehbar.

Auf dem Steg hatte Tom dann allerdings eine ungewöhnliche Begegnung. Detlefs zotteliger Hund kam auf ihn zu und knurrte ihn an. Das hatte er sonst nie getan. Tom beachtete das Tier nicht und ging zur Toilette. Als er zurückkehrte, hatte sich der Hund noch immer nicht beruhigt. Er lief den Steg entlang, ging auf Detlefs Motorjacht, kam zurück und jaulte. Tom wurde nun doch misstrauisch. Er stellte sich an die Reling und rief mehrmals nach Detlef. Es kam keine Antwort.

Zögernd ging er an Deck, stellte sich an den Niedergang und rief abermals nach dem Stegwart. Er wagte sich hinab und warf einen Blick in den Salon und die beiden Kabinen. Keine Spur von Detlef. Tom fragte sich, was es bedeuten konnte, wenn Clara und Detlef gemeinsam verschwunden waren. Er kam zu dem Schluss, dass es gar nichts zu bedeuten hatte.

Vermutlich waren sie auch nicht gemeinsam, sondern nur zur gleichen Zeit verschwunden.

Mittlerweile war er zu wach, um schlafen zu gehen. Ihm fiel ein, dass er bereits um halb sieben zur Abfahrt bereit sein sollte. Es war zum Verrücktwerden – hatte er nicht vor langer Zeit einmal vorgehabt, sich in dieser Woche zu erholen?

Detlefs Hund war nach wie vor sehr unruhig.

»Wo ist Detlef?«, fragte Tom.

Der Hund wich knurrend zurück und lief bis zum Ende des Stegs, wo er sich umdrehte.

Tom folgte ihm.

Wieder lief der Hund einen Steinwurf weit den Weg hinauf und wartete.

Es war zu kalt, um in einer windigen Mainacht mit einem Hund Schnitzeljagd zu spielen. Tom ging zurück zur Mathilda und holte seine Jacke.

Detlefs Hund schien das Spiel zu gefallen. Drei- oder viermal lief er voran, wartete, lief wieder voran. So kamen sie bis zu der schmalen Brücke, die auf den Kleinen Dänholm führte.

»Nee, das macht doch keinen Sinn«, sagte Tom und wollte umkehren.

Der Hund begann jämmerlich zu jaulen.

»So ein Scheiß.«

Das zottelige Tier lief schnüffelnd über die Brücke und stoppte.

»Wenn du mich verarschen willst, kriegst du Ärger!«, rief Tom, folgte dem Hund aber wieder ein Stück. Es ging weiter, quer über den Kleinen Dänholm. Tom hatte es bislang nicht geschafft, diesen Weg zu erkunden. Der Untergrund war lehmig, stellenweise glitschig und kaum zu erkennen. Es war kein Vergnügen. Nach weiteren zweihundert Metern war der Hund plötzlich verschwunden. Tom wollte ihn rufen, aber er wusste nicht einmal seinen Namen. »Hund von Detlef! Steghund! Zottelkopf! Blödmann!«

Das Jaulen kam von rechts, direkt aus dem Wald.

Tom fluchte und tastete sich über einen schmalen Stichweg voran. Er hörte das Plätschern der auflaufenden Wellen. Das Ufer konnte nicht allzu weit entfernt sein. Aber zuvor näherte er sich einem schwarzen Objekt. Ein verfallenes Haus, wie es schien. Vor der Eingangstür saß Detlefs Hund. »Das ist jetzt nicht dein Ernst, oder?«

Tom ging bis zum Eingang und drückte gegen die Tür. Sie war angelehnt und öffnete sich quietschend. Er holte sein Telefon aus der Jackentasche und schaltete die Taschenlampen-App ein. Es war gut zu erkennen, dass die Tür aufgebrochen worden war, die gesplitterten Stellen waren noch frisch.

Im Hausflur roch es nach Staub und feuchtem Mörtel. Er ging leise und sehr vorsichtig voran, Schritt vor Schritt. So gelangte er in den Hauptraum des Häuschens, bis zu einer offenen Bodenluke. Von unten drang ein unguter Geruch herauf, selbst der Hund schien keine Lust mehr zu haben, den Weg fortzusetzen. »Wenn das dein nachgeholter Aprilscherz war, dann ist dir wirklich etwas Großes gelungen«, sagte Tom leise, bevor er einen Ruf in die Tiefe schickte. »Hallo, ist hier jemand? Hallo?«

Seine Stimme verhallte ohne Antwort. Tom fröstelte. Die Lampe im Telefon reichte nicht aus, um weiter als zwei oder drei Meter zu leuchten. Der Raum unten schien nicht sehr groß zu sein.

Dann war da ein Klopfen. Schwach, aber es war da. Und eine sehr stark gedämpfte Stimme, die etwas rief. Tom atmete tief ein und stieg hinab. Er schloss eine niedrige Stahltür auf, in der ein Schlüssel steckte.

Augenblicke später robbte Clara durch die Türöffnung und warf sich keuchend in seine Arme. »Gott sei Dank bist du da! Du musst einen Arzt rufen! Detlef hat es schlimmer erwischt als mich.«

Tom sah, dass Claras Gesicht blutverschmiert war.

»Lass«, rief sie, »kümmer dich um Detlef!«

Tom zwängte sich durch die Tür und gelangte in einen Raum, der von unerträglichem Gestank erfüllt war. Er entdeckte Detlef, der auf dem Boden lag. »Mensch, was ist passiert? Kannst du aufstehen?«

Zum Glück war Detlef in der Lage, mit etwas Hilfe aus dem Höllenraum in die Vorhölle zu krabbeln und von dort an die frische Luft zu klettern. Draußen musste er sich übergeben. Im Licht der Taschenlampe wirkte er bleicher als der Tod persönlich.

Tom rief einen Krankenwagen.

»Nee, lass mal, ich brauche nur etwas Luft!«, ächzte der Stegwart.

»Du brauchst vor allem jemanden, der sich deinen Kopf mal genau anguckt. Keine Widerrede!«

»Und was ist mit Ben Gunn?«

»Mit wem?«

»Na, der Hund!«

Tom musste lachen. »Clara und ich werden auf Ben Gunn aufpassen – versprochen. Vielleicht zeigt er uns ja noch ein paar Piratenschätze auf dem Dänholm.« Er wandte sich an Clara, die etwas abseits stand und versuchte, wieder einen klaren Kopf zu bekommen. »Was war hier eigentlich los?«

Sie schüttelte den Kopf. »Es war furchtbar. Ich bin spazieren gegangen und habe verbranntes Papier gerochen. Es kam aus diesem Haus, obwohl alles verschlossen war. Detlef hat dann die Tür aufgebrochen und ist zuerst runtergegangen. Ich hatte schon die Ahnung, dass hier Annika Brieg versteckt sein könnte. Aber wer kann damit rechnen, dass die Frau auf uns einschlägt und sich dann davonmacht? So benimmt sich doch keine Geisel, die Hilfe braucht.«

»Wie lange ist das her?«

»Ich kann das nicht schätzen – das war wirklich übel da unten. Vielleicht war es eine Stunde, vielleicht auch zwei.«

»Bist du sicher, dass es Annika war?«

»Sehr sicher. Ihr Kopf war für einen Augenblick im Lichtkegel meiner Lampe. Ich kenne das Gesicht aus der Zeitung.«

»Sie war bestimmt in Panik. Stell dir vor, wie es dir ginge, wenn du fünf Tage in so einem Loch eingesperrt gewesen wärest und vier davon nicht gewusst hättest, ob du jemals wieder rauskommst.«

Clara schüttelte den Klopf. »Ja, vielleicht. Aber wieso hat sie uns dann auch noch eingesperrt? Das wäre doch nicht nötig gewesen. Sie hätte auch so entkommen können.«

Tom kratzte sich am Kopf. »Wie gesagt – totale Panik. Wir müssen die Polizei informieren. Es ist wichtig, dass Annika bald gefunden wird. Sonst dreht sie am Ende komplett durch.«

»Die Polizei musst du nicht mehr rufen, die ist schon beinahe da.« In der Tat überquerte gerade eine Kolonne aus Einsatzfahrzeugen die Brücke. Die Blaulichter warfen dramatische Blitze durch den nächtlichen Wald.

»Oh weh, und ich muss in sechs Stunden mit der MATHILDA startbereit sein«, stöhnte Tom.

»Was, wieso?«

»Wir wollen sehen, ob wir die Übergabe eines wichtigen Dokumentes verhindern oder wenigstens dokumentieren können.«

Augenblicke später wurde das einsame Waldstück zur Bühne. Scheinwerfer wurden aufgestellt, ein Arzt und mehrere Sanitäter fielen über Clara und Detlef her, Tom musste die Fragen zweier Schutzpolizisten beantworten. Er berichtete wahrheitsgemäß von dem Geschehen. Als er Annika Brieg erwähnte, begriffen die Polizisten, dass an diesem Abend nicht nur ein Spaziergang außer Kontrolle geraten war. Einer der beiden ging zu seinem Wagen und telefonierte. Wenig später kam er zurück und erzählte, dass die Kriminalpolizei mit allen verfügbaren Kräften anrücken werde. Der Privatermittler solle sich zur Verfügung halten.

Tom ging zu Clara. Der Kopfverband stand ihr gut. »Dir ist heute etwas Erstaunliches gelungen«, sagte er. »Du hast einen Spürsinn wie zehn Lawinenhunde.«

Clara lächelte. »Ich weiß, wie verbranntes Papier riecht. Unten in dieser Schreckenskammer lagen die Überreste eines Bucheinbandes: ›Walden‹ von Henry David Thoreau. Ich weiß gar nicht, was ich davon halten soll, dass dieses Buch an solch einen Ort gelangt.«

»Es war Heinens Lieblingsbuch. Er hat es Annika als Zeitvertreib mitgebracht. Eine merkwürdige Geste.«

»Die sie sehr geschickt ausgenutzt hat. Ich bin mir sicher, dass ihre Frage nach Feuerzeug und Kerze reine Taktik war. Sie hat bemerkt, dass der Abzug die einzige Chance war, sich bemerkbar zu machen. Aber das Verlies ist wohl so verwinkelt, dass sie nicht einmal erkennen konnte, ob wir Tag oder Nacht haben. Sie hat das vermutlich verwechselt.«

»Hat Heinen ihr nicht auch eine Uhr mitgebracht?«

»Ja, aber keine mit 24-Stunden-Anzeige. Sie ist da wohl durcheinandergekommen. Ich würde in solch einem Loch schon nach einem Tag den Verstand verlieren.«

Tom schüttelte den Kopf. »Viel Pech und viel Glück innerhalb weniger Tage, würde ich sagen. Was macht dein Kopf?«

»Es ist nicht so schlimm bei mir«, sagte sie. »Aber Detlef muss unbedingt untersucht werden. Eine mittlere Gehirnerschütterung ist das mindeste, was er abbekommen hat.«

Tom betrachtete die Aktivitäten der Polizei. »Die Kripo wird hier gleich mit der ganzen Mannschaft auffahren und sicher die Nacht durcharbeiten.«

Clara sah ihn mit schief gelegtem Kopf an. »Ich weiß, was jetzt kommt. Bist du sicher, dass das eine gute Idee ist?«

Er hob hilflos die Arme. »Ich weiß, es ist wie verhext, dass ich immer verschwinde, wenn die auftauchen. Aber ich habe jetzt diesen Deal mit Oltdorp. Und die Hauptsache ist doch, dass Annika Brieg gerettet wurde – durch dich. Ich will hier nicht die halbe Nacht herumstehen, wenn ich morgen früh schon wieder …«

»Du könntest die Gelegenheit doch nutzen, die Kriminalpolizei zu überzeugen, dass sie diese Sache mit dem Dokument übernehmen.«

Tom hatte Zweifel, ob ihm das innerhalb weniger Stunden gelingen würde. Aber er kam nicht mehr dazu, das Thema mit Clara zu diskutieren. Sein Telefon klingelte.

»Wir wurden hereingelegt«, sagte die Stimme Oltdorps.

Tom ging ein paar Schritte zur Seite. »Wieso hereingelegt?«

»Annika Brieg hat eine falsche Zeit angegeben. Einige Stunden zu spät. Karsten Schlood besteigt jetzt in diesem Augenblick ein Angelboot, das er offenbar bereits gestern gechartert hat. Es liegt im Seglerhafen, ist etwa sieben Meter lang. Das Boot heißt Smilla.«

»Ist er allein?«

»Bislang ja. Wann können Sie ablegen?«

»In zehn bis fünfzehn Minuten.«

»Vielleicht reicht es noch.«

Tom beendete das Gespräch. Er winkte Clara zu. »Ich muss weg. Jetzt. Kannst du die beiden Polizisten einen Moment lang ablenken?«

Clara sah ihn an. »Es hört nie auf, oder?«

Tom versuchte, ihren Gesichtsausdruck zu deuten, aber es gelang ihm nicht.

41

In einem Bogen ging er durch den Wald und kehrte dann auf den Weg zurück. Im Laufschritt erreichte er den Steg. Eilig bereitete er die MATHILDA aufs Ablegen vor. Er musste sich konzentrieren: die richtigen Sicherungen einschalten, Landstrom kappen, Motor anlassen, Kühlwasser prüfen, Nachtbeleuchtung einschalten. Er löste die Leinen und steuerte vorsichtig durch den engen Hafenkanal. Wieder klingelte das Telefon.

»Schlood hat vor fünf Minuten abgelegt«, sagte Oltdorp. »Er ist in Richtung Greifswalder Bodden gefahren. Müsste an der Ziegelgrabenbrücke sein. Oder schon durch.«

»Ich werde versuchen, seinen Kurs zu kreuzen. Vor ein paar Stunden wurde übrigens Annika Brieg gefunden. Sie ist weggelaufen, wahrscheinlich in Panik.«

Oltdorp stöhnte. »Wenn sie lebt, dann haben wir ein Problem weniger. Aber wenn diese Entführungsgeschichte hochkocht, wird es sehr ungemütlich.«

»Sie müssen jetzt die Polizei über Schlood und seine Machenschaften informieren.«

Oltdorp schien es nicht zu ertragen, dass Tom ihm Anweisungen erteilte. »Aye, aye, Käp'n!«, sagte er mit einem spöttischen Unterton. »Ich werde darauf bestehen, dass sie den Polizeichef aus dem Bett klingeln. Reicht das?«

Tom spürte wieder seine Abneigung gegen den Politiker. »Sie wissen, wie ich das meine.«

Der Mond war hinter einem Wolkenfeld hervorgekommen und legte ein feines Glitzern über das leicht gekräuselte Wasser. Es wehte kaum Wind. Eigentlich war es eine herrliche Nacht. Tom hatte mittlerweile den Hafenkanal verlassen und nahm Kurs auf das Fahrwasser, das in südlicher Richtung verlief, bevor es die Halbinsel Drigge umrundete. Angestrengt blickte er über den nächtlichen Strelasund. Nach kurzer Zeit entdeckte er etwas: ein weißes Toplicht und ein rotes Seitenlicht. Das dazugehörige Boot bewegte sich in südlicher Richtung. Er rief seine Schiffsfinder-App auf und staunte. Dort war die SMILLA mit Namen und aktueller Position aufgeführt. Schlood schien sich nicht sehr gut mit der Technik auszukennen, sonst hätte er den Sender sicher ausgeschaltet. Das Boot war noch nicht so weit vorangekommen, wie er befürchtet hatte. Er ließ sich etwas Zeit. Den Sichtkontakt zur SMILLA wollte er zwar halten, aber nicht mehr als nötig auffallen. Wenn Schlood das Gefühl hatte, verfolgt zu werden, würde er vermutlich den Gashebel betätigen.

Als Tom in das Fahrwasser einfädelte, kamen sich die Boote bis auf knappe hundert Meter nahe. Er verringerte die Fahrt, fixierte das Steuerrad und ging mit seiner Kamera auf das Vordeck. Die Chancen, ein halbwegs scharfes Foto zu schießen, waren nicht sehr gut. Er hielt die Kamera ans Auge und versuchte gleichzeitig, die Bewegungen der MATHILDA abzufangen. Im Licht des Mondes konnte er die Konturen des Anglerbootes gut erkennen. Es hatte einen leicht erhöhten Steuerstand und sogar eine kleine Kabine, in der man es zu zweit für ein paar Tage sicher gut aushalten konnte. Als für kurze Zeit im Innern des Bootes Licht eingeschaltet wurde, erkannte Tom eine Gestalt am Steuerrad. Und dann tauchte neben diesem Steuermann noch eine zweite Person auf, zierlicher und kleiner. Es war nicht eindeutig zu erkennen, wer das war. Auf jeden Fall eine Frau. Und Tom war sich einigermaßen sicher, dass es sich um niemand anderen als Annika Brieg handelte. Er drückte mehrmals auf den Auslöser und ging wieder nach hinten. Währenddessen arbeitete es in seinem Kopf fieberhaft. Warum ging Schlood das Risiko ein, auf dieser geheimen Mission eine weitere Person mitzunehmen? Konnte es wirklich sein, dass Annika Brieg auf diesem Boot war? Wie kam sie dahin? Hatte nicht Annika versucht, Schlood zu erpressen? Oder gehörte sie zum russischen Geheimdienst? Tom schüttelte den Kopf. Das alles ergab wenig Sinn. Er musste sich damit begnügen, der einsamen weißen Lampe zu folgen, die vor ihm durch den Strelasund schwebte.

Jenseits der Halbinsel Drigge waren die Ufer weiterhin als schwarze, hin und wieder mit Lichtern gespickte Streifen zu erahnen. Nach einer Weile traten sie zurück, der Sund öffnete sich zum Greifswalder Bodden. Tom hatte plötzlich das Gefühl, das Licht vor ihm würde schwächer werden. Auch auf dem Bildschirm hatte sich der Abstand zwischen beiden Booten bereits vergrößert. Der Motor der MATHILDA arbeitete bereits an der Leistungsgrenze, eine höhere Geschwindigkeit war nicht möglich. Es blieb ihm nun nichts anderes übrig, als der Markierung auf dem kleinen Bildschirm zu folgen.

Es war mittlerweile nach zwei Uhr. Er rief Oltdorp an und berichtete ihm vom Stand der Dinge. »Es befindet sich übrigens eine zweite Person auf dem Boot – ich glaube, dass es sich um Annika Brieg handelt. Sie muss direkt vom Dänholm zum Hafen gelaufen sein und sich auf dem Boot versteckt haben.«

Oltdorps Stimme klang kühl. »Das hieße, dass sie mit Schlood weiterhin gemeinsame Sache macht? Das muss wahre Liebe sein, oder?«

Tom hatte keine Lust, über die Irrungen und Wirrungen der Fitnesstrainerin zu spekulieren. »Wie ist denn bei Ihnen der aktuelle Stand?«

»Die Damen und Herren hier haben mittlerweile kapiert, worum es geht. In einer halben Stunde findet eine Telefonkonferenz mit dem Leiter der Polizeiinspektion Stralsund und dem Verantwortlichen der Küstenwache statt. Dann wird hoffentlich ein Boot losgeschickt.«

»Okay, ich melde mich, wenn es etwas Neues gibt. Sie melden sich, wenn Sie eine Position benötigen? Die Smilla hat übrigens einen AIS-Sender eingeschaltet.«

»Was für 'n Ding?«

»AIS – merken Sie sich das und sagen Sie das den zuständigen Leuten, die wissen schon, wo sie suchen müssen.«

Oltdorp murmelte etwas Unverständliches und beendete das Gespräch.

Die Fahrt ging noch eine knappe Stunde weiter. Gelegentlich zeigten sich andere Schiffe mit Nachtbeleuchtung, vermutlich Fischer oder Frachtschiffe. Die Smilla war bereits über die Mitte des Greifswalder Boddens hinaus und schien nun wieder langsamer zu werden. »Da wird der Treffpunkt nicht mehr weit sein«, sagte Tom vor sich hin. Auch er drosselte das Tempo, näherte sich jetzt aber trotzdem wieder langsam dem anderen Boot. Er fragte sich, was er tun konnte, wenn die SMILLA da draußen tatsächlich mit einem anderen Boot zusammentraf und Schlood das mysteriöse Dokument bekam, das ihn so sehr belastete. Bei der Planung der Aktion hatte Tom nicht damit gerechnet, dass diese Übergabe nachts stattfinden würde. So hatte er kaum eine Chance, aussagekräftige Fotos zu machen. Auf dem Dach der MATHILDA war zwar ein leistungsstarker Scheinwerfer angebracht. Aber sobald er den einschaltete, hatte er sich endgültig entlarvt. Seine Gedanken kreisten eine Weile um die sonderbare und unklare Rolle, die Annika Brieg in diesem Spiel hatte. Was erhoffte sie sich? Ein Leben an der Seite von Schlood? Vielleicht reichte ihr das ja schon. Vielleicht hatte sie von Anfang an in diesem älteren, etablierten Mann den entscheidenden Anker für ihr Leben gesehen. Nachdem sie mit Rocco den Plan gefasst hatte, Schlood zu erpressen, hatte sie sich noch einmal mit ihm getroffen. Dieses Treffen war vielleicht anders verlaufen, als sie im Verhör mit Marko Heinen erzählt hatte. An dem Wochenende hatte sie sich wieder mit Schlood versöhnt, sie war zu ihm zurückgekehrt und hatte die Erpressungspläne nur noch zum Schein aufrechterhalten. Vielleicht war die Verbindung sogar so stark, dass Schlood nicht losgefahren war, bevor seine junge Geliebte wieder aufgetaucht war? Tom fragte sich, was die beiden nun anfangen würden. Hoffte Schlood, dass er in Frieden würde leben können? Wenn es tatsächlich keine anderen Belastungen gab als dieses Dokument, dann bestand zumindest eine Chance dazu. Und die Erpressung? Das manipulierte Genehmigungsverfahren? Eine Anklage würde vor allem auf den Aussagen von Annika Brieg beruhen – Aussagen, die ihr unter folterähnlichen Bedingungen abgepresst worden waren. Wenn sie diese Aussagen nicht vor Gericht erneuerte, waren sie nichts wert. Konnte es sein, dass sich diese ganze Geschichte totlaufen würde? Tom spürte nun zum ersten Mal voll und ganz, wie viel davon abhing, dass dieser Handel mitten auf dem Greifswalder Bodden nicht zustande kam. Das Telefon klingelte.

»Es ist durch«, sagte Oltdorp, »die Küstenwache startet soeben mit zwei Schiffen. Sie haben die SMILLA geortet und werden das Boot zunächst beobachten. Sollte sich ein anderes Boot nähern, werden sie alle Beteiligten überprüfen.«

»Das ist fantastisch. Ich hätte nicht gedacht, dass Sie das noch hinbekommen.«

Oltdorp schnaufte. »Haben Sie etwas mehr Vertrauen in Ihre Volksvertreter, Herr Brauer!«

»Das werde ich mir mal merken«, sagte Tom lachend und beendete die Verbindung. Erst jetzt, als endlich andere die Verantwortung für diesen Einsatz übernahmen, spürte er, wie groß der Druck war, der auf ihm gelastet hatte. Ohnehin war er nach der ununterbrochenen Anspannung der letzten Stunden und Tage so erschöpft wie lange nicht mehr. Eigentlich hätte er nun zurückfahren können, aber er zögerte noch. Da die Sache sich zum Guten zu wenden schien, erlaubte er sich immerhin, einen Instant-Kaffee zu kochen. Er fand auch noch ein paar Kekse und veranstaltete am Steuerstand der MATHILDA ein nächtliches Kaffeetrinken. Seine Laune besserte sich. Sogar Marten Oltdorp war in seiner Achtung wieder gestiegen. Egal, wie die

Sache ausgehen würde – sie konnten sich sagen, dass sie alles getan hatten, um diese Korruptionsaffäre aufzudecken. Zufrieden ließ sich Tom auf dem nur leicht bewegten, nachtschwarzen Gewässer schaukeln, ohne an etwas Bestimmtes zu denken. Aber dann schreckte er plötzlich hoch.

Im unendlichen Raum jenseits seines kleinen Deckshauses veränderte sich etwas. Weit draußen am nordöstlichen Horizont gab es eine Lichterscheinung. Sie kam ungefähr aus der Richtung, in der sich auch die SMILLA aufhielt. Knapp über dem Horizont bildete sich eine winzige, aber grell leuchtende Blase, eine Lichtkugel, die sich aufblähte, ein kleines Stück nach oben stieg und dann so plötzlich verschwand, wie sie entstanden war. »Was war das?«, rief Tom, obwohl es niemanden gab, der ihm zuhörte. »Mein Gott, was war das?« Er griff nach dem Fernglas und entdeckte nach kurzer Suche ein schwaches Flackern. Das Wasser schien zu brennen. Toms Herz schlug im doppelten Tempo. Er wollte es nicht glauben, wollte es mit eigenen Augen und aus der Nähe sehen, aber er wusste im selben Moment, dass die Wahrheit einfach und brutal war. Die SMILLA war explodiert.

Dass sich diese Explosion wirklich ereignet hatte und nicht nur eine nächtliche Lichterscheinung war, das begriff er eigenartigerweise erst beim Blick auf den Schiffsfinder: Das kleine rote Dreieck, das die SMILLA gekennzeichnet hatte, war vom Bildschirm verschwunden. Es war einfach weg. In diesem Moment rastete bei Tom ein Programm ein: Funkspruch absetzen! Alle erreichbaren Stationen über die Explosion informieren! Sofort antwortete ein Funker von einem Polizeiboot.

Sie hatten die letzte Position der SMILLA gespeichert und waren nicht mehr weit von der Unfallstelle entfernt. Ein weiteres Einsatzfahrzeug und ein Fischer waren ebenfalls unterwegs. Tom musste sich nicht an der Suche beteiligen und drehte ab. Gegen fünf Uhr morgens lief er mit der betagten MATHILDA im Hafen auf dem Dänholm ein.

Clara hatte die letzten Stunden in einem Liegestuhl auf Detlefs Motorjacht verbracht. Als sie das Tuckern der MATHILDA hörte, wurde sie wach und half beim Anlegen. Sie war erschüttert, als Tom ihr erzählte, was draußen auf dem Greifswalder Bodden passiert war. Wortlos befestigten sie die Leinen. Die Konturen von Booten und Stegen waren bereits zu erkennen, im grauen Licht des frühen Morgens kreischte eine einzelne Möwe.

Tom war so erschöpft wie nie zuvor, aber er konnte trotzdem nicht schlafen. Erst gegen sechs, als es längst hell war, nickte er doch noch ein.

42

Freitag

»Woher haben Sie dieses Tonband?« Brehm blickte Sylke durchdringend an. Es war der fünfte Tag infolge, in dem im Kriminalkommissariat eine Art Ausnahmezustand herrschte. An diesem Morgen wurde die Daueraufregung überlagert von der allgemeinen Betroffenheit über das Unglück, das sich auf dem Greifswalder Bodden zugetragen hatte. Ein Unglück, von dem einige glaubten, dass es kein Unglück war. Und obwohl die beiden Todesopfer noch nicht identifiziert waren, hielten die meisten Ermittler die Gerüchte, dass eines von ihnen die vermisste Annika Brieg war, für durchaus glaubwürdig.

Sylke empfand an diesem Morgen beinahe Mitleid mit dem Abteilungsleiter. Der Fall Heinen/Brieg/Paintball wurde immer unübersichtlicher, die Ressourcen waren begrenzt und die Ermittler schienen den Überblick zu verlieren. Täglich änderte sich die Situation und alle hatten mittlerweile das Gefühl, den Ereignissen nur noch hinterherzulaufen. Nun kam also auch noch die Explosion der SMILLA hinzu. »Der Umschlag lag heute Morgen im Briefkasten. Adressiert zu meinen Händen«, sagte Sylke wahrheitsgemäß.

»Absender anonym?«

Sylke nickte. Dass ihr die Handschrift auf dem Briefumschlag bekannt vorkam, behielt sie vorerst für sich.

»Zusammen mit der Kassette, die der Politiker Marten Oltdorp heute Nacht angeschleppt hat, haben wir eine Folge von drei Gesprächen zwischen einem unbekannten Mann und der entführten Annika Brieg, die auf eine Bestechungs- und Korruptionsaffäre beim Bergamt Stralsund hindeuten. Sie sind sicher, dass es sich bei dem Mann um Marko Heinen handelt?«

»Das ist doch offensichtlich«, sagte Sylke, »wir können die Stimmenanalyse abwarten, aber …«

»Nein, nein – ich wollte damit nicht sagen, dass ich Zweifel habe«, unterbrach Brehm sie. Er hatte tiefe Ringe unter den Augen und schien über Nacht mal wieder eine Art Neuformatierung erfahren zu haben. Zumindest hatte Sylke nicht mehr das Gefühl, dass Brehm sie so schnell wie möglich loswerden wollte – das war schon ein beträchtlicher Fortschritt. »Es deckt sich jedenfalls mit dem, was der Bundestagsabgeordnete heute Nacht unserem Polizeichef erzählt hat«, sagte er. »Dieser Oltdorp hat hier einen unsäglichen Zirkus veranstaltet. Als wären wir die Marionetten des Berliner Politikbetriebs – aber lassen wir das.«

»Immerhin handelt es sich um schwere Vorwürfe gegen einen leitenden Mitarbeiter des Bergamtes und die Handlanger der Eastern Line.«

»Vorwürfe, die bislang nicht zu beweisen sind. Annika Brieg scheint in ihren Aussagen nicht durchgängig die Wahrheit zu sagen, und die Bänder sind vor Gericht nichts wert. Heinen kann man nicht mehr befragen und die beiden anderen … vermutlich auch nicht.«

Es entstand ein Moment des Schweigens, den Sylke nutzte, um die Akte Fichtner auf Brehms Schreibtisch zu legen. »Dieser Mann ist für uns interessant«, sagte sie.

Brehm schüttelte verzweifelt den Kopf. »Mir ist bislang vollkommen unklar, warum Sie Fichtner hier angeschleppt haben. Das gibt wieder ein unangenehmes Gespräch mit dem Staatsanwalt. Ursprünglich war der Mann doch irgendwie in diese alte Geschichte verwickelt, dieser tote Autohändler von 1991.«

»In der Tat«, sagte Sylke. »Der Autohändler hieß Jörg-Rainer Kanstein. Sein Tod ist gewissermaßen der Punkt, von dem aus sich die Fäden aufspalten. Durch diesen Fall bin ich auf die Spur eines wichtigen Dokumentes gekommen, die Aussage einer inzwischen verstorbenen Zeugin, die vor ihrem Tod vermutlich ihren Ex-Freund des Mordes an Kanstein bezichtigt hat. Die Aussage wurde damals von einem Polizisten aufgenommen, der später wegen seiner Stasi-Vergangenheit entlassen wurde, inzwischen aber auch nicht mehr lebt.«

Bevor Sylke zu Brehm gegangen war, hatte sie sich die Aufnahme des dramatischen Gesprächs zwischen Heinen und Annika Brieg immer wieder angehört. Die Stelle, die sich um das Dokument drehte, hatte sie vor allem interessiert; ein Polizeiprotokoll zu einer schweren Straftat, die noch nicht verjährt sein konnte. Und dieser Beweis sollte an den russischen Geheimdienst gelangt sein. Sylke kam nicht von dem Gedanken los, dass hier von nichts anderem die Rede war als von dem fehlenden Aussageprotokoll aus der Akte Hering.

»Klingt abenteuerlich«, sagte Brehm müde. Sylke hatte das Gefühl, dass er ihren Theorien nur noch eingeschränkt folgen konnte. »Aber was kann Fichtner da jetzt noch zu sagen?«

»Nichts. Durch den alten Fall bin ich überhaupt auf ihn aufmerksam geworden. Er hat mich mit seiner Behinderung getäuscht. Ich sollte wohl von vornherein nicht auf die Idee kommen, dass er als Täter im Fall Heinen infrage kommt. Aber ich vermute, dass er etwas über Marko Heinens Tod weiß, vielleicht sogar selbst darin verwickelt ist. Er hat versucht, Zeitungsberichte über Heinen und über einen Unfall zu vernichten, bei dem er, also Fichtner, von einem unbekannten Autofahrer beinahe zu Tode gefahren wurde.«

Brehm nickte. »Wir können im Augenblick keine weiteren Leute abstellen, um diesem Thema nachzugehen.«

»Das ist auch nicht nötig. Ich will mit Fichtner reden. Dafür brauche ich Zeit. Ich möchte dafür aus allen anderen Ermittlungen abgezogen werden.«

Brehm hob die Augenbrauen. »Bei so einem Satz gehen bei mir die roten Lampen an, Frau Bartel. Ihre Alleingänge mag ich nicht, das wissen Sie.«

»Es ist kein Alleingang, aber es könnte sein, dass der Fall Heinen eine neue Wendung bekommt.«

»Sie wollen nicht wahrhaben, dass Rocco Schulze der Täter ist, das habe ich schon verstanden. Vor allem halten Sie Dana Reuters Erklärungsansätze für falsch. Sie wollen sie auskontern, stimmt's?«

Sylke spürte, wie sie rot im Gesicht wurde. Sie zwang sich, Brehm geradeheraus anzusehen. »Darum geht es nicht. Ich …«

»Persönliche Feindschaften können entstehen – sie dürfen aber nicht zum Maßstab für Ermittlungen werden. Dann können wir alle einpacken.«

»Ich weiß, aber ich kann Ihnen versichern, dass es mir hier tatsächlich allein um die Sache geht.«

»Gut, dann stimme ich Ihrem Vorhaben zu – unter einer Bedingung: Sie werden diese Befragung gemeinsam mit Dana Reuter durchführen.«

Sylke sprang auf. »Nein, das ist unmöglich!«

»Setzen Sie sich!« Er wartete ab, bis Sylke sich wieder beruhigt hatte und auf ihrem Stuhl saß. »Es ist mein letztes Wort, Frau Bartel. Wenn es Ihnen tatsächlich um die Sache geht, dann müssen Sie zusammenarbeiten. Zeigen Sie, dass Sie das können! Sonst beauftrage ich doch einen anderen Ermittler, mit Fichtner zu sprechen. Aber erst, wenn alles andere abgearbeitet ist. Und ich würde Fichtner natürlich sofort gehen lassen.«

Sylke blickte ihren Vorgesetzten grimmig an. »Also dann – wie Sie meinen.«

43

Tom erwachte. Zwei schwarze Knopfaugen beobachteten ihn aufmerksam. Gut möglich, dass sie das schon länger taten. »Was … wer …?« Er sprang auf und stieß sich den Kopf an der Kabinendecke. »Verdammt! Wie bist du hierhergekommen?«

Ben Gunn antwortete nicht, sondern beobachtete weiterhin das Verhalten des Menschen, der sich die ganze Nacht um die Ohren geschlagen hatte und nun schon wieder sonderbar schreckhaft wirkte.

Tom wälzte sich aus der Koje. Er sah sich um. Clara war nicht da. Ein Blick auf den Wecker lieferte eine Erklärung: Es war beinahe elf Uhr. Wenn alles gut gegangen war, dann beschäftigten sich Clara und ihre Malkinder seit zwei Stunden mit dem Zeichnen von Heringsschwärmen. Sie waren am letzten Tag noch einmal bei den Ostseeaquarien unterwegs.

Auf dem Tisch lag ein Zettel, auf dem Clara mitteilte, dass sie neben der Ceska auch die Kassette mit dem dritten Verhör bei der Polizei abgeben würde. Sie sei mit dem Leihwagen unterwegs. Er, Tom, möge sich bitte um den Hund kümmern.

Er war gerührt und dankbar. Clara wusste genau, was jetzt wichtig war. Die Nähe eines unkomplizierten Lebewesens. Ablenkung. Erholung im Hafen. Keine Polizei, keine Vernehmungen. Er setzte Kaffee auf und bereitete sich Toastbrote zu. Ben Gunn blieb immer in seiner Nähe. »Hat dir Clara gesagt, dass du auf mich aufpassen sollst?«, fragte Tom den Hund und warf ihm ein Stück Wurst zu. Erst später entdeckte er draußen vor dem Deckshaus zwei Metallnäpfe und eine Dose mit Hundefutter. Auch das hatte Clara vor ihrem Aufbruch in die Stadt noch organisiert. Er staunte, wie gut sie ganz offensichtlich die Stunde im stinkenden Kellerverlies weggesteckt hatte.

Die Sonne schien die klare Absicht zu haben, der kalten Nacht etwas entgegenzusetzen. Mailuft, nicht heiß und drückend, sondern angenehm warm. Es hätte ein entspannter Hafentag werden können. Aber da waren diese Erinnerungsfetzen, die durch seinen Kopf wirbelten. Die dramatische Rettungsaktion auf dem Kleinen Dänholm, die eilige Ausfahrt auf den Greifswalder Bodden, eine wunderbare Nacht auf dem mondbeschienenen Gewässer, die am Ende ins Bösartige umgekippt und mit einem tödlichen Lichtblitz geendet hatte.

Jetzt saß Tom mit seinem Frühstück auf dem Vorschiff, weit weg vom Steg, ohne Telefon oder andere Dinge, die ihn davon abhalten konnten, zu sich selbst zu kommen. Ben Gunn hatte sich auf das Deck gelegt und döste vor sich hin. Tom war sich sicher, dass es ihm nicht gelingen würde, die MATHILDA zu verlassen, ohne dass sein zotteliger Aufpasser das bemerken würde. Er schloss für einen Moment die Augen und versuchte, sich auf die minimalen Bewegungen des Bootes, den leisen Luftzug, der ihm über die Wangen strich, und die Geräusche des Hafens zu konzentrieren. Es gluckerte, am Ufer zwitscherten Vögel, irgendwo hörte jemand Schlagermusik.

Bei Licht betrachtet war seine Mission krachend gescheitert. Rocco war in Haft und galt als Hauptverdächtiger, die

Erpressung Karsten Schloods blieb eine bloße Behauptung, die auf der erzwungenen Aussage einer ohnehin nicht sehr verlässlichen Frau beruhte. Später, in den Radionachrichten, wurde die vernichtende Bilanz vervollständigt: Am Unglücksort im Greifswalder Bodden hatte man zwei Leichen geborgen, einen Mann und eine Frau. Außerdem hatte sich das Bundesverfassungsgericht zum Projekt Eastern Line geäußert: Der Antrag auf einen Baustopp war erwartungsgemäß abgelehnt worden. Zwar lief noch ein Einspruchsverfahren, aber diesem wurden allgemein kaum noch Chancen eingeräumt. Von Unruhe oder gar Aufruhr in der Berliner Politik war keine Rede. Schwimmbagger hatten bereits am Morgen begonnen, im Greifswalder Bodden eine Trasse für die Gasleitung auszuheben.

Tom sah auf sein Smartphone. Keine Nachricht, kein Anruf. Also auch kein Lebenszeichen von Marten Oltdorp. Er legte das Telefon wieder weg und verbrachte eine weitere halbe Stunde liegend auf dem Vordeck der MATHILDA. Er schloss die Augen, als könne er so abtauchen, einfach verschwinden aus einer Welt, in der er nur gegen Wände lief.

44

Es war anstrengend für Sylke, Dana so sachlich wie möglich über ihre Ermittlungen zu Fichtner zu informieren.

»Das ist etwas dünn, oder?«, antwortete die jüngere Kollegin in einem abschätzigen Ton. »Irgendwie hätten wir Wichtigeres zu tun – aber gut.« Sie seufzte mit einem gewissen Nachdruck.

Sylke musste sich schon nach diesem ersten Wortwechsel Mühe geben, auf eine scharfe Erwiderung zu verzichten.

»Der Mann ist ja jetzt Beschuldigter, hat also ein Recht auf einen Anwalt. Das müssen wir ihm als Erstes mitteilen«, erklärte Dana, als habe sie Zweifel an Sylkes Grundlagenwissen.

»Da hast du dich ja gut informiert.«

Dana zog die Luft ein.

»Ich würde die Befragung gerne auf meine Weise führen«, sagte Sylke.

»Aha?!«

»Mein Vorschlag wäre: Ich gehe rein und rede mit ihm. Du bleibst hinter der Glasscheibe und beobachtest sein Verhalten.«

Zu ihrer Überraschung erklärte sich Dana damit einverstanden. Sylke vermutete, dass ihre Kollegin der Angelegenheit ohnehin keine Chancen einräumte und sich soweit wie möglich heraushalten wollte.

Dietmar Fichtner saß aufrecht und mit unbewegter Miene am Tisch, als Sylke den Vernehmungsraum betrat. Sie begrüßte ihn höflich, setzte sich und breitete die Zeitungsartikel aus, die sie in Fichtners Papierkorb gefunden hatte. »Herr Fichtner, ich muss Sie jetzt darauf hinweisen, dass wir Sie als einen möglichen Beschuldigten im Mordfall Marko Heinen betrachten. Sie haben das Recht, einen Anwalt hinzuzuziehen. Das würde allerdings dazu führen, dass sich das Ganze hier noch länger hinzieht.«

Fichtner lächelte. »Schießen Se los! Ich möchte nach Hause.«

»Mich interessieren diese Zeitungsartikel. Einige behandeln den Unfall, bei dem Sie schwer verletzt wurden, in einem anderen, etwas neueren Artikel geht es um Marko Heinen und seinen neuen Job bei der Hansestadt Stralsund. Sie haben diese Zeitungsartikel teilweise schon jahrelang aufgehoben. Aber jetzt, fast zeitgleich mit Heinens Tod, werfen Sie alles in den Papierkorb. Warum?«

Der Mann mit dem grauen Backenbart warf einen Blick auf die Zeitungsausschnitte und rümpfte die Nase. »Aus dem zeitlichen Zusammentreffen zweier Ereignisse können Se noch lange nich folgern, dass diese auch kausal zusammenhängen.«

Sylke richtete sich auf. »Lassen Sie uns über den Unfall sprechen. Sie haben damals, als sie wieder vernehmungsfähig waren, ausgesagt, dass Sie den Fahrer des Wagens nicht gesehen hätten. Dass Sie ihn nicht wiedererkennen würden. Ich glaube, das stimmt nicht.«

Fichtner rollte mit den Augen und schwieg. Er schien Sylkes Aussagen für so unbedeutend zu halten, dass er gar nicht erst darauf antwortete.

»Herr Fichtner«, fuhr Sylke fort, »wir werden das so oder so herausbekommen. Wir werden alle Informationen zu dem

Unfall noch einmal auswerten. Und wenn wir eine konkrete Idee von dem Unfallverursacher haben, dann wird am Ende auch ein Name stehen. Sollte es der Name sein, an den wir beide jetzt denken, dann werden wir wieder auf Sie zukommen müssen. Warum also nicht gleich darüber reden? Das dürfte Ihnen einige Belastungen ersparen.«

Nun hielt Fichtner doch die Zeit für gekommen, sich zu äußern. Seine Stimme war leise, aber klar. »Ich hab nich gelogen. Es stimmt, dass ich mich nach dem Unfall nich an den Fahrer erinnern konnte. Sie müssen sich klarmachen, was damals, vor sieben Jahren, passiert is. Ich ging spätabends, eigentlich war's schon Nacht, über eine Kreuzung, draußen bei Martensdorf, der Übergang über die Bundesstraße. Ich hatte Freunde besucht und wollt mir an der Tankstelle noch 'ne Schachtel Zigaretten hol'n. Die Fußgängerampel zeigte grün. Ein Güterzug rollte durch, es war so laut, dass ich das Auto wohl nich hören konnt. Der Fahrer muss auf der langen, geraden Straße die Ampel einfach übersehen haben. Vielleicht hat er auch telefoniert oder er war betrunken, was weeß ich. Meine Erinnerung reißt in dem Moment ab, als ich das grüne Ampelmännchen sah. Jedes Mal, wenn ich heut' so ein Ampelmännchen vor Augen hab, denk ich an den Unfall. Und ich denk an die Menschen, die heute über so 'nen Überweg gehn und darauf vertrauen, was ihnen das Ampelmännchen mitteilt. Überflüssig zu sagen, dass ich selbst dieses Vertrauen verlor'n hab. Manchmal zeig ich Autofahrer an, wenn se 'ne Ampel missachten, die gerade auf Rot gesprungen is. Das kommt häufiger vor, als Se denken. Wenn Se mit einem Blick für diese Sekundenbruchteile durch die Stadt gehn, sehn Se fast täglich solche Szenen. Na, egal. Nach dem Zusammenprall lag ich bewusstlos am Straßenrand, wie 'ne Flunder in der Wüste lag ich da, mit zerschmettertem Becken- und Oberschenkelknochen, einem größeren Loch im Kopf und diversen anderen Blessuren. Aufgewacht bin ich erst drei Tage später. Es entspricht der Wahrheit, was ich damals gesagt hab: Ich hatte keine Erinnerung an den Unfallfahrer.

Vor einigen Monaten passierte aber was Eigenartiges. In der Ostseezeitung stand 'n ausführlicher Artikel über 'nen neu'n Mitarbeiter des Ordnungsamtes, Marko Heinen. Er sollte sich drum kümmern, Streitigkeiten unter Marktbeschickern und Händlern beizulegen. Ein junger, sehr dynamischer Mann, der einige Zeit in Berlin gearbeitet hatte und jetzt wieder in seine Heimatstadt zurückgekehrt war, nach Stralsund. Dann war da ein Bild. Und dieses Bild löste in meinem Kopf was aus. Es war, als ob ein Pfropfen aus einer fest verkorkten Flasche springt. Und was kam heraus? Ein mysteriöser Nebel, aus dem sich 'ne Erinnerung formte, 'ne kurze Szene, nur wenige Sekunden lang. Ich lag auf der Straße, döste vor mich hin, und spürte, dass mich jemand an der Schulter berührte. Ja, ich weeß genau, es war die linke Schulter. Es gelang mir aber nich, drauf zu reagieren. Ich wollt wohl, aber ich bekam meine Augen nich auf und auch keinen Hilferuf über meine Lippen. Der Fahrer des Unfallautos glaubte vermutlich, dass ich mich für immer verabschiedet hätt. Etwas später schaffte ich es dann doch, die Augen zu öffnen – und da sah ich ihn im gelben Lichtschein einer Straßenlaterne, nicht mal zwei

Meter von mir entfernt hockte er auf dem Asphalt und sammelte etwas von der Straße auf, es waren wohl Splitter von 'nem Scheinwerfer oder 'nem Blinker. Dann wandte er sich wieder ab, stieg in sein Auto ein und fuhr davon. Aber in den zwei oder drei Sekunden, in denen er neben mir hockte, hat sich das Gesicht in meine Hirnzellen eingebrannt. Da is es gespeichert, bis mein Bewusstsein für immer erlischt. Es hat halt nur 'ne Weile gedauert, bis ich den Platz wiedergefunden habe, an dem dieses Gesicht gespeichert is. In dem Moment, in dem ich das Bild von Marko Heinen in der Zeitung gesehen hab, wusst ich wieder, wer der Mann war, der mich … der mich … um ein lebenswertes Leben … gebracht hat.«

Fichtner sackte plötzlich zusammen und klammerte sich an die Tischkante. Sein Gesicht war kreideweiß.

»Ist alles in Ordnung, Herr Fichtner?«, fragte Sylke besorgt.

Er winkte ab, aber es war nicht eindeutig zu verstehen, ob er mit der Geste nur seine plötzliche Erschöpfung zu vertreiben versuchte oder ob er das Gespräch abbrechen wollte.

»Wir machen eine Pause!«, entschied sie. »Ich hole Ihnen ein Glas Wasser.«

Draußen drehte sie sich kurz zu Dana Reuter um, die noch immer durch die Glasscheibe starrte.

»Ich sagte doch: Fichtner hat eine Menge zu erzählen. Den Rest wird er gleich auch noch sagen.«

45

Gegen Mittag verspürte Tom eine wachsende Unruhe. Sie ließ sich auch durch die meditative Betrachtung der Hafenidylle und durch kurze Zwiegespräche mit Detlefs Hund nicht verdrängen. Er verabredete sich mit Florian und fuhr mit dem Bus in die Stadt. Sie trafen sich am Fährhafen und setzten sich auf eine Bank an der Nordseite der Hafeninsel. Florian wirkte bedrückt und ruhiger als sonst. Er kam Tom beinahe so vor, als habe er ein Beruhigungsmittel genommen.

»Ich finde es wirklich tragisch, was mit Annika Brieg passiert ist«, sagte er, nachdem ihm Tom von den Ereignissen des Vorabends und der Nacht erzählt hatte. »Da wird sie mit viel Glück aus ihrem Gefängnis befreit und wenige Stunden später kommt sie bei einer Explosion ums Leben. Aber irgendwie bin ich auch erleichtert, dass nun wenigstens nicht mehr diese quälende Ungewissheit über ihr Schicksal herrscht.«

Tom sah ihn verwundert an. »Besser tot als verschollen? Ich weiß nicht. Es ist ja auch noch nicht offiziell bestätigt, dass sie tatsächlich unter den beiden Todesopfern ist. Was mich erschüttert hat, das war die Aufnahme vom letzten Gespräch, das Marko Heinen mit ihr geführt hat. Er hat die Informationen regelrecht aus ihr herausgeprügelt. Hättest du das für möglich gehalten? Er war immerhin dein Lebensgefährte.« Er sah zu, wie Florian sich wand.

»Es ist ... deprimierend. Ich komme mit der gesamten Situation nicht klar. Ich muss das erst mal begreifen. In vier

Tagen ist Markos Beerdigung, ein vollkommen unwirklicher Gedanke.«

Tom stand auf und blickte über den Jachthafen. Auf dem Strelasund lieferten sich zwei Boote mit weißen Segeln ein Wettrennen. Es musste herrlich sein da draußen. »Mir kam noch ein Gedanke«, sagte er. »Das ist der eigentliche Grund, warum ich mit dir reden wollte. Es hat damit zu tun, was du mir über Marko erzählt hast: Wie er mit den Sea Shepherds gegen Walfänger gekämpft hat. Dass er dort gelernt hat, sich abzusichern, immer ein zweites Netz einzuziehen, um im Notfall noch eine Alternative zu haben. Das stimmt doch so?«

»Ja, so war das. Jede Aktion wurde sorgfältig geplant.«

»Dann hatte ich noch ein Erlebnis im Ozeaneum«, erzählte Tom. »Ich habe zugesehen, wie ein paar Kinder Pinguine gemalt haben. Einer der Jungen hat einen Pinguin ins Wohnzimmer seiner Oma versetzt, weil er meinte, sie würde sich über etwas Gesellschaft freuen.«

Florian lächelte. »Das ist originell, geradezu genial. Aber ich verstehe nicht ganz, was das …«

»Warte ab! Es gibt doch diesen kurzen Videoclip von der Auseinandersetzung zwischen Marko Heinen und Rocco Schulze. Ich habe ihn mir inzwischen angesehen. Das Video stammt meiner Meinung nach von einer Kamera, die Marko selbst installiert hat. Wahrscheinlich war es sein Smartphone. Mit diesen Aufnahmen wollte er sich vermutlich absichern oder schützen. Sollte ihn jemand angreifen, konnte er sagen: ›Vorsicht – alles, was du tust, wird aufgezeichnet.‹«

»Ja, aber der Schlag kam so schnell, dass er nicht mehr reagieren konnte.«

»Eben. Es war kein wirklicher Schutz. Man hat das ja gesehen: Irgendwer hat einen Ausschnitt aus den Aufnahmen veröffentlicht.«

»Was schließt du daraus?«

»Dass Marko noch eine weitere Absicherung hatte, ein zweites Netz.«

»Eine zusätzliche Kamera?«

»Die wäre längst gefunden worden.«

»Ein anderes Aufnahmegerät, ein Mikrofon?«

»Nein, es musste etwas sein, das vor Ort, auf der Hafeninsel, nicht zu sehen und auch nicht zu beeinflussen sein würde. Ich glaube, er hat es so gemacht wie der Junge mit dem Pinguin. Er hat die Bilder nicht nur aufgezeichnet, sondern sie an einen anderen Ort übertragen. Dagegen hätte nicht einmal sein Mörder etwas unternehmen können.«

Florian spitzte den Mund, als ob er erstaunt pfeifen wollte. Aber es kam kein Ton. »Das wäre in der Tat … Aber wohin sollten die Bilder übertragen werden?«

»Ich kenne mich damit nicht aus. Soweit ich weiß, gibt es Anbieter, bei denen man Livestreams speichern kann. Vielleicht hatte Marko aber auch irgendwo einen Server stehen.«

»Sicher nicht. Bei uns in der Wohnung hat er immer nur einen Laptop benutzt. Der steht aber meistens im Regal und ist ausgeschaltet. Einen Server muss man doch ständig laufen lassen.«

»Er hat keinen größeren Computer?«

»Bis vor einigen Monaten hatte er einen. Aber den hat er verkauft, soweit ich weiß.«

»Bist du sicher?«

»Er hatte es zumindest vor. Ich fand es schon etwas merkwürdig. Er hat sich sonst immer beschwert, dass er mit der Tastatur von tragbaren Rechnern nicht gut zurechtkommt.«

»Gibt es einen Ort, wo dieser Computer noch stehen könnte und in Betrieb ist? Vielleicht auf eurem Dachboden oder im Keller?«

Florian begann zu grübeln. Tom spürte, wie er sich dagegen wehrte, immer mehr unangenehme Nachrichten über Marko Heinen an sich heranzulassen. Es machte ihm schwer zu schaffen, dass das Bild von Marko als guter Mensch und idealistischer Kämpfer längst tiefe Risse bekommen hatte. »Wenn der Computer bei uns irgendwo herumstünde, wüsste ich das. Aber Marko hat eine Cousine, die im früheren Johanniskloster wohnt. Ich weiß, dass er bei ihr in einem Abstellraum ein paar Sachen lagert.«

Tom drehte sich um. »Na los, das Johanniskloster ist doch nicht weit von hier! Lass uns mal hingehen!«

46

»Haben Sie sich so weit erholt, dass wir die Befragung fortsetzen können?« Fichtners Gesicht sah noch immer grau aus, aber Sylke wollte unbedingt weitermachen. Sie nahm wieder ihren Platz ein und wartete.

Fichtner sah sie an und lächelte gequält. »Was ich Ihnen erzählt hab, war ungefähr das, was Sie hör'n wollten?«

Sylke nickte. »Das war beeindruckend und anrührend, Herr Fichtner. Sie haben viel ertragen müssen. Aber nun geht es darum, was passierte, nachdem Sie Marko Heinen als Unfallfahrer identifiziert haben.«

»Es ist richtig, dass ich mich in den letzten Monaten sehr für Heinens Aktivitäten interessiert hab. Ich hab alles über ihn gelesen, was ich finden konnte, ich hab in seiner Vergangenheit gestöbert und ihn in der Stadt des Öfteren beobachtet. Er war eine wahrlich schillernde Persönlichkeit mit interessanten Kontakten. Neben seiner beruflichen Tätigkeit, über die ich mir kein Urteil erlauben will, war er politisch aktiv, allerdings sehr unauffällig. Er hat gegen das Pipeline-Projekt gearbeitet, mit den Leuten vom Naturschutzverband nach Ansatzpunkten gesucht, um es zu verhindern. Soweit ich seh'n konnt, wurd er deshalb auch von 'nem weiteren Mann beobachtet, vielleicht 'n Spitzel oder 'n Detektiv. Ich selbst bin Heinen mehrmals gefolgt, wenn er seinen Dienst im Rathaus beendet hatte. Ein befreundeter Taxifahrer hat mir geholfen, aber verdächtigen Se den um Himmels Willen nich auch noch –

der weeß bis heut nich, warum ich mich für Heinen interessiert hab. Ich hab einmal beobachtet, dass er sich spätabends beim Goldenen Anker mit diesem Rocco Schulze getroffen hat, aber ich konnt nich rausbekommen, worum's dabei ging.«

»Ich muss Sie jetzt fragen, was Sie an dem Sonntagabend gemacht haben, als Heinen ermordet wurde.«

Fichtner lachte kurz auf. Er schien sich von seiner inneren Anspannung befreien zu müssen. »Das war klar. Eine Frage wie aus'm Bilderbuch. Jetzt hab ich Ihnen schon so viel erzählt, da woll'n Se natürlich auch noch das letzte Kapitel hör'n. Ich wollt an diesem Abend tatsächlich wieder an den Hafen. Wollt mit 'nem Freund 'n Bier trinken, dann etwas spazieren geh'n und schau'n, ob ich Heinen seh. Ich hatte in den Tagen zuvor schon zwei abendliche Treffen beobachtet. Leider hatte mein befreundeter Taxifahrer ausgerechnet an dem Sonntag einen Unfall, nur ein kleiner Blechschaden, aber er musste lange an der Unfallstelle bleiben. Das könn'n Se nachprüfen! Wir kamen erst sehr spät an und war'n noch kurz in der Alten Fähre. Auch das könn'n Se überprüfen! Dann bin ich 'ne Runde über die Hafeninsel gegangen, während mein Freund im Auto wartete. Er ist keen Freund von Spaziergängen. Hört lieber Radio. Vor allem das Nachtprogramm.«

»Wann war das und was haben Sie gesehen?«

»Es muss schon gegen eins gewesen sein. Ich bin einmal rund um das Gebäude auf dem Nordzipfel der Hafeninsel gegangen. Natürlich hab ich sehr aufmerksam nach links und rechts geseh'n. Sonst hätt ich bei der schwachen Beleuchtung Marko Heinen wohl auch nich entdeckt. Er lag neben dem Abfallcontainer, und zwar auf'm Bauch, mit dem Kopf in Richtung Gebäude. Er war mausetot. Das hat mich schockiert, wirklich. Damit hatt ich nu wirklich nich gerechnet. Ansonsten sah ich nix. Keinen Täter, keine Tatwaffe, keine weiteren Zeugen. Ich hab überlegt, was ich tun soll. Am Ende hab ich gar nix getan, sondern bin zurück nach Hause gefahr'n und hab die ganze Nacht nich geschlafen, das könn'n Se mir glauben.«

»Warum haben Sie nicht die Polizei gerufen?«

»Das fragen ausgerechnet Sie? Dann hätten Se mir all die unbequemen Fragen ja noch viel früher gestellt. Nein, ich musste das erst mal verarbeiten, ganz für mich allein. Ich bin so ein Solist, ein Gefühlssolist. Was die Polizei macht, interessiert mich nich wirklich.«

Sylke hatte während des Gesprächs kaum ein Auge von dem Mann in der Strickjacke gelassen. Ihre nächste Frage stellte sie mit einer leisen Schärfe. »Herr Fichtner, hatten Sie vor, Marko Heinen umzubringen?«

Fichtner schnaubte kurz und wandte sich ab. »Das is doch jetzt 'ne sehr müßige Frage.«

»Für mich nicht.«

»Der Mann is tot, und damit kann ich leben. Am Morgen nach seinem Tod hab ich gespürt, wie 'ne Last von mir abfällt. Es war nich so sehr die Erleichterung über seinen Tod, sondern die Angst vor mir selbst. Ich wusste letztendlich nich, worauf meine Beobachtungen hinauslaufen würden. Ich war süchtig danach, immer mehr über ihn in Erfahrung zu bringen. Aber je mehr ich herausgefunden hab, umso weniger hat's mir geholfen. Sein Leben, das er hier in

Stralsund geführt hat, war nich schlecht. Eine schöne Wohnung, ein interessanter Job, er hatte einen Lebensgefährten, ich denk, der hat ihm viel bedeutet. Einmal war der Kerl sogar bei mir, weil Heinen mich dann doch irgendwann bemerkt hat. Aber dieser Lebensgefährte is ein komischer Vogel, der kapiert nich allzu viel. Er is auf die Behindertennummer sofort reingefallen. Was ich eigentlich sagen wollt: Dieses Leben, das Heinen hier geführt hat, das hatte überhaupt nix mit dem Augenblick zu tun, in dem ihm dieser fatale Fehler unterlaufen is. Diese Nacht vor sieben Jahren, das war was anderes, das war die Hölle, der dunkle Rand seiner Existenz. Wenn ich ihn beobachtete, hatte ich nich eine Sekunde lang das Gefühl, dass er über dieses Ereignis nachdenkt. Das hat mich einerseits wahnsinnig wütend gemacht, andererseits hab ich gedacht: Ich kann ihm dieses Leben doch nich wegnehmen. Es is ein interessantes, ereignisreiches Leben, in dem sicher auch viel Gutes passiert. Ich hab mich gefragt, ob ich ihn mit seiner Tat konfrontieren soll. Oder musste ich irgendwann den Punkt erreichen, an dem ich ihm verzeih'n kann? Ich war verzweifelt, weil ich nich weiterkam, nich mit ihm, nich mit mir. Jemand anders hat das Problem gelöst, auf 'ne brutale Weise, die mich nich zufriedenstellt. Aber ich hoff und weiß, dass ich jetz aus eigener Kraft aus diesem Strudel rauskommen werd.« Fichtner hielt erschöpft inne. »Ehrlich gesagt bin ich jetz vollkommen fertig«, sagte er mit matter Stimme. »Es wär schön, wenn ich jetz geh'n könnt. Ich glaub nicht, dass Se mich noch länger hierbehalten woll'n, oder?« Wieder das charmante und doch provozierende Lächeln.

Sylke konnte ihre Enttäuschung nur mühsam verbergen. Hatte sie ernsthaft damit gerechnet, dass Fichtner rundheraus zugeben würde, Marko Heinen ermordet zu haben? Ja, doch, sie hatte ihm die Tat zugetraut und auch ein Geständnis erwartet. Sie hatte schlicht und einfach falsch gelegen. Sie hatte sich festgelegt, dass das passieren würde, was sie sich wünschte. Ihre ganz persönlichen, kleinlichen Wünsche hatten ihre Ermittlungsarbeit angestachelt, hatten sie in einen großen Irrtum hineingetrieben. Es war dumm von ihr. »Sie können gehen!«, sagte sie müde. »Ich bräuchte aber noch die Kontaktdaten Ihres Taxi-Freundes.«

Draußen musste sie erst einmal durchatmen.

In dem dämmrigen Winkel hinter der verspiegelten Glasscheibe saß Dana und blickte Sylke mit einer Mischung aus Spott und Mitleid an.

47

Die Gebäude des ehemaligen Johannisklosters waren liebevoll restauriert und in Wohnhäuser verwandelt worden. Dabei hatte die Anlage, die nur über eine schmale Zufahrt zu erreichen war, so etwas wie klösterliche Abgeschiedenheit bewahrt. Die uralten Häuser mit ihren bunt gestrichenen Fassaden gruppierten sich um eine Freifläche, auf der eine Stele zum Gedenken an die ermordeten Stralsunder Juden errichtet worden war. Dies und die unmittelbare Nachbarschaft zur Ruine der Johanniskirche gaben dem Gebäudeensemble etwas Andächtiges und Weihevolles. Eine Idylle im Schatten von Gewalt und Zerstörung. Erst später, als Tom schon wieder auf dem Rückweg war, wurde ihm klar, dass er diesen Ort als einen der schönsten von Stralsund empfunden hatte. Es war ein Ort, der nachwirkte, der sich ein wenig abhob von den vielen anderen Ecken der Stadt, die eben *nur schön* waren.

Vorläufig interessierte ihn vor allem das, was Florian und er in einer kleinen Dachkammer fanden. Marko Heinens Cousine hatte sie nach kurzem Zögern ins Haus gelassen. Sie vertraute Florians Zusage, dass es darum ging, die Wahrheit über die Todesumstände herauszufinden. Was sie entdeckten, versetzte Tom in fieberhafte Aktivität. Es war so, wie er vermutet hatte: In dem kleinen Raum lief ein Computer auf Dauerbetrieb. Tom benötigte eine Weile, bis er herausfand, wo die Videos gespeichert wurden, die Heinen von seiner Smartphonekamera auf den Rechner übertrug. Er hatte auch die

Aufnahmen von der Nacht gespeichert, in der Heinen gestorben war. Tom fand die Passage, in der Rocco auf Heinen einschlug. Aber das war nur der kürzere Teil eines Videos, das insgesamt mehr als eine halbe Stunde lang dauerte. Rocco war nicht der letzte, der sich mit Marko beschäftigt hatte. Es kamen noch mehrere Personen ins Bild, bevor eine Hand, die in schwarzen Handschuhen steckte, nach dem Aufnahmegerät griff und die Aufzeichnung abbrach.

Sie schwiegen eine Weile, als sie das Video bis zu Ende gesehen hatten. Florian war vollkommen fertig und verbarg seinen Kopf in den Händen. Tom wollte nicht untätig bleiben. Er durchsuchte ein Regal, auf dem Marko Heinen allerlei technische Geräte abgestellt hatte. Dort fand er einen USB-Stick, auf den er die gesamte Videodatei kopierte. Er durchsuchte auch die Dateiordner auf dem Computer, aber es gab keine weiteren interessanten Daten. Allerdings fand er ein Programm, mit dem man Videos bearbeiten konnte. Mit dessen Hilfe schnitt er die entscheidenden dreißig Sekunden aus dem halbstündigen Video und schickte sie über eine Direktverbindung an sein Smartphone. Von dort sendete er die Datei weiter an Sylke. Sein Kommentar dazu lautete: *Heinens Überwachungsvideo – von ihm selbst gespeichert. Der Rest folgt auf einem Datenträger.* Als er das getan hatte, wandte er sich Florian zu, der noch immer stumm und nachdenklich auf einer Fußbank hockte. »Ich habe in der Ostseezeitung gelesen, dass am Tag, an dem Annika Brieg entführt wurde, zwei Kammerjäger in Schutzanzügen in ihrem Haus gesehen worden sind. Es wird vermutet, dass diese beiden Männer die Entführer waren.«

Florian nickte. »Ja, kann sein.«

Beim Durchsuchen des Regals hatte Tom einen Karton geöffnet. Jetzt zog er daraus zwei weiße Schutzanzüge hervor. Er ließ sie auf den Fußboden der Abstellkammer fallen. »Niemand konnte die beiden Männer genau beschreiben. Sie trugen ja diese Anzüge und auch Schutzhauben über dem Kopf. Es hieß nur, dass der eine der Männer eher groß und kräftig war, der andere kleiner und eher schmächtig.«

»Dann wird das wohl auch stimmen.«

»Der große Mann muss ja wohl Marko Heinen gewesen sein. Aber wer war der andere? Kann es sein, dass er ungefähr deine Statur hat?«

Florian zuckte mit den Schultern und starrte auf den Boden.

Tom fuhr mit seinen Überlegungen fort. »Ich bin seit unserem ersten Treffen mit deinem Verhalten nicht klargekommen. Es wirkte auf mich widersprüchlich: Du hast mich mehrmals ermutigt, nach Annika Brieg zu suchen. Es schien dir ungeheuer wichtig zu sein. Trotzdem hast du mir nicht gesagt, dass sie Markos Informantin war, obwohl du es die ganze Zeit über wusstest. Du warst besorgt, regelrecht ängstlich, bist vor mir weggelaufen. In der Eisbar hast du mich leichtfertig einem Attentat ausgeliefert, im letzten Moment aber so getan, als wolltest du mich retten. Und heute hast du gesagt, dass du über die Explosion auf dem Greifswalder Bodden erleichtert bist, weil nun die Ungewissheit zu Ende sei. Ich denke, du bist vor allem deswegen erleichtert, weil du nun nicht mehr fürchten musst, für den Tod von Annika Brieg mitverantwortlich zu sein.«

Florian schwieg. Bis auf das leise Summen des Computers war es vollkommen still.

»Ja, du hast recht«, sagte er nach einer Weile mit belegter Stimme. »Marko brauchte jemanden, der ihm hilft, Annika durch das Treppenhaus nach unten zu tragen, bis zu dem Lieferwagen, den er sich geliehen hatte. Ich habe mich gesträubt, das zu tun, aber Marko hat mich unter Druck gesetzt. Er war wie besessen von seiner Mission. Er hat mir immer wieder versichert, dass er Annika nur für ein paar Tage festhalten wolle. Und dass das letztendlich auch zu ihrem Schutz passiere, denn mit ihrem Wissen sei sie in Gefahr. Schließlich habe ich zugestimmt. Wir sind mit den Schutzanzügen hoch in ihre Wohnung gegangen und haben behauptet, an ihrem Balkon müsse ein Wespennest entfernt werden. Marko hat Annika betäubt. Wir hatten so eine große Transporttasche. Da haben wir sie reingelegt und runtergetragen. Ich habe mich noch im Lieferwagen umgezogen und bin in der Nähe vom Bahnhof ausgestiegen. Ich wollte mit der Sache nichts weiter zu tun haben. Marko war ja sehr kräftig, er meinte, den Rest würde er auch allein schaffen. Wo er sie hingebracht hat, davon wollte ich gar nichts wissen. Als am Montagmorgen erst Oltdorp und dann die Polizisten vor unserer Wohnung auftauchten, da bin ich in Panik geraten. Deswegen bin ich über den Balkon nach unten geklettert. Ich hatte ein ganz übles Gefühl. Dass Marko tot ist, habe ich erst von dir erfahren. Ich habe so getan, als wüsste ich es schon, es war alles … unmöglich. – Markos Tod war eine Katastrophe, aber die zweite Katastrophe war, dass er Annika an einem Ort versteckt hatte, den niemand außer ihm kannte. Ich konnte darüber nicht sprechen, damit hätte ich mich ja selbst belastet. Die letzten Tage waren die Hölle für mich. Ich habe inständig gehofft, dass du das Versteck findest. Deiner Lebensgefährtin mit ihrer feinen Nase ist da etwas gelungen, wofür ich ihr mein Leben lang dankbar sein werde. Vielleicht kann ich ihr das auch mal persönlich sagen. Aber wahrscheinlich gehst du jetzt als erstes zur Polizei und zeigst mich an.«

48

Sylke und Dana blickten durch die verspiegelte Glasscheibe in den Verhörraum, in dem Dietmar Fichtner seine Jacke überzog und sich dann humpelnd zum Ausgang begab. Dana ließ ihre Häme nur leise anklingen, aber das war umso schmerzhafter. »Tja, das war wohl nichts. Glaubst du ihm?«

Sylke zuckte resigniert mit den Schultern. Sie spürte, dass ihr Smartphone in der Hosentasche vibrierte. Gedankenverloren blickte sie auf das Display. Eine Nachricht von Tom. Das hatte ihr gerade noch gefehlt. Willenlos tippte sie auf das Symbol für das mitgeschickte Video.

Währenddessen gab Dana, weil sie auf ihre Frage keine Antwort bekam, ihre eigene Einschätzung zum Besten. »Ich finde ihn überzeugend. Dieser Mann kann gut Theater spielen, aber er geht auch sehr ehrlich und ernsthaft mit sich selbst um. Er weiß, dass ihm Lügen auf Dauer nicht helfen werden. Ich würde sagen, du bist ihm auf den Leim gegangen. Er hätte dir auch gleich sagen können, dass er's nicht war. Ein Satz und fertig. Stattdessen serviert er dir seine halbe Lebensgeschichte. Ich beneide dich nicht um das Protokoll, das ja nun auch noch geschrieben werden muss. Hast du das mitgeschnitten? Vielleicht kannst du seine Geschichte noch als Groschenroman verkaufen.«

Sylke hörte Danas Gequatsche nur mit halbem Ohr zu. Das, was Tom ihr geschickt hatte, schien ihr weitaus brisanter zu sein. Im ersten Moment sah es so aus, als wäre es das Video, das sie alle schon kannten: nächtliche Bilder vom nördlichen Ende der Hafeninsel. Aber plötzlich tauchten da menschliche Gestalten auf, die sie nicht kannte. Es war nicht das Rocco-Schulze-Video, es war etwas anderes. »Ja, ja, du hast recht«, sagte sie geistesabwesend und ließ die verdutzte Dana stehen.

Eilig lief sie in das Büro, in dem Adrian seinen Arbeitsplatz hatte. »Kannst du mir kurz helfen? Ich muss ein Video von meinem Handy möglichst schnell auf einen größeren Bildschirm bringen.«

»Bluetooth«, rief Adrian, während er ihr über den Flur folgte.

Wenig später erschien das Bild der nächtlichen Hafenmole auf Sylkes Computerbildschirm. Das Video dauerte nur dreißig Sekunden, aber diese dreißig Sekunden hatten es in sich. Fieberhaft überlegte Sylke, was als erstes zu tun sei.

»Müssen wir nicht gleich zur großen Konferenz?«, fragte Adrian besorgt. »Wenn wir zu spät kommen, wird Brehm sicher wieder …«

»Ruf im Hanseklinikum an!«, unterbrach Sylke ihn. »Nein, warte! Besser, ich mache es selbst. Du gehst das Video noch mal durch und suchst ein Standbild aus, auf dem man das Gesicht erkennen kann. Versuch, es möglichst deutlich zu machen! Wir müssen hundertprozentig sicher sein, wer da auf dem Video zu sehen ist. Ich kann mir hier keinen Fehler mehr erlauben.«

Bei Adrian sprang der Funke über. Blitzschnell klickte und tippte er auf Sylkes Computer herum, schnitt aus, vergrößerte, brachte mehr Licht in das Standbild.

Mit dem Telefonhörer in der Hand sah Sylke zu, wie sich aus einer schwarzgrauen Pixelmasse allmählich die Konturen eines Gesichtes herausschälten. Nein, es konnte keine Zweifel geben! Sie wurde zunehmend ungeduldig. Es gelang ihr nicht, im Hanseklinikum die Ansprechpartner ans Telefon zu bekommen, die sie brauchte. Als sie endlich zur richtigen Station durchgestellt wurde, waren die Auskünfte, die sie bekam, ausgesprochen beunruhigend. »Passen Sie auf«, erklärte sie der Krankenschwester in einem Ton, der keinen Widerspruch duldete, »was ich Ihnen jetzt sage, ist sehr wichtig! Sie müssen dafür sorgen, dass der Patient noch nicht geht! Denken Sie sich irgendetwas aus, ein letztes Gespräch mit dem Arzt oder irgendwelche Pillen, die er noch mitnehmen soll. Es ist wichtig, dass er im Gebäude bleibt, bis wir da sind. Wir machen uns jetzt sofort auf den Weg.«

49

Brehm hatte alle Mitglieder der Ermittlungskommission im Besprechungsraum zusammengerufen. Seine Worte klangen feierlich: »Meine Damen und Herren, dies ist das letzte Treffen in dieser großen Besetzung. Wir konnten in den letzten Tagen einige Themen abarbeiten, wenngleich ich zugeben muss, dass die Angelegenheit kompliziert, dramatisch und aufreibend war. Nicht alle Fragen konnten beantwortet werden, aber wir werden die offenen Punkte in einer kleineren Gruppe bearbeiten können. Es ist mir wichtig, dass wir hier auch unter großem Druck professionell arbeiten. Zu weiten Teilen ist das gelungen, Ausnahmen bestätigen die Regel. Wir werden einige Konsequenzen für die Zukunft ziehen, dazu mehr im persönlichen Gespräch. Wo ist denn eigentlich …?« Er räusperte sich und blickte sich suchend um.

»Sylke Bartel hat eben zusammen mit dem Polizeischüler das Kommissariat verlassen«, erklärte Dana Reuter.

»Herrgott, das ist ja mal wieder typisch«, entfuhr es Brehm. Dann setzte er seine Ansprache fort. »Der Fall Marko Heinen ist so weit ausermittelt, dass heute die Unterlagen an die Staatsanwaltschaft gehen und diese eine Anklageschrift gegen Rocco Schulze vorbereitet. Alle anderen Ermittlungsansätze liefen ins Leere, heute Mittag wurde ein Verdächtiger wieder auf freien Fuß gesetzt. Parallel zum Fall Heinen waren wir mit dem Entführungsfall Annika Brieg konfrontiert. Hier kamen die entscheidenden Impulse letztendlich von aufmerksamen Bürgerinnen und Bürgern. Leider konnte Frau Brieg ihre Freiheit nicht lange genießen. Inzwischen wurde ihre Leiche identifiziert, ebenso diejenige von Karsten Schlood. Als Ursache für die Explosion auf dem Greifswalder Bodden wird ein technischer Defekt an einer Gasleitung auf dem Boot vermutet. Gegen Schlood, einen leitenden Mitarbeiter des Bergamtes Stralsund, gab es Hinweise auf Korruption. Es liegen uns dazu Tonbandaufnahmen vor, die allerdings nicht gerichtsfest sind. Alle weitergehenden Indizien und Aussagen reichen aus meiner Sicht nicht, um ein Ermittlungsverfahren einzuleiten. Wir werden die Gespräche mit der Staatsanwaltschaft dazu sicher bald abschließen. Auch die angebliche Existenz eines Dokumentes, das den Beweis für ein Tötungsdelikt im Jahr 1991 liefern soll, konnten wir nicht nachweisen. Da Karsten Schlood inzwischen verstorben ist, werde ich dafür plädieren, diese Angelegenheit nicht weiter zu verfolgen. Damit kann ich resümieren: Im Mittelpunkt unserer komplizierten Ermittlungen steht eine einzige Tat: der brutale Mord an dem städtischen Angestellten Marko Heinen. Zu dieser Tat haben wir einen Täter gefasst. Ich danke Ihnen für Ihre erfolgreiche Arbeit und wünsche Ihnen ein schönes Wochenende.«

»Ähm, Moment! Eine Sache noch.« Dana Reuter stand auf. Die meisten der Anwesenden sahen sie überrascht an. »Es ist mir unangenehm, Ihr schönes Schlusswort noch mal zu stören, Herr Kriminalhauptkommissar, aber ich habe hier einen Datenstick von Sylke Bartel bekommen. Den hat sie mir in die Hand gedrückt, bevor sie eben das Gebäude verlassen hat. Sie sagte, das sei ungeheuer wichtig, wir sollten uns das ansehen.«

Es erhob sich ein unwilliges Gemurmel. Niemand hatte Lust, jetzt noch Zeit mit Sylkes nächster Eskapade zu verbringen.

»Das ist ein merkwürdiges Vorgehen«, sagte Brehm grimmig. »Sie verschwindet an einen unbekannten Ort und hinterlässt uns einen mysteriösen Datenträger?«

»Vielleicht ist das ihr Vermächtnis«, rief jemand.

Einige Kollegen lachten.

»Genau. Sie hat vor ihrer Frühpensionierung noch schnell ihre größten Fälle zusammengestellt.«

»Ist sie nicht mit dem Polizeischüler unterwegs? Vielleicht sind die beiden ja auf Verlobungsreise.«

»Und auf dem Stick ist ihre digitale Lovestory.«

»Ich bitte Sie, meine Herren!«, rief Brehm in die ausbrechende Heiterkeit hinein. »Ich würde vorschlagen, dass wir das auf nächste Woche verschieben. Dann soll Frau Bartel selbst erklären, was ihr so wichtig ist.«

Dana Reuter war nicht einverstanden. »Na ja, es klang schon einigermaßen dringlich! Und wenn wir jetzt etwas Wichtiges übersehen, wäre das meiner Meinung nach ärgerlich. Die beiden wirkten eben sehr angespannt.«

Brehm seufzte. »Na gut, werfen sie den Beamer an und zeigen Sie, was auf dem Stick zu sehen ist!«

Dana drückte auf die Fernsteuerung des Beamers, der einige quälende Sekunden lang benötigte, um ein düsteres Bild auf die Projektionsfläche zu werfen, ein Bild, das die Ermittler bereits kannten: Es war Nacht, man sah ein Stück der Hafeninsel im gelblichen Laternenschein, der Blick führte am Flachbau entlang in nördlicher Richtung. Am Bildrand war ein

Stück vom Hafenbecken zu erkennen. Anders als im Rocco-Schulze-Video, das am Tag zuvor im Internet aufgetaucht war, lag Marko Heinen bereits auf dem Pflaster, daneben der Holzfisch, mit dem ihm der Fischbrötchenhändler einen Schlag versetzt hatte.

In den ersten Sekunden passierte nichts, man konnte den Nieselregen erahnen, ein loses Kabel schaukelte im Wind. Dann schob sich unvermittelt von rechts eine Gestalt ins Bild, gleich darauf eine zweite. Die beiden Männer sahen nach dem am Boden Liegenden, blickten sich um, flüsterten sich etwas zu. Einer von ihnen trug die schwarze Kluft eines Rockerclubs, der andere Jeans und eine schwarze Jacke. Beide hatten Handschuhe an. Der mit der schwarzen Jacke hob den Holzfisch auf, mit dem Rocco auf Heinen losgegangen war. Er zögerte kurz, holte aus und schlug mit aller Kraft auf den Kopf von Marko Heinen ein. Er wiederholte das und schlug auch noch ein drittes Mal zu.

Einige der Zuschauer im Kriminalkommissariat hielten sich instinktiv schützend die Hand vor die Augen.

Die beiden Männer im Video betrachteten ihr blutiges Werk, dann warf derjenige, der zugeschlagen hatte, die Tatwaffe in den Abfallbehälter. Er durchsuchte Heinens Mantel und zog einen kleinen Gegenstand heraus, während der andere sich besorgt umsah. Der Schläger packte den regungslosen Körper Heinens und zog ihn ein Stück hinter den Abfallcontainer. Unterdessen schien der andere etwas entdeckt zu haben. Er deutete geradewegs auf die Kamera. Der Mann in der schwarzen Jacke kam näher und für Sekundenbruchteile erschien sein Gesicht in monströser Größe auf der Projektionsfläche. Die Hand des Mannes verdunkelte das Bild, es wackelte einen Moment lang hin und her, dann war alles schwarz.

Im Besprechungsraum war es für Augenblicke totenstill. Von der heiteren Stimmung war nichts übrig.

Brehm räusperte sich. »Das ist harter Tobak«, sagte er. »Und das verändert die Ausgangslage in der Tat.«

»Diese Aufnahme deckt sich mit dem, was im Obduktionsbericht steht«, sagte Dana düster. »Mehrere Schläge trafen Heinens Kopf. Einer davon in einem etwas anderen Winkel als die anderen, was damit erklärt wurde, dass Heinen beim ersten Schlag noch aufrecht stand. Dieser erste Schlag war laut Obduktionsbericht nicht tödlich. Wir sind bislang davon ausgegangen, dass Rocco Schulze wieder zurückgekehrt ist, noch einmal auf sein Opfer eingeschlagen und die Tatwaffe in den Abfallbehälter geworfen hat. Das war wohl doch zu einfach. Er war es nicht. Er ist kein Mörder.«

Wieder wurde es still im Raum.

Dana schien von ihren eigenen Gedanken überrollt zu werden. In ihrem Kopf fügte sich ein Baustein zum anderen und sie sprach alles in dem Moment aus, in dem es ihr in den Sinn kam. »Ich glaube, wir hätten früher auf Sylke hören sollen«, sagte sie. »Sie hatte von Anfang Zweifel daran, dass das erste Video schon die ganze Wahrheit enthält. Sie meinte, dass es möglicherweise die Täter selbst waren, die dieses Video lanciert haben, um von sich abzulenken. Wir sind ihnen auf den Leim gegangen und Sylke war die Einzige, die das begriffen hat. Es sind zwar seitdem kaum mehr als 24 Stunden vergangen, aber vielleicht sind 24 Stunden in diesem Fall schon sehr viel.«

»Hat jemand das Gesicht des Täters erkannt?«, fragte Brehm in die Runde.

»Es ging zu schnell«, meinte ein Ermittler. »Kannst du das Video kurz vor Ende stoppen?«

Dana öffnete den Dateiordner. »Hier ist noch ein *Täterbild_bearbeitet.jpg*.« Sie klickte auf das Dateisymbol. Auf der Projektionsfläche erschien das von Adrian bearbeitete Standbild. Es zeigte Konstantin Shirov, den Mann, der bei der Schießerei auf dem Paintball-Feld verletzt worden war.

»So ein Mist«, rief Brehm. »Jetzt wissen wir immerhin, wo Sylke Bartel ist. Schickt sofort Verstärkung!«

50

Sylke raste wie ein Teufel. »Shirov will die Klinik heute verlassen«, erklärte sie Adrian, dessen Blick starr nach vorn gerichtet war. »Siehst du das blaue Auto?«

»Und das, obwohl er eigentlich noch mindestens drei Tage stationär behandelt werden soll. Wahrscheinlich hat er Angst, dass er auffliegt.« Sie umkurvte den blauen Wagen, der mitten auf der Kreuzung zum Stehen gekommen war. »Idiot!«

»Der Idiot hatte Vorfahrt«, sagte Adrian mit matter Stimme. Er war leichenblass, als sie das Hanseklinikum erreichten. Sie liefen ins Foyer und fuhren mit dem Aufzug zu der Station, auf der Shirov lag.

Auf dem Flur hielt Sylke eine Schwester an und fragte nach der Zimmernummer. »Du bleibst erst mal hier!«, sagte sie zu Adrian. »Halt dich bereit!« Sie öffnete die Tür zum Krankenzimmer. Ihre Waffe war griffbereit, aber vorerst noch für andere unsichtbar. Das hintere Bett war unbenutzt, im mittleren lag ein älterer Mann, der zu schlafen schien. Shirov, der ganz vorn untergebracht war, füllte gerade eine Sporttasche mit Kleidungsstücken. Er trug Jeans und eine Cordjacke. »Warum packen Sie Ihre Sachen?«, fragte Sylke.

»Guten Tag«, sagte der Russe betont höflich. Er gab sich unbedarft, aber er beobachtete Sylke sehr genau. Ihre Anspannung konnte ihm nicht entgehen. »Ich gehe nach Hause. Ich bin gesund.«

»Sie werden leider noch nicht nach Hause gehen können.«

Eine Schwester, die von Sylkes Anruf offensichtlich nichts mitbekommen hatte, betrat das Zimmer. Sie schob einen Wagen mit Medikamenten und medizinischen Geräten vor sich her. »Darf ich bitte mal durch?«, rief sie ungeduldig.

Sylkes Nervosität stieg. »Warten Sie bitte einen Moment!«

»Warum kann ich nicht nach Hause gehen?«, wollte Shirov wissen. Er kam auf Sylke zu.

Von links drängte die Schwester. Für einen Sekundenbruchteil verlor Sylke die Kontrolle.

»Stopp!«, rief sie Shirov zu. Sie zog die Waffe, aber im selben Moment flog etwas auf sie zu. Er hatte, ohne dass sie es bemerkt hatte, nach einer Mineralwasserflasche gegriffen, die auf dem Nachttisch gestanden hatte, und schleuderte sie Sylke ins Gesicht. Sie konnte zwar ausweichen, aber die Flasche streifte sie noch am Hinterkopf. Sie stolperte, fiel gegen die Wand und ging zu Boden.

Sie war benommen und schüttelte sich. An ihrem Hinterkopf war eine feuchte Stelle. Wie durch einen Schleier hörte sie Adrians Stimme. Er rief nach Shirov. Einmal, zweimal. Dann fiel der Schuss. Sylke richtete sich auf. Ihr war schwindlig, sie taumelte zur Zimmertür, vorbei an der entsetzten Krankenschwester.

Adrian stand mitten im Flur, zur Säule erstarrt.

Kurz vor einer Zwischentür lag Shirov.

Sylke taumelte hin und tastete seinen leblosen Körper ab. Aus einem Loch in seiner Jacke quoll etwas Blut. Er war nicht bewaffnet. »Kümmern Sie sich um den Mann!«, rief Sylke den Pflegern und Schwestern zu, die das Geschehen aus sicherem Abstand beobachteten. Dann ging sie zu Adrian. Sie nahm ihm die Pistole aus der Hand. Sein Arm zitterte, der ganze Körper schien zu beben. Sie schob ihn zu einer Bank am Rande des Flurs und setzte sich neben ihn. »Es ist in Ordnung, Adrian. Hörst du mich? Du hast alles richtig gemacht. Es war nicht zu vermeiden. Wenn jemand einen Fehler gemacht hat, dann war ich das. Merk dir das bitte! Egal, was jetzt passieren wird. Egal, was die Kollegen sagen und welche Fragen sie dir stellen werden. Das ist ein Teil deines Berufes. Das kann passieren.«

51

Sonntag

Es war ihr vorerst letzter Tag in Stralsund, ein Sonntag wie aus einem Bilderbuch. Am Nachmittag gingen Tom und Clara noch einmal nach Altefähr. Vom Dänholm aus war es zu Fuß gut zu schaffen, ein besserer Spaziergang.

»Es ist komisch, aber dieser Ort ist mir ans Herz gewachsen«, sagte Tom unterwegs. »Immerhin haben wir hier eine Zuflucht gefunden. Und mir gefällt dieser wunderbare kleine Hafen. Man sieht Stralsund drüben auf der anderen Seite. Es ist nur ein Katzensprung, aber dazwischen liegt der Strelasund. Das schafft Distanz.«

»Ja, es war ganz schön aufreibend«, sagte Clara. »Der Freitag war noch einmal ein schöner Tag. Die Kinder haben Heringsschwärme gemalt, dieses Mal mit Tusche. Einige haben das ganz toll gemacht, sie haben erst die Fische gemalt und sie dann wieder etwas verwischt, mit so einem Schleier aus Blau und Türkis.«

»Wer hier aufwächst, müsste eigentlich Künstler oder Architekt werden«, sagte Tom. »Die alten Häuser, die tollen Museen, das viele Wasser. Na ja, gut, es braucht noch ein paar andere Berufe.«

»Fischer zum Beispiel.«

»Und Fischverkäufer.«

»Fischbrötchenbäcker.«

»Fischbrötchengetreidebauer.«

»Fischbrötchengetreidemüller.«

»Fischbrötchenzwiebelbauer.«

»Fischbrötchengurkenzüchter.«

»Fischbrötchenzutatenlogistiker.«

»Räucherofenholzbeschaffer.«

»Sei nicht albern, das bisschen Holz kann auch der Bauer mitbringen, die das Getreide anbaut.«

»Aber ein Beruf ist auch nicht unwichtig: Verkaufskuttersaboteur.«

»Wieso, du wolltest den Job doch nicht?!«

»Aber irgendwer anders. Ich habe gelesen, dass, gemessen an der Gesamtzahl, ein auffallend hoher Anteil dieser Verkaufskutter sinkt. Und das, obwohl die Dinger fest vertäut im Hafen liegen.«

Clara musste lachen. »Vielleicht deswegen. Vielleicht braucht ein Schiff einfach Bewegung, Freiheit, Seeluft. Im Hafen gehen sie irgendwann zu Grunde – also im wahrsten Sinne des Wortes.«

»Das ist eine sehr romantische Deutung. Ich würde sagen, es hat mit Versicherungsbetrug zu tun. Warten wir ab, wie lange Roccos Kutter noch schwimmt.«

Sie hatten den Hafen von Altefähr erreicht und genossen einen Moment lang den Blick auf das geschäftige, aber keineswegs hektische Treiben. Draußen glitzerte der Strelasund im Sonnenschein, dahinter schimmerten die Dächer von Stralsund. Sie setzten sich auf die Terrasse der Inselbar. Clara blickte auf ihre Uhr und lächelte. »Das passt ja sehr gut. Ich habe noch einen Überraschungsgast eingeladen. Genau genommen, sind es zwei.«

Tom wollte wissen, um wen es sich handelte. Aber Clara ließ ihn im Ungewissen. Einige Minuten später standen sie in der Mitte der Hafenmole, Hand in Hand: Sylke Bartel und ein schlaksiger junger Mann, der im Vergleich mit Sylkes gebräuntem Gesicht recht blass wirkte.

Tom wurde nervös. »Du hast Sylke hierher …«

»Psst. Ich dachte, es wäre gut, wenn ihr beide endlich mal miteinander redet.«

Sylke kam auf sie zu und stellte ihnen Adrian, den Polizeianwärter, vor.

Tom verkniff sich jeden Gedanken über dieses ungewöhnliche Paar, über Altersunterschiede und dergleichen. Und erst recht verkniff er sich eine dumme Bemerkung.

Clara stand auf. »Bevor wir hier zusammen Kaffee trinken, schlage ich vor, dass ich mit Adrian eine kleine Runde am Strand drehe. Einverstanden?«

Sylke schien genauso überrumpelt zu sein wie Tom, widersetzte sich aber dem Vorschlag nicht. Adrian nahm alles, wie es kam. So saßen sich die beiden Augenblicke später gegenüber.

»Ja«, sagte Tom gedehnt, »das war jetzt eine hinterlistige Aktion meiner Lebensgefährtin. Sie will uns zwingen, miteinander zu reden. Dabei war sie vor einer Woche noch dagegen, dass ich auch nur den Versuch unternehme, Kontakt zu dir aufzunehmen.«

Sylke zeigte keine Regung. Tom fand, dass sich in ihren Gesichtszügen eine Härte eingegraben hatte, die sonst nicht da gewesen war.

»Wenn es dir lieber ist, können wir uns ja jetzt auch eine halbe Stunde lang anschweigen«, sagte sie. »Ist ja ganz schön hier.«

Tom musste grinsen. »Jetzt haben wir schon so viel gesprochen, da können wir auch weitermachen. Was ich dich fragen wollte: Der Mord an Marko Heinen ist ja aufgeklärt, ebenso die Entführung von Annika Brieg. Aber wie behandelt ihr diese Geschichte rund um die Erpressung Karsten Schloods? Was ist mit diesem mysteriösen Dokument? Und was mit dem Genehmigungsverfahren für die Gaspipeline?«

»Schwierige Fragen«, sagte Sylke. »Und viele auf einmal. Fangen wir mal vorne an: Ich habe versucht, etwas über den Tod des Autohändlers Jörg-Rainer Kanstein von 1991 herauszufinden. Eine gewisse Ines Kazmierczak hat ihren Ex-Freund schwer belastet, bevor sie starb. Ich habe den Namen dieses Freundes noch nicht in Erfahrung bringen können. Vermutlich wird mir das irgendwann gelingen, wenn ich es versuche, aber ich bin mir jetzt schon sicher, dass es sich bei diesem Ex-Freund um Karsten Schlood handelt. Er hat Kanstein aus Rache oder Eifersucht getötet, vielleicht haben sich die beiden auch nur geprügelt und Kanstein ist über Bord gegangen. Die Ex-Freundin von Schlood hat dazu eine Aussage gemacht, das Protokoll muss das ominöse Dokument sein, mit dem Schlood erpresst wurde. Nun ist Schlood nicht mehr am Leben und das Dokument weiterhin verschwunden, vielleicht auch vernichtet. Einige meinen auch, es habe dieses Dokument nie gegeben und Schlood sei auf eine Fälschung hereingefallen. Die leitenden Personen bei uns im Haus sind jedenfalls der Meinung, dass weitere Ermittlungen zu dem Komplex aussichtslos sind.«

»Das klingt aber nicht nach polizeilichem Ehrgeiz. Die Explosion auf dem Greifswalder Bodden soll ja auf eine defekte Gasleitung zurückzuführen sein. Aber sag doch mal ehrlich: Glaubst du das? Sieht das nicht alles danach aus, dass Schlood und Annika Brieg in eine Falle gelockt wurden?«

Sylkes Gesichtsausdruck war für Tom kaum zu deuten. Irgendetwas zwischen Mitleid und Unerbittlichkeit. »Das musst du erst einmal beweisen.«

»Und das Motiv für den Mord an Marko Heinen? Warum sollte ein Typ wie Shirov so brutal zuschlagen, wenn er nicht dafür einen konkreten Auftrag hat? Da muss es doch Hintermänner geben.«

Sylke hob beide Arme und blickte in die Luft.

»Ist doch eine Bankrotterklärung, oder?«, sagte Tom.

»Vielleicht auch politisches Kalkül. Warum, denkt sich der eine oder andere Amtsträger, soll man das Projekt Eastern Line mit unbequemen Fragen stören, wenn ohnehin niemand mehr bestraft werden kann? Die meisten hier in der Region und auch in der Landeshauptstadt haben nichts gegen die Pipeline. Sie bringt Gewerbesteuer und ein paar Arbeitsplätze.«

»Müsste man nicht eigentlich das Genehmigungsverfahren neu aufrollen?«

»Wie gesagt: Um eine Erpressung nachzuweisen, bräuchtest du mindestens dieses ominöse Dokument. Die Tonbandaufnahmen sind zwar hochdramatisch, aber vor Gericht nicht zu gebrauchen. Unter Druck kann Annika Brieg alles Mögliche gesagt haben.«

»Mir ist übrigens ein Rätsel«, warf Tom ein, »woher Fichtner diese Kassette hatte. Hat er sie etwa bei dem toten Marko Heinen gefunden?«

Sylke nickte. »Ich habe noch mal mit ihm telefoniert. Heinen hatte zwei Kassetten bei sich, eine in der Manteltasche, die zweite steckte in seiner Socke. Warum er das gemacht hat, weiß ich nicht. Er war ein eigenwilliger Typ, sehr konsequent auf seine Weise. Shirov hat die zweite Kassette nicht gefunden, aber Fichtner hat wenig später genauer hingesehen.«

Tom blickte nachdenklich hinaus auf den Strelasund. Die Stadt auf der anderen Seite war gut zu erkennen, aber ein leichter Dunstschleier ließ die Farben der Backsteinbauten verblassen.

»Um die Gaspipeline noch zu verhindern«, sagte Sylke, »müsste es politischen Druck geben – und zwar aus Berlin.«

»Der wird nicht kommen. Ich habe lange gebraucht, um Marten Oltdorp noch einmal ans Telefon zu bekommen. Nach der Explosion der Smilla hat er die Stadt fluchtartig verlassen. Sein Aufstand gegen die Regierungslinie ist in sich zusammengebrochen. Er steht vor einem Trümmerhaufen.«

»Ich habe gerüchteweise davon gehört – es stimmt also tatsächlich, dass Oltdorp und andere Politiker die Eastern Line kippen wollten?«

»Exakt. Oltdorps Kompagnon hat sich den Rückzug von dem Vorhaben immerhin noch bezahlen lassen. Er wird jetzt Stellvertretender Vorsitzender seiner Fraktion. Ist doch verrückt: Die beiden wollten das politische Berlin auf den Kopf stellen – und was ist herausgekommen? Eine schnöde Beförderung.«

Sie schwiegen eine Weile. Tom schloss die Augen und lauschte auf die Geräusche: Ein paar Möwen flogen kreischend über das Hafenbecken, die Fallen der Segelboote klackerten und alles war unterlegt mit einem spöttischen Gluckern.

»Glaubst du, es hätte anders laufen können, wenn wir früher miteinander geredet hätten?«, fragte Tom. »Du hast meine Anrufe nicht angenommen und nicht beantwortet.«

Sylkes Gesichtsausdruck wurde etwas weicher als zuvor. Ihre Stimme klang trotzig und beinahe etwas traurig. »Ich weiß es nicht, Tom. Du musst mich bitte verstehen! Ich habe hier das erreicht, was ich immer erreichen wollte. Stralsund ist eine richtige Stadt, ich habe den Job, der mir liegt. Aber ich hatte und habe auch einen schweren Stand. Und was passiert? Beim ersten nennenswerten Fall treffe ich auf zwei alte Bekannte, die mir den Vorwurf einbringen, ich könnte befangen oder sogar in die Tat verwickelt sein. Ich musste das so machen.«

Tom sah sie nachdenklich an. »Tja, vielleicht ist das so. Muss ich wohl akzeptieren.«

»Und deine Methoden – ganz ehrlich –, die sind für Leute wie mich ein Problem. Der Tiefpunkt war diese Aktion auf dem Paintball-Feld. Das geht so nicht!«

»Okay. Kann ich verstehen. Lass es uns abhaken!«

»Ja und nein. Ich kann mir schon vorstellen, dass du enttäuscht warst. Was mich gewundert hat: Dass du mir trotz allem das Video mit den Täteraufnahmen geschickt hast. Hättest du das nicht getan, wäre Shirov jetzt wahrscheinlich in Russland.«

»Das Video war ein kleines Dankeschön dafür, dass du meine Attacke auf dich nicht an die große Glocke gehängt hast.«

Sylke lächelte. »Siehst du, irgendwie haben wir dann doch zusammengearbeitet. Es gibt übrigens eine Sache, die ich tatsächlich gerne noch klären würde.«

»Und das wäre?«

»Annika Brieg wurde von zwei Männern entführt, die sich als Kammerjäger verkleidet hatten. Der eine muss Marko Heinen gewesen sein. Aber wer war der andere? Wir haben ihn bislang nicht finden können.«

Tom spürte, wie er rot wurde. Zum Glück blickte Sylke gerade auf den Strelasund. Er dachte an sein letztes Gespräch mit Florian Treibel. Für den Bruchteil einer Sekunde verspürte er den Wunsch, Sylke einen Hinweis zu geben, sie damit wieder auf seine Seite zu ziehen. Aber dann dachte er daran, was Florian in dieser Woche durchgemacht hatte. »Na gut, das ist ärgerlich«, sagte er und versuchte, seinen Worten einen möglichst beiläufigen Klang zu geben. »Aber vielleicht auch nicht so entscheidend, oder?«

Sylke warf ihm einen prüfenden Blick zu.

Da Clara und Adrian gerade wieder auf der Hafenmole auftauchten, gelang Tom ein unauffälliger Themenwechsel. »Der Adrian, ist der … Ich meine, er ist sozusagen dein Azubi?«

Sylke lachte. »Nein, er war nur für kurze Zeit in unserer Abteilung. Nächste Woche geht er wieder. Und das ist sicher auch besser so. Für uns beide. Er macht gerade eine schwierige Zeit durch. Dass er Konstantin Shirov erschossen hat, wird ihm noch lange zu schaffen machen.«

Clara und Adrian erreichten die Strandbar und setzten sich wieder zu den beiden anderen. »So ein schöner Nachmittag«, sagte Clara. »Man kann kaum glauben, was hier in den letzten sieben Tagen alles passiert ist.«

52

»Endlich wieder zu Hause.« Detlef stapfte mit großen Schritten über den Steg. Als Ben Gunn auf ihn zu rannte, hockte er sich hin und umarmte seinen zotteligen Hund. »Haben sie dich gut behandelt, mein Kleiner?«

Tom war gerade dabei, die MATHILDA für die Abreise bereit zu machen.

»So«, sagte Detlef, »ihr wollt los? Dann wird es hier auf dem Dänholm ja hoffentlich wieder so friedlich wie vorher.«

Clara lachte. »Bestimmt. Friedlich und langweilig. Wenn du wieder Unruhe brauchst, ruf an, wir kommen gerne wieder.«

Sie verabschiedeten sich. Clara übernahm beim Ablegen das Steuer, Tom löste eine Leine nach der anderen. Als er die letzte gerade in der Hand hatte, hörte er Schritte auf dem Steg. Er drehte sich um und ließ vor Schreck beinahe die Leine fallen.

Die sich nähernde Gestalt wirkte wie ein geschlagener Hund. Gebeugt, aber trotzig, mit grimmig vorgeschobener Unterlippe.

Clara hatte ihn auch bemerkt und kam vom Steuerstand auf den Steg. »Rocco, was machst du denn hier?«

»Hab mir gedacht, dass ihr bald wieder weg seid. Wollte noch Tschüss sagen.«

»Ja, das ist schön«, sagte Clara, »du kannst dir sicher denken, dass wir, vor allem ich, ganz schön enttäuscht von dir sind.«

Rocco zog die Schultern hoch. »Ich war … ziemlich von der Rolle. Die letzten Monate waren keine gute Zeit, ich bin da in Dinge reingerutscht, die ich nicht mehr unter Kontrolle hatte.«

»Okay, aber du musst auch verstehen, dass ich ziemlich sauer bin. Ich habe mir große Mühe gegeben, dich zu unterstützen. Und dass du dann mit einem Holzobjekt, das ich mit viel Mühe gestaltet habe, einen Mann verprügelst – sorry, das ist für mich einfach nicht akzeptabel.«

»Es tut mir so leid, Clara-Schatzi«, sagte Rocco, »ich kann ...«

»Lass bitte das ›Schatzi‹ weg!«, rief Clara wütend. »Das nervt total. Vor einer Woche fand ich das noch lustig, aber ich habe gemerkt, dass ich mich in dir gewaltig getäuscht habe. Ich hatte eine schöne Erinnerung an unsere gemeinsame Schulzeit, das war lustig damals, ich mochte deinen Humor und deinen Charme und diese ... diese Unbefangenheit, mit der wir damals unterwegs waren. Ich habe geglaubt, dass von alledem irgendetwas übrig geblieben wäre. Vielleicht war das naiv, vielleicht hätte ich da anders herangehen müssen, aber ich muss dir einfach sagen, dass du mich komplett enttäuscht hast. Du hast etwas kaputt gemacht, das mir wichtig war.«

Rocco sah nun endgültig aus wie ein begossener Pudel.

Tom hatte das Gefühl, dass er etwas Sachlichkeit in die Diskussion bringen musste. Er war in der Zwischenzeit zum Steuerstand der MATHILDA gegangen. Jetzt reichte er Rocco Notizbuch und Stift. »Könntest du mir mal deine Adresse aufschreiben?«

»Sicher, aber warum?«

»Du kriegst noch eine Rechnung von mir.«

»Merda! Eine Rechnung?«

»Du hast mich beauftragt, dir zu helfen. Das habe ich getan. Ich habe entscheidend dazu beigetragen, dass der Mörder Marko Heinens identifiziert werden konnte und du aus der Untersuchungshaft entlassen wurdest.«

Rocco sah verwirrt aus. Er schien wieder einmal das Gefühl zu haben, über den imaginären Tisch gezogen zu werden. »Wann und wo soll ich dich beauftragt haben?«

»An dem Tag, als du zum Kriminalkommissariat gebracht wurdest und kurzzeitig das Weite gesucht hast«, sagte Tom.

Rocco sah sich hilfesuchend um. Aber außer Clara war niemand zu sehen, der dafür infrage kam. »Clara-Schatzi, muss ich das wirklich machen?«

»Hör auf mit ›Schatzi‹! Und ja, ich erinnere mich genau. Wir lagen im Dreck neben einem Gartenzaun. Da hast du Tom einen mündlichen Auftrag erteilt, für dich zu arbeiten.«

Rocco schüttelte verzweifelt den Kopf. Er notierte seine Adresse und reichte Tom das Notizbuch.

»Meine Preise sind fair, mach dir keine Sorgen!«, sagte Tom. »Und jetzt beginnt ja auch gerade die Fischbrötchen-Hochsaison. Die Geschäfte sollten laufen.«

»Nein«, sagte Rocco entschlossen, »damit ist Schluss. Mi fermo. Ich verkaufe den Kutter. Einer der anderen Kutterbetreiber hat mir ein schlechtes Angebot gemacht. Ich werde es trotzdem annehmen. Ich habe verstanden, dass ich für diese Geschäftswelt nicht geeignet bin. Und wenn dann dieses Gerichtsverfahren überstanden ist, dann fange ich was ganz Neues an.«

»Vielleicht eine kluge Erkenntnis«, sagte Clara spitz.

Rocco sah sie mit glänzenden Augen an. »Du hast vollkommen recht mit dem, was du eben gesagt hast, Clara. Ich war einmal ein lustiger Bursche, der die Menschen zum Lachen bringen konnte. Das hat mich glücklich gemacht. Aber im Laufe der Jahre habe ich meine Talente aufgegeben, ich habe zwar Geld verdient, aber ich bin doch immer ärmer geworden. Fühlt sich jedenfalls so an. Ich muss wieder zurück zu meinen Wurzeln, ich will auch selbst wieder lachen können. Und ich habe einen Job, der da ein schöner Anfang sein könnte.«

»Tatsächlich? Was denn?«

»Ab Juni arbeite ich in einer schönen alten Kneipe an der Theke. Ich werde Bier ausschenken und mir anhören, was die Leute reden, welche Sorgen sie haben. Und dann werde ich Scherze machen und dafür sorgen, dass sie gute Laune haben, wenn sie nach Hause gehen.«

Clara sah Rocco erstaunt an. »Wenn das so wird, Rocco, dann könnte diese ganze Geschichte ja doch noch etwas Gutes haben. Warten wir's ab!« Sie ging wieder zum Steuerstand und gab das Kommando zum Ablegen.

Tom holte die Leine ein.

»Wenn ihr mal wieder nach Stralsund kommt, sagt Bescheid!«, rief Rocco.

Tom setzte sich auf den Decksaufbau. »Werden wir machen. Aber nur, wenn du mich nicht engagieren willst.« Er wandte sich Clara zu. »Pass da vorne bei der Markierung auf! Da ist das Wasser sehr flach.«

»Wir haben doch keinen Tiefgang.«

»Vielleicht nicht in unseren Gesprächen, aber auf dem Wasser schon.«

»Blödmann.«

Liebe Leserin, lieber Leser, wir freuen uns über Ihre Bewertung im Internet!

Die Deutsche Nationalbibliothek verzeichnet diese Publikation in der
Deutschen Nationalbibliografie; detaillierte bibliografische Daten sind
im Internet über http://dnb.de abrufbar.

Alle Rechte vorbehalten. Reproduktionen, Speicherungen in Datenver-
arbeitungsanlagen Wiedergabe auf fotomechanischen, elektronischen
oder ähnlichen Wegen, Vortrag und Funk – auch auszugsweise –
nur mit Genehmigung des Verlages.

© Hinstorff Verlag GmbH, Rostock 2019

1. Auflage 2019
Herstellung: Hinstorff Verlag GmbH
Lektorat: Henry Gidom
Titelbild: mauritius images / RicoK / Alamy
Druck: GGP Media GmbH, Pößneck
Printed in Germany
ISBN 978-3-356-02257-5